EL CRIMEN DEL LAGO

MOTUS
THRILLER

Nos gusta la adrenalina y la tensión que vivimos
al leer un thriller. Ese hilito de sangre, ese tictac
que hará detonar lo imposible, no saber quién es
el culpable y también intentar deducir el final.

Nos intriga saber que la muerte pudo ser solo
una coartada, la vuelta de tuerca, el reto que
nos ponen al contarnos cada historia.

En el cine, la ansiedad nos lleva al borde de
la butaca, y con los libros nos hundimos en
el sofá, sudamos en la cama, devoramos cada
párrafo a la velocidad de nuestras emociones.

Sentir que falta el aliento cuando la trama
nos recuerda que la vida es un suspiro
les da sentido a varios de nuestros días.

Nuestro compromiso es poner ante tus ojos
solo autores que te provoquen todo eso que
los buenos thrillers y novelas negras tienen.

Queremos que te sumes a esta comunidad a la
que guía una gran sed de buen entretenimiento.
Porque lo tendrás en cada uno de nuestros libros.

¡Te damos la bienvenida!

Únete al grupo escaneando el código QR:

Donlea, Charlie
El crimen del lago / Charlie Donlea. - 1a ed. - Ciudad Autónoma de Buenos Aires:
Trini Vergara Ediciones, 2022.
344 p.; 23 x 15 cm.
Traducción de: Constanza Fantin Bellocq.
ISBN 978-987-8474-62-5
1. Narrativa Estadounidense. 2. Novelas de Suspenso. 3. Novelas
Psicológicas. I. Fantin Bellocq, Constanza, trad. II. Título.
CDD 813

Título original: *Summit Lake*
Edición original: Kensington Publishing Corp.
Derechos de traducción gestionados por Sandra Bruna Agencia Literaria, SL

Diseño de colección y cubierta: Raquel Cané
Diseño interior: Flor Couto
Traducción: Constanza Fantin Bellocq
Corrección de estilo: María Inés Linares

© 2016 Charlie Donlea

© 2022 Trini Vergara Ediciones
www.trinivergaraediciones.com

© 2022 Motus Thriller
www.motus-thriller.com

España · México · Argentina

ISBN: 978-987-8474-62-5
Hecho el depósito que prevé la ley 11.723

Primera edición en México: noviembre 2022
Impreso en Impreso en Litográfica Ingramex S.A. de C.V.
Printed in Mexico · Impreso en México

EL CRIMEN DEL LAGO

Charlie Donlea

Traducción: Constanza Fantin Bellocq

MOTUS

Para Amy.
Los mejores momentos de mi vida
han sido contigo a mi lado.

Y si todos tus sueños se hacen realidad,
¿tus recuerdos te acosan igual?
¿Se puede realmente abrirse paso
a otro día y a un azul de verdad?

Christine Kane
She Don't Like Roses

PARTE I
LA CASCADA MATINAL

CAPÍTULO 1

Becca Eckersley
Summit Lake
17 de febrero de 2012
La noche de su muerte

LA NOCHE INVERNAL SE HABÍA tragado el cielo negro cuando ella salió del café. Caminó por las calles oscuras de Summit Lake, ajustándose la bufanda para protegerse del frío. La decisión de contárselo finalmente a alguien la hacía sentirse bien. Lo tornaba real. Confesar su secreto la liberaba de una carga de mucho tiempo, y Becca Eckersley se relajó. Creyó que por fin todo saldría bien.

Cuando llegó al lago, caminó por el muelle y lo sintió crujir debajo de sus pies hasta que pasó a la terraza de madera de la casa sobre pilotes que pertenecía a sus padres. Tras las horas pasadas en el Café de Millie, Becca se sentía despreocupada y liberada, y en ningún momento percibió la presencia de él. No advirtió que se hallaba en las sombras, escondido en la oscuridad. Abrió la puerta que daba al recibidor, la cerró con llave y se quitó la bufanda y el abrigo. Conectó la alarma, se dirigió al baño y se metió debajo del agua caliente de la regadera, dejando que se llevara la tensión de su cuerpo. Su confesión en el café había sido una prueba. Un ensayo. Durante el último año había guardado demasiados secretos, y ese era el más grande y estúpido de todos. Los otros podían considerarse secretos de juventud, producto de la inexperiencia. Pero ocultar la parte más reciente de su vida era pura inmadurez, solo explicable por miedo e ingenuidad. El alivio que sentía por haber podido contárselo a alguien confirmaba su decisión. Sus padres tenían que saberlo. Ya era tiempo.

Exhausta como estaba por la facultad de Derecho y el ritmo frenético de su vida, le habría resultado fácil deslizarse debajo del edredón y dormir hasta la mañana siguiente. Pero había llegado a Summit Lake para cumplir con su propósito. Para encarrilar su vida. Dormir no era una opción. Se tomó diez minutos para secarse el pelo y calzarse ropa de deporte cómoda, calcetines de lana gruesa. Encendió el iPod, abrió el libro de texto, los apuntes, su computadora portátil, y se dispuso a trabajar sobre la isla de la cocina.

Minutos antes, la ducha y el secador habían ahogado el ruido de la manija de la puerta y los dos golpes con el hombro que habían puesto a prueba la resistencia del cerrojo. Pero ahora, tras haber pasado una hora estudiando Derecho Constitucional, Becca lo oyó. Un ruido o una vibración en la puerta. Bajó el volumen del iPod y escuchó con atención. Pasó medio minuto de silencio y luego escuchó unos golpes a la puerta. Tres potentes golpes de nudillos en la madera la hicieron sobresaltarse. Miró su reloj y se paralizó de emoción y anticipación; sabía que él no llegaría hasta el día siguiente. A menos que quisiera sorprenderla, cosa muy común en él.

Becca fue al recibidor y corrió las cortinas. Lo que vio la confundió y esa confusión no le permitió pensar con lógica. Se sintió presa de excitación y de emoción, lo que le nubló la mente de tal manera que ningún pensamiento pudo hacerse oír lo suficiente como para detenerla. Los ojos se le llenaron de lágrimas y una sonrisa se dibujó en su cara. Pulsó el código de la alarma hasta que la luz cambió de rojo a verde, corrió el cerrojo y giró la manija. Se sorprendió cuando él empujó la puerta e irrumpió en el recibidor con la fuerza del agua acumulada detrás de una compuerta. Más sorprendente aún le resultó su agresividad. Desprevenida ante el ataque, sintió que sus talones resbalaban sobre el suelo hasta que él la estrelló contra la pared. La tomó primero por los hombros y luego por el pelo de la nuca para llevarla a empellones desde el recibidor hasta la cocina.

El pánico le puso la mente en blanco; las imágenes y las ideas que habían estado presentes segundos atrás desaparecieron dominadas por un instinto primitivo. Becca Eckersley luchó por su vida.

El frenesí de violencia continuó en la cocina. Becca asía o pateaba cualquier cosa que pudiera ayudarla. Vio el libro y la computadora caer al suelo mientras trataba de no resbalar con los calcetines de lana sobre las losas frías. Mientras él la arrastraba por la cocina, Becca lanzaba puntapiés desesperados con las piernas como tijeras. Uno de ellos dio de lleno en un armario y la vajilla se desparramó por el suelo. Rodaron platos y taburetes por la cocina y, en el caos, Becca notó que ya estaba pisando la alfombra de la sala de estar. Eso le dio más estabilidad y la aprovechó para intentar liberarse de las manos de él, pero esa resistencia no hizo más que alimentar la furia de su atacante. Le jaló la cabeza hacia atrás con tanta fuerza que le arrancó un mechón de pelo y la hizo caer al suelo. Becca sintió que su cabeza golpeaba contra el extremo de madera del sofá; él se abalanzó sobre ella. El dolor del golpe le recorrió toda la columna. Se le nubló la vista y los ruidos del mundo exterior comenzaron a desaparecer, hasta el momento en que sintió que él introducía las manos heladas dentro de su pantalón. Al instante recuperó la conciencia. Con todo el peso de él encima, lo golpeó y rasguñó hasta que se le lastimaron los nudillos y las uñas se le llenaron de piel y de sangre.

Cuando sintió que él le arrancaba la ropa interior lanzó un grito agudo y desgarrador que solo duró unos segundos; él la tomó del cuello y la voz de Becca se quebró en ásperos susurros. Feroz y despiadado, como poseído, él le apretó el cuello para acallarla. En vano, Becca intentó respirar, pero el aire no llegaba y muy pronto dejó caer los brazos a los lados, como si se hubieran desinflado. Pero a pesar de que su cuerpo no respondía a los gritos desesperados de su mente, en ningún momento dejó de mirarlo a los ojos. Hasta que su vista se apagó igual que su voz.

Rota y sangrante, quedó tendida allí; su pecho casi no se movía, con una débil respiración. Entraba y salía del estado de conciencia, despertaba cada vez que él la sometía en violentas oleadas. El ataque se prolongó durante una eternidad, hasta que él la soltó y escapó por la puerta corrediza de cristal, dejando que el aire frío de la noche llenara la habitación y se deslizara sobre el cuerpo desnudo de Becca; ella tenía los ojos entrecerrados. Solo quedaba el reflejo halógeno de la luz de la puerta contra la oscuridad de la noche. Inmóvil, Becca era incapaz de parpadear o apartar la mirada, aun si hubiera tenido la voluntad de hacerlo. No la tenía. Se sentía extrañamente contenta en esa parálisis. Las lágrimas le rodaban por las mejillas, recorrían los lóbulos de las orejas y caían, silenciosas, al suelo. Había pasado lo peor. Ya no sentía dolor. La lluvia de golpes había cesado y su garganta estaba libre de esa presión demoledora. Ya no tenía el aliento caliente de él sobre la cara, él no estaba sobre ella y su ausencia era todo lo que necesitaba para sentirse libre.

Tendida con las piernas abiertas y los brazos como ramas quebradas a los lados del cuerpo, vio que la puerta que daba a la terraza estaba totalmente abierta. En la distancia, el faro que, con su luz brillante, orientaba los barcos perdidos en la noche era lo único que reconocía y necesitaba. El faro representaba la vida y Becca se aferró a esa imagen oscilante.

A lo lejos, el ruido de una sirena rebotó por el aire nocturno, bajo al principio y luego cada vez más sonoro. Llegaba la ayuda, aunque Becca sabía que era demasiado tarde. De todos modos, la sirena y el auxilio que traería le resultaron reconfortantes. No era a sí misma a quien esperaba salvar.

CAPÍTULO 2

Kelsey Castle
Revista Events
1 de marzo de 2012
Dos semanas después de la muerte de Becca

EL REGRESO AL TRABAJO DE Kelsey Castle fue sin aspavientos ni ceremonias, justo como ella quería. Aparcó en la parte posterior para que nadie viera su coche y, como no deseaba arriesgarse a utilizar el elevador, entró sigilosamente por la puerta trasera y subió por la escalera. Todavía era temprano y la mayoría del personal estaba batallando contra la hora punta o robándole minutos al reloj despertador. No podría mantenerse invisible para siempre. Iba a tener que hablar con *alguien*. Pero Kelsey esperaba mantener la puerta de su despacho cerrada y poder ponerse al día durante unas horas, sin que la interrumpieran sonrisas tristes ni miradas que preguntaran cómo estaba.

Cuando asomó la cabeza desde la escalera, vio que los cubículos estaban vacíos. Caminó con paso liviano por el corredor, manteniendo la mirada fija en la puerta de su despacho: un caballo de carrera con anteojeras. La puerta del despacho de su editor estaba abierta y las luces, encendidas. Kelsey sabía que no había forma de llegar antes que él a la redacción, nunca lo había hecho. Tras varios pasos más, llegó a su despacho, se deslizó por la puerta y la cerró de inmediato tras ella.

—¿Qué haces aquí? —preguntó Penn Courtney con una mirada reprobadora—. No tienes que volver hasta dentro de dos semanas.

Estaba sentado sobre el sofá de Kelsey, con los pies sobre la mesa baja, hojeando borradores de artículos que se publicarían en la edición de esa semana.

Kelsey respiró hondo y se volvió.

—¿Por qué estás en mi despacho? Cada vez que necesitas algo esperas aquí.

—Yo también me alegro de verte.

Kelsey fue hasta el escritorio y guardó el bolso en la última gaveta.

—Lo siento. —Volvió a inspirar profundamente y sonrió—. Me alegro de verte, Penn. Y gracias por todo lo que has hecho por mí. Eres un buen amigo.

—De nada. —Tras una pausa, continuó—: ¿Cómo estás?

—Madre santa, no termino de pasar por la puerta y ya empezamos con eso. Hemos hablado del tema. No quiero que todos vengan corriendo cada dos minutos a preguntarme cómo estoy.

—¿Por eso el regreso sigiloso antes de que lleguen las tropas? Apuesto a que subiste por la escalera.

—Me viene bien hacer ejercicio.

—Apuesto a que aparcaste detrás del edificio.

Ella se quedó mirándolo.

—No puedes esconderte de todo el mundo. Todos se preocupan por ti.

—Lo comprendo. Es que no quiero nada de sensiblería, ¿sabes? Penn hizo un movimiento con la mano.

—No volveré a preguntártelo. —Ordenó los papeles delante de él para mantener las manos ocupadas—. Pero de verdad: ¿qué haces aquí?

—Estoy por enloquecer en casa, sin hacer nada, así que no voy a tomarme seis semanas. Aguanté un mes, y ya está. Entonces, volvamos a mi pregunta original: ¿por qué estás en mi despacho?

Penn se puso de pie, con el montón de papeles en las manos, y fue hasta el escritorio.

—Pensaba hacer esto dentro de dos semanas, pero supongo que puedo pedírtelo ahora.

Kelsey se sentó detrás del escritorio. La pantalla de la computadora ya había captado su atención; desplazó el cursor por el correo electrónico.

—Mira todos estos mensajes. Cientos de ellos. ¿Ves? Por eso quería trabajar desde casa.

—Olvídate de los mensajes —dijo Penn—. Son pura basura. —Le permitió leer durante un minuto antes de continuar—: ¿Has oído hablar de Summit Lake?

—No. ¿Qué es?

—Un pueblito en las montañas Blue Ridge. Pintoresco. Hay mucha gente de fuera que tiene allí sus casas de fin de semana. Deportes acuáticos cuando hace calor, esquí y vehículos de nieve cuando hace frío.

Kelsey le dirigió una mirada, luego volvió a fijar la vista en la computadora.

—¿Necesitas loción para el crecimiento del cabello? Tengo como cincuenta mensajes de publicidad.

Penn se pasó una mano por la cabeza calva.

—Creo que es demasiado tarde para eso.

—¿Viagra? ¿Estos idiotas no saben que soy mujer? Sí, casi todos estos correos son basura.

—Quiero que vayas allí —dijo Penn y dejó caer las páginas sobre el escritorio de Kelsey.

Ella dejó de mover el cursor. Su mirada pasó de la pantalla a los papeles y luego a los ojos de su editor.

—¿Qué vaya a dónde?

—A Summit Lake.

—¿Por qué?

—Por una historia.

—No empieces con esto, Penn. Acabo de decírtelo.

—No empiezo con nada. Hay una historia allí y quiero que la cubras.

—¿Qué historia podría haber en un pequeño pueblo turístico?

—Una importante.

—Pésima respuesta —dijo ella—. Quieres deshacerte de mí porque piensas que no estoy preparada para volver.

—No es cierto. —Hizo una pausa—. Quiero deshacerme de ti porque pienso que lo necesitas.

—¡Vaya, Penn! —Kelsey también se puso de pie—. ¿Así es como va a ser de ahora en adelante? ¿Vas a andar de puntillas a mi alrededor como si fuera una muñeca de porcelana, me vas a dar historias bobas y vacaciones porque piensas que no puedo hacer mi trabajo?

—Para ser franco, no creo que puedas hacer tu trabajo en este momento y tampoco pienso que debas volver tan pronto. Y no, no va a ser así de ahora en adelante. —Penn bajó la voz, apoyó las palmas sobre el escritorio y se acercó para mirarla directamente a los ojos. La doblaba en edad, tenía dos hijos varones y una vasectomía, por lo que Kelsey Castle era lo más parecido a una hija que tendría en su vida—. Pero así es como va a ser en este momento. Hay una historia en Summit Lake. Quiero que la investigues. ¿Es casual que la ciudad tenga una vista magnífica de las montañas y un hermoso lago azul? No. ¿La revista normalmente te mandaría a un hotel cinco estrellas con todos los gastos pagos? Mil veces no. Pero soy el dueño de la revista, tú has ayudado a construirla y quiero que esta historia salga bien. Irás a Summit Lake durante el tiempo que te tome resolverla. —Penn se sentó en una silla delante del escritorio de Kelsey y soltó una larga exhalación para calmarse.

Kelsey cerró los ojos y se dejó caer en su asiento.

—¿Resolver qué cosa? ¿Sobre qué es la historia?

—Sobre una chica muerta.

Ella levantó las cejas y lo miró con sus grandes ojos castaños.

—Continúa.

—Es el único homicidio registrado en la historia de Summit Lake y actualmente es de lo único que se habla allí. Sucedió hace un par de semanas y comienza a aparecer en los titulares nacionales. El padre de la chica es un abogado reconocido. Familia adinerada. La policía no tiene pistas todavía. No hay sospechosos ni personas de interés. Solo una chica que un día estaba con vida y al día siguiente estaba muerta. Algo no cierra. Quiero que hagas ruido y remuevas el avispero. Que descubras lo que todos están pasando por alto. Y que después escribas un artículo que la gente quiera leer. Quiero la cara de esta pobre chica sobre la portada de *Events*, no solo con una historia sobre su muerte, sino también con la verdad. Y quiero hacerlo antes de que los otros buitres la huelan e invadan Summit Lake. Una vez que ese pueblo se llene de reporteros y de prensa amarillista, nadie va a querer hablar.

Kelsey recogió las páginas que Penn había dejado caer sobre su escritorio y las hojeó.

—No era tan tonta la historia.

Penn arrugó la cara en una mueca de fastidio.

—¿Crees que enviaría a mi mejor periodista de noticias policiales a escribir sobre tiendas y galerías pintorescas? —Se puso de pie—. Te tomas un par de días ahí para investigar el asunto y luego te marchas. Averigua si hay una historia interesante detrás de los sucesos y, si la hay, escríbeme un artículo fabuloso. No necesito que vuelvas pronto. La quiero para la edición de mayo. Eso significa que, aun si descubres toda la historia y la escribes el día que llegas, el hotel está pago por todo el mes.

Kelsey sonrió.

—Gracias, Penn.

CAPÍTULO 3

Becca Eckersley
Universidad George Washington
30 de noviembre de 2010
Catorce meses antes de su muerte

En los recovecos de la biblioteca de la Universidad George Washington, Becca Eckersley se encontraba sentada con sus tres amigos. Las lámparas de escritorio iluminaban la mesa, les daban brillo a los libros y papeles, y hacían resaltar sus caras en la penumbra. Tres años antes, Becca había llegado a la universidad sola, sin amigos del bachillerato, pero no tuvo problemas de adaptación. En el primer año compartió dormitorio con Gail Moss y se hicieron amigas enseguida. Cuando terminaran sus estudios de grado, Becca y Gail, al igual que sus amigos Jack y Brad, pensaban ingresar en la facultad de Derecho. Siempre estudiaban juntos y formaban un cuarteto inusual.

—Lo dicen todo el tiempo —dijo Gail.

—¿Quiénes? —preguntó Brad—. ¿Quién habla tanto de nosotros?

—No lo sé —respondió Gail—. Los otros chicos. Escuché que algunas chicas hablaban.

—¿Y cuál es el problema?

—Que piensan que somos raros.

—¿A quién le importa lo que piensen? —agregó Brad—. En serio, está todo en tu imaginación.

—No es mi imaginación —dijo Gail—. Bien, pondré sobre la mesa la pregunta: ¿por qué somos amigos?

—¿Qué quieres decir? —preguntó Becca—. Porque lo pasamos bien juntos. Nos llevamos bien, tenemos cosas en común. Por eso las personas se hacen amigas.

—Está hablando de sexo o, mejor dicho, de la falta de sexo entre nosotros —dijo Brad—. No se atreve a decirlo. —Miró a Gail—. Más vale que encuentres una manera mejor de expresarte si quieres ser abogada litigante.

—Muy bien —dijo Gail, y cerró los ojos por un instante para evitar mirarlos—. ¿No les parece raro que, siendo amigos desde el primer año, no hayamos tenido una relación, que no nos hayamos acostado y no haya habido problemas entre nosotros?

—Tú tenías un novio en primer año, cuando nos conocimos —dijo Jack.

—¿Cómo se llamaba el chico?

—Gene.

Jack rio y señaló a Gail.

—Exacto, lo llamábamos Euge. Me caía bien ese tipo. Era un poco tonto, pero tenía algo de friki que lo hacía entretenido.

Brad también rio.

—Me había olvidado de él. Detestaba que lo llamáramos Euge. "Gene, nada más", decía todo el tiempo. ¿Se acuerdan de ese fin de semana?

Becca también rio.

—El fin de semana de "Gene, nada más". Por Dios, eso fue hace más de tres años.

Gail se esforzó por disimular la sonrisa.

—Sí, muy divertido. ¿Se dieron cuenta de que no regresó a Washington después de aquel fin de semana?

—Cortó contigo unas pocas semanas después, ¿no? —preguntó Jack.

—Sí, por culpa de ese fin de semana.

—Ay, vamos —dijo Jack—. ¿Solo porque lo llamábamos Euge?

—Olvídalo —respondió Gail—. Lo que quiero decir es que el cuarteto que formamos es único. Dos chicas y dos chicos, todos mejores amigos en la universidad, sin ninguno de los condimentos que pueden estropearlo.

Jack cerró el libro de Derecho Comercial. Palmeó la espalda de Brad.

—Brad llegará a ser el senador más poderoso del Congreso, ustedes dos serán las abogadas bobas que trabajarán para él. Y yo, el lobista que le conseguirá todo el dinero a Brad, y siempre seremos amigos. ¿A quién le importan nuestros motivos y qué importa si los demás no los entienden? —Guardó los libros en la mochila—. Ya tuve suficiente por hoy. Vayamos a tomarnos unas cervezas al Diecinueve.

—Amén—aseveró Brad.

Guardaron sus cosas y se prepararon para salir. Becca miró a Jack.

—¿A ninguno de ustedes le preocupa el examen final con el profesor Morton? —preguntó.

—A mí, sí —respondió Jack—, pero estoy en un proceso de absorción lenta que me permite digerir a cucharaditas sus clases terriblemente aburridas y abstractas. Si lo estudio de manera intensiva, la mayor parte se me escapa.

—Claro —dijo Becca—. Es un buen plan para alguien que estuvo al día con las lecturas durante todo el semestre. Pero nosotras tenemos que estudiar intensivamente. Chicos, vayan ustedes, Gail y yo nos quedaremos.

—Vamos, no sean aburridas —dijo Jack.

—Los finales son dentro de dos semanas —le recordó Becca.

—Dejen todo por hoy y mañana le dedicaremos más tiempo —propuso Jack.

Brad puso de pie y levantó las manos.

—Señoras y señores, Bradley Jefferson Reynolds tiene la solución. Esto iba a ser una sorpresa, pero veo que lo necesitan ya. La semana que viene conseguiré una copia del examen final de Derecho Comercial del profesor Morton. Para que hagan con ella lo que quieran.

Becca frunció los labios.

—Mentira.

—No estoy mintiendo —aseguró Brad—. Tengo un contacto, es todo los que les puedo contar por ahora. Así que vayamos a celebrarlo con unas cervezas.

Becca miró a Jack, que se encogió de hombros y dijo:

—¿Quiénes somos para desconfiar de nuestro amigo?

A regañadientes, Becca guardó sus libros y miró a Gail.

—Esto será como cuando nos prometió los informes completos de Historia de Asia para el examen de primer año y terminamos quedándonos hasta las cinco de la mañana para terminarle su trabajo porque se había "bloqueado". —Flexionó los dedos en el aire haciendo comillas mientras miraba a Brad—. ¿Lo recuerdas?

—Esto es diferente —dijo él.

—Seguro que sí. —Becca se colgó la mochila, tomó a Brad del brazo y le apoyó la cabeza sobre el hombro mientras salían de la biblioteca—. Pero seguiré queriéndote de todas maneras, aunque nos falles y yo obtenga un cinco o un seis, lo que estropeará mi certificado.

Los dos siguieron caminando; Brad le dio unas palmaditas en la cabeza.

—Ninguna universidad prestigiosa, de la Ivy League, te aceptará con un cinco o un seis en tu certificado de estudios. Me parece que esta vez no voy a poder fallar.

El bar Diecinueve del barrio Foggy Bottom de Washington,

con la clientela habitual de un martes, desbordaba de estudiantes universitarios que se sentían en el apogeo de su existencia. La mayoría provenía de familias acaudaladas de la Costa Este y planeaba seguir carreras políticas o Abogacía. Algunos querían dedicarse a otras cosas, pero eran minoría.

Los cuatro amigos encontraron una mesa libre cerca del frente, un enorme ventanal de cristal a través del cual los transeúntes podían mirar con envidia la vida de esos estudiantes encaminados al éxito. Pidieron cervezas de barril y cayeron en su rutina habitual de hablar de política. Tras unas cuantas cervezas, Brad comenzó con su diatriba habitual, colmada de palabrotas, sobre el hecho de que ningún presidente de los Estados Unidos había sido fiel a sus principios y había gobernado conforme a ellos.

—Siempre terminan cayendo en las garras de la política de Washington, siempre se rinden ante intereses específicos. ¿Quién puede nombrarme un presidente que durante su mandato haya tenido en cuenta a los ciudadanos en la mayoría de sus decisiones? Ninguno lo ha hecho, y el actual tampoco lo hace. Todo se trata de poder: de mantenerlo y repartirlo entre los que más dinero les ofrecen.

—¡Así se habla, Bradley! —lo arengó Becca—. Y tú serás el que ponga fin a todo eso, ¿no es así?

—O moriré en el intento. Y empezaré por el corrupto hijo de puta que se hace llamar mi padre. —Bebió un trago de cerveza—. En cuanto tenga el título y la matrícula.

—Yo conseguiría algunos contactos y algo de apoyo antes de ir tras tu padre. O tras el Derecho de Responsabilidad Extracontractual en general.

—Buena idea —dijo Brad señalando a Becca. Luego bebió su cerveza como si estuviera en un pub irlandés a punto de competir en una pulseada. Se limpió la boca con el antebrazo con un ademán teatral y contempló el techo. Los demás rieron ante la escena—. Tiene que ser un ataque sorpresa, totalmente imprevisto. Sí. Voy a armar una coalición, y cuando el viejo piense que tiene todo cubierto, lo derribaré como el alcalde Giuliani al mafioso Teflon Don.

—Ni siquiera ha sido admitido en una universidad reconocida y el tipo ya se compara con Giuliani. —Jack rio—. Me encanta tu confianza.

A Becca y sus amigos les fascinaban las diatribas de Brad. Jack y Gail escuchaban entretenidos, pero Becca tenía un oído más perspicaz. Era la que mejor conocía a Brad, sus secretos, sus deseos y sus luchas. Comprendía que sus opiniones eran producto de la rebeldía. Un padre autoritario, que había amasado una fortuna dirigiendo uno de los bufetes especializados en Derecho de Responsabilidad Extracontractual más importantes de la Costa Este, trataba incansablemente de encaminar la vida de su hijo en una dirección que él no quería tomar. Fingiendo rendirse y planeando a la vez vengarse en secreto, Brad aceptó asistir a la Universidad George Washington y luego obtener el título de abogado en una de las universidades más prestigiosas. Pero en lugar de unirse a su padre para robar, como él mismo decía, utilizaría su título y la educación que le había pagado para combatir a los buitres carroñeros que practicaban Derecho de Responsabilidad Extracontractual y defenestrar a su padre. Ese era su plan, al menos.

En los tres años que llevaba de amistad con Brad, Becca había estado con el señor Reynolds en varias ocasiones. El padre de la propia Becca también lo conocía, pues ambos tenían relación profesional. Todos los años, el padre de Brad organizaba un fin de semana de caza en la cabaña que poseía, en el que una docena de abogados ricos cazaban alces, fumaban cigarros y hablaban de negocios. El año anterior, el padre de Becca había sido invitado y volvió con historias sobre lo exigente que era Reynolds. Un hombre frío, severo que presionaba a sus hijos de manera enfermiza; por eso, Becca entendía el resentimiento de Brad. Él quería utilizar la voluntad de su padre para castigarlo por haber estado ausente de los torneos infantiles de béisbol, de las prácticas de fútbol, de los partidos de los Orioles de Baltimore, de todo menos de algunos debates en el bachillerato en los que había aparecido por poco tiempo para marcarle las deficiencias a su hijo. Llevar a cabo ese insidioso plan le llevaría años, y aun si lo lograba (siempre y cuando la madurez no borrase su resentimiento y sus intereses no cambiaran), Becca pensaba que no podría haber peor bofetada para un padre que el hecho de que su hijo utilizara la educación por la que él había pagado para embarcarse en una carrera que perjudicaría la suya. De manera que Becca hacía más que escucharlo en sus diatribas. Sabía que había algo detrás de las palabras de Brad: a él le resultaba terapéutico tramar esta larga rebelión contra su padre. Era su forma de descargar la frustración que sentía sin tener que hacerlo delante de él y dañar una relación que tal vez pudiera recomponerse en la madurez.

Cuando Brad se calmó, pidieron más cerveza.

—¿Piensan volver a sus casas para Navidad? —preguntó Gail—. Nosotros iremos a la casa de Florida. Mi madre dijo que podían venir.

—Si no vuelvo a casa, mis padres me matan —respondió Becca.

—Sí —concordó Jack—. A mi madre no le gustaría la idea. La Navidad es demasiado importante.

—Podría ser —dijo Brad.

—¿De verdad? —preguntó Gail.

Brad se encogió de hombros.

—Sí, tal vez por unos días. Mi viejo se pone pesadísimo después de cuarenta y ocho horas. Nochebuena y Navidad es todo lo que aguanto con él. Tal vez vaya a Florida unos días después de Navidad. Si no, regresaré aquí, a este sitio muerto, hasta que estén todos de regreso.

—Iremos a la playa y pensaremos en Jack congelándose en Wisconsin.

—No se priven de recordármelo —se quejó Jack.

—Sería muy divertido —dijo Gail—. Ustedes dos deberían pensarlo.

Jack bebió otro poco de cerveza, miró a Becca y luego a Gail.

—Quizá para el receso de primavera, pero en Navidad es imposible.

Gail abrió los ojos como platos.

—¡El receso de primavera! Mis padres se van a Europa. Tendremos la casa toda para nosotros.

—A menos que ellos dos prefieran ir a South Beach a conquistar a las chicas de la Universidad de Miami —dijo Becca.

Brad y Jack se miraron y chocaron sus cervezas.

—Bueno, ya les contaremos nuestros planes para esos días. Quizá tengamos que pasar unos días en el sur, sí —bromeó Jack.

—Idiotas —respondió Gail.

Rieron y pidieron unas cervezas más. Faltaban dos semanas para los finales. Se sentían inmortales.

CAPÍTULO 4

Kelsey Castle
Summit Lake
5 de marzo de 2012
Día 1

En la cima de un acantilado en las montañas de Summit Lake, Kelsey Castle contemplaba cómo el sol del amanecer hacía arder el horizonte rojo y convertía las nubes finas en trozos de algodón de azúcar rosado. Hacia el centro del lago se formaban nubes más oscuras. Se acercaba una tormenta y a Kelsey le hizo recordar su infancia. Los aguaceros con sol que siempre se sucedían en su cumpleaños y la risa profunda de su abuelo cuando veía llegar las nubes. El aguacero caía súbitamente de las nubes recién formadas y, mientras el agua les corría por la cara y les arrugaba la ropa contra el cuerpo, su abuelo le susurraba al oído: "Feliz cumpleaños para la reina de la lluvia". Todos corrían a protegerse, cubriéndose las cabezas con periódicos o chaquetas. Kelsey y su abuelo bailaban y pisaban charcos bajo la lluvia, mientras un cielo azul, justo más allá de las nubes, arrojaba haces de luz sobre la tierra y hacía brillar las gotas como diamantes. Y, con la misma velocidad con que empezaba, la tormenta se disipaba y pasaba, dejando árboles que chorreaban y charcos que reflejaban el cielo azul. Era un fenómeno curioso que Kelsey había aprendido a amar. El hecho de que se diera todos los años, en su cumpleaños, era una marca especial en su vida que decía que alguien, en alguna parte, la estaba mirando en ese día especial. Al menos, eso era lo que siempre le decía su abuelo.

Caminó hasta el borde del acantilado e inspiró profundamente para controlar la respiración. Tras haber llegado a Summit Lake la noche anterior, Kelsey había salido a correr por el pueblo temprano por la mañana. En el silencio del amanecer, se tomó veinte minutos para recorrer el centro del pueblo; pasó corriendo delante de las tiendas y galerías, y exploró las calles laterales para darse una idea del sitio. Dio dos vueltas a la plaza y siguió hacia la siguiente parada: la cascada. Además del lago en sí, la cascada era el punto de referencia más famoso que ofrecía ese pequeño pueblo. Y en ese momento, de pie sobre el risco donde se originaba la cascada y mirando hacia el horizonte y el pueblo, Kelsey sintió deseos de llamar a Penn Courtney y agradecerle por haberla sacado de la ciudad y alejarla de su casa. Quería darle las gracias por haberle dado tiempo que no quería admitir que necesitaba. Los libros y expertos seguramente podían ser de utilidad, pero Kelsey no era la clase de persona que confía en esas ayudas estructuradas. Siempre había dependido de su fuerza interna para pasar por momentos difíciles en su vida, y ese no iba a ser diferente.

La cascada caía unos treinta metros por la montaña antes de estrellarse en la laguna debajo. A los lados se elevaban pinos que cubrían las montañas, formando un bosque denso que aislaba la laguna. Hacia un extremo del bosque se divisaba el pueblo de Summit Lake. Desde el punto panorámico donde se encontraba Kelsey, en la cima del risco, el pueblo parecía una postal. La calle principal, Maple Street, corría por el centro del pueblo, atravesada por cinco calles sobre las que se agolpaban comercios, restaurantes y galerías que Kelsey había inspeccionado mientras corría. En el extremo norte se encontraba el Hotel Winchester, una antigua construcción de estilo victoriano que había alojado a los visitantes durante décadas y donde Penn Courtney le había pagado la estadía. A cinco calles del Winchester, en el extremo sur de la calle Maple, la iglesia de San Patricio era una estructura majestuosa construida en piedra blanca y decorada con puertas góticas de madera y un campanario alto que parecía una aguja con que pinchar el cielo. Hacia el este se veía el vasto lago que le daba el nombre al pueblo y que, junto con las montañas donde se encontraba Kelsey, delimitaba Summit Lake, hospitalario, conocido por sus casas de verano y el turismo de fin de semana.

Las casas estaban desparramadas por las laderas y alrededor del lago. Algunas estaban construidas sobre pilotes dentro del agua. Estas casas, con techos de tejas y grandes ventanales, estaban dispuestas en dos hileras largas y curvas, lo que permitía que cada casa tuviera una magnífica vista del lago. Esa mañana, el sol se reflejaba en los ventanales y los hacía brillar. Kelsey contempló el panorama. En algún lugar de ese pintoresco pueblo turístico habían asesinado a una chica. Parecía ser un sitio demasiado bonito como para que pudiera suceder algo así.

Mientras contemplaba el paisaje desde el risco, Kelsey sintió que establecía una conexión con el pueblo. El lugar tenía una historia para contarle. Y aunque Penn Courtney la había enviado allí para que se recuperara, para hacerla volver poco a poco a la profesión que en un tiempo había dominado, Kelsey no tenía intención de tomarse las cosas con tranquilidad. Tenía entrevistas que llevar a cabo, datos que investigar y pruebas que descubrir. Penn sabía lo que hacía: Kelsey había pasado el fin de semana en Miami investigando el caso Eckersley y leyendo los pocos detalles que había disponibles sobre cómo había muerto la chica. Ahora, ya en Summit Lake, recorría el pueblo, buscaba perspectivas y trazaba el camino hacia el descubrimiento de la verdad. Se estaba sumergiendo en un mundo diferente, en un ambiente desconocido. Volvía a tener una misión y, por primera vez en cinco semanas, se sintió viva.

Kelsey sabía, sin embargo, que la distracción no duraría para siempre. Estaba en Summit Lake para escribir la historia de un asesinato, pero también para deshacerse de sus demonios. Eso requeriría de introspección, algo que no se le daba bien. Sentada sobre una roca, inspiró profundamente. El arroyo borboteaba cerca de ella; la corriente incesante hacía fluir el agua transparente por entre las rocas y por encima de troncos sumergidos, hasta el borde del acantilado por donde el agua caía rugiendo. Mientras Kelsey observaba la cascada, una gota de lluvia cayó sobre su nariz. Luego otra y otra más. Un minuto después, una llovizna espesa caía sobre el peñasco, y se intensificó hasta convertirse en un aguacero que se desató con fuerza sobre el arroyo y agitó la superficie. Kelsey sonrió mientras el agua la empapaba y le apelmazaba la ropa y el pelo. Miró hacia Summit Lake. Las casas sobre pilotes seguían brillando bajo la luz del amanecer.

Una tormenta con sol, y ni siquiera era su cumpleaños.

CAPÍTULO 5

Becca Eckersley
Universidad George Washington
2 de diciembre de 2010
Catorce meses antes de su muerte

BECCA ESTABA ACOSTADA EN LA cama de Brad, con la cabeza sobre el brazo de él. Eran pasadas las tres de la mañana y no era raro que ambos llenaran las horas vacías de la noche conversando hasta tarde. Hablaban sobre sus sueños de convertirse en abogados, de llegar a litigar casos ante la Corte Suprema y de poder cambiar el funcionamiento de Washington. Hablaban sobre las facultades de Derecho que elegirían, si fuera posible elegirlas y no que sucediera al revés. Hablaban del amor y de qué buscaba cada uno en la pareja ideal. Esas conversaciones nocturnas, que a veces se tornaban casi íntimas, aunque sin llegar a entrar en ese territorio, no se las ocultaban adrede a Gail y a Jack. Era algo que simplemente sucedía. Sin discutir el por qué, nunca las compartían con ellos. Existían solamente entre Becca y Brad.

—Muy bien —dijo él—. Dime una cosa que sería motivo de ruptura inmediata con la persona con quien estuvieras saliendo.

Becca respondió enseguida.

—Vello en la espalda.

—¿Vello en la espalda? —exclamó Brad—. Vamos, ¿cómo hace un hombre para no tener vello en la espalda?

—Pues que se lo depile o se lo afeite, pero que no lo muestre. Me provoca rechazo.

—¿Qué sucedería si después de salir con un tipo que realmente te gusta, descubres que tiene una espalda que parece un suéter?

—Fin de la relación —dijo ella.

—¿Así, sin más?

—Bueno, esa situación la inventaste tú. No se daría, pues nunca llegaría a gustarme mucho un chico con la espalda cubierta de vello.

—Pero ¿cómo lo sabrías? Imagina que es pleno invierno y nunca lo has visto sin camisa. ¿No deberías hablarlo con el pobre tipo antes de dejarlo plantado? Es una cuestión menor.

—Comer con la boca abierta es una cuestión menor. Tener vello en la espalda es mucho peor.

Brad se puso de lado, apoyó la cabeza sobre el codo flexionado y quedaron frente a frente.

—¿Qué aspecto tiene mi espalda?

—¿Qué es esto, un examen?

—Solo quiero saber si realmente le prestas atención a algo que te molesta tanto.

—De acuerdo —dijo ella—. Tienes unos folículos nada amenazantes en los omóplatos y un mechón discreto en la parte inferior. Con todo, una espalda perfectamente aceptable.

—Vaya, eres realmente maniática, ¿no? Has hecho una descripción muy fiel.

—Hemos pasado cientos de noches tendidos uno junto al otro, hablando hasta el amanecer. Creo que ya sé cómo es tu espalda. Además, los he visto jugar al vóley a ti y a Jack a principios de año. Los dos tienen unas espaldas aceptables.

Becca se tendió boca arriba y colocó las manos debajo de la cabeza. Llevaba una camiseta rosa ajustada en el pecho que, cuando levantaba los brazos, trepaba por su abdomen y dejaba al descubierto los huesos de la pelvis justo por encima del borde elástico del pantalón. Brad siempre había pensado que era hermosa, con su cabello rubio, la piel aceitunada y los dientes perfectos. Dondequiera que fuera, Becca llamaba la atención y atraía la mirada de todos los hombres. Pero, para él, los mejores momentos eran esos. Cuando ella era toda suya y nadie podía robarle su atención. Le resultaba más bella en contexto íntimo, tendida en la cama, relajada y contenta, sin sentir que debía mostrarse espléndida. Brad era consciente de que esos fragmentos de tiempo duraban hasta la primera luz de la mañana, por eso los saboreaba tanto. Ya llegaría el momento de decirle lo que sentía, pero quería que las cosas sucedieran naturalmente, sin forzarlas. Él sabía que era la mejor forma de comenzar una relación duradera. Y, por algún motivo, ese muchacho de veintiún años, rebosante de testosterona, no se desesperaba por tener sexo cuando pasaba la noche tendido junto a Becca. Se conformaba simplemente con hablar y explorar la mente de ella, y escuchar su respiración cuando se quedaba dormida.

Por supuesto, hubo una vez durante el primer año de universidad en que volvieron tarde de una fiesta, entonados a causa del ponche de vodka, y terminaron besándose en el dormitorio de él hasta que cayeron desmayados. Nunca hablaron de aquella noche, ni se dijeron si había surgido algún sentimiento. Por el contrario, lo ocultaron bajo la excusa fácil de una borrachera y ambos simularon no recordar el incidente. Eso había sido tres años antes y, desde entonces, no habían vuelto a intimar, lo que solo hizo que Brad se enamorara aún más de ella. Esperaba desde hacía casi cuatro años que sucediera algo entre ellos y sabía que así sería. Tal vez después de graduarse, cuando estuvieran fuera del ambiente universitario y lejos de Jack y Gail. Quizás entonces ya no les resultaría incómodo. Todo estaba bien, él podía esperar.

Escuchó el ritmo lento y profundo de la respiración de Becca, que se había quedado dormida. Brad acomodó la cabeza sobre la almohada, apoyó la frente contra la sien de Becca y el brazo sobre las salientes gemelas de su hueso pélvico. Cerró los ojos.

En esas noches el sol siempre salía demasiado temprano.

Becca no acostumbraba quedarse hasta la mañana siguiente y, cuando él despertaba, la cama ya estaba vacía. Era una corredora ávida y se obsesionaba con el estudio, por lo que Brad sabía que estaría trotando por el campus con los auriculares en las orejas o ya en la biblioteca, con gafas en lugar de lentillas y una gran taza de café, que siempre tenía cerca cuando estudiaba. Derecho Comercial, seguramente. Faltaban dos semanas para los exámenes finales y Brad sabía que a ella no le resultaba fácil.

Vio que le había dejado un mensaje en la almohada, donde siempre los dejaba. No eran gran cosa. Una nota autoadhesiva o un trocito de papel cortado. A veces una servilleta. Sin embargo, él amaba esas notas porque contenían sus palabras. Eran la clase de mensajes que se leen y se descartan sin pensarlo. Pero Brad no podía deshacerse de ellos. Leyó el que tenía en la mano:

B: Me divertí anoche. Gracias por compartir tu almohada. No te preocupes, ¡pienso que tu espalda se ve muy bien! B.

Brad dobló la nota autoadhesiva y la dejó caer en la caja de zapatos que tenía debajo de la cama, donde guardaba todas las otras que ella le había escrito en los últimos años.

Luego se dio una ducha y dedicó todo el día a su plan. Becca no estaba bien preparada para los finales, y esa era la motivación que él necesitaba. Tenía que acudir en su ayuda.

Lograr su cometido le llevó la mayor parte del día y algunas intrigas, pero cuando llegó a la biblioteca esa noche tenía una expresión de satisfacción. Era tarde. Gail y Becca ya se habían retirado. Solo quedaba Jack, delante de un escritorio, leyendo un libro con suma concentración, rodeado por hojas con apuntes.

—Ya lo tengo —dijo Brad al ingresar en el nicho poco iluminado que utilizaban como lugar de estudio.

El cubículo donde estaba el escritorio de Jack estaba iluminado por una lámpara empotrada cuya luz contrastaba fríamente con la oscuridad del ambiente de la biblioteca. Solían estudiar allí, en un sector del primer piso con estantes de metal oscuros llenos de periódicos viejos. En primer año encontraron allí cuatro escritorios abandonados, los colocaron frente a frente, los limpiaron y les instalaron bombillas nuevas. Cuando era necesario estudiar intensamente, los utilizaban porque les daban privacidad, y cuando resultaba mejor estudiar en grupo, se sentaban a una mesa larga provista de lámparas verdes con pantallas. No había movimiento en esa parte abandonada de la biblioteca, por lo que no era necesario preocuparse por no hablar en voz alta. Solían abrir unas latas de cerveza Newcastle tras finalizar una buena sesión de estudio o después de los finales, cuando sabían que no volverían a la biblioteca durante varias semanas. Brad se las había arreglado para desconectar la alarma de una puerta de emergencia poco utilizada, lo que la convertía en ruta de escape cuando la biblioteca se cerraba y ellos se quedaban estudiando una hora más.

—¿Qué es lo que tienes? —preguntó Jack, aprovechando para echarse hacia atrás y aliviar la rigidez de sus hombros.

Brad sonrió y agitó la llave que tenía entre el pulgar y el índice.

—Acceso a la oficina de Milford Morton y al examen final de Derecho Comercial.

—Sí, claro —dijo Jack en tono despectivo.

—Nada de "sí, claro". Conseguí la llave de la oficina de Morton.

—¿Cómo?

Brad se le acercó.

—Me la dio Mike Swagger. Me dijo que se la había dado alguien el año pasado, pero, como el profesor Morton estaba en su año sabático, nunca la utilizó. También me dijo que si alguien importante se enteraba de que él me la había conseguido, me cortaría las bolas, palabras textuales.

Jack tomó la llave y la examinó. Entre los miembros de la fraternidad y por el campus, sobre todo entre el centenar de alumnos de Derecho Comercial del profesor Morton, circulaba un mito, una historia inventada que sostenía que alguien, en algún sitio, tenía una llave de su despacho. En años anteriores, se habían planeado operaciones furtivas para robar el examen final. Jack siempre había pensado que las historias eran exageradas, fantasiosas y seguramente mentiras. Hasta ese momento. Hasta que tuvo en sus manos lo que supuestamente era la llave del despacho del profesor.

Jack la miró con atención durante unos segundos más.

—No —dijo por fin—. Es todo parte del mito.

—¿Qué quieres decir?

—Brad, no vas a ser tan ingenuo el día que tu adversario te arrincone en una sala del tribunal, ¿no? Piensa un poco: la llave aparece justo un año después del período sabático de Morton, por lo que nadie puede confirmar que realmente sirva. Nosotros dos seguimos todos los pasos necesarios para utilizarla, hasta irrumpimos en el edificio, y luego quedamos como dos idiotas, en medio de la noche, frente a la puerta de la oficina del profe Morton, forcejeando con una llave que no funciona.

—Swagger me contó que él la había recibido de un alumno del último año que entró en la oficina de Morton el año anterior y consiguió una copia del examen. El mismísimo examen final, palabra por palabra.

—Sí, claro. Un amigo de un amigo, y hace tres años. Como el chico que tiene un primo que conoce a un tipo al que le robaron un riñón.

—¿De qué mierda estás hablando?

—El tipo que conoce a una chica y va con ella a un hotel. No tiene idea de qué sucedió, pero se despierta en una tina llena de hielo y con una nota que dice que debe llamar al 911 inmediatamente porque le robaron un riñón para venderlo en el mercado negro.

—Cállate, Jack. Esta llave es de verdad.

—Igual que el cuento del amigo del primo del tipo. Se despertó y no tenía un riñón.

Brad le arrebató la llave de la mano.

—Confía en mí. Es auténtica.

—Según Mike Swagger, que está en la universidad hace siete años.

—¿Tienes miedo, Jackie-Jack?

—¿Y por qué necesitas una copia del examen? —preguntó Jack—. Creía que te iba de maravillas en esa asignatura.

—Sí, la tengo bajo control, pero el profe Morton es famoso por lo aburrido e impreciso que es, por lo que ¿a quién no le vendría bien un poco de ayuda? —Se hizo un silencio—. Sé que a Becca le serviría. Se le está haciendo muy difícil.

—Que a nuestra querida amiguita le cueste significa que tal vez no logre obtener un diez y que la alumna perfecta tendrá un ocho por primera vez en su vida.

—Ella habla de un seis o peor, si la cosa va mal.

—Becca siempre dice que obtendrá un seis y luego llegan los resultados y mantiene el promedio sobresaliente que ha tenido siempre desde primer grado. Es ese jueguito tan de ella, logra llamar la atención y después todo el mundo la felicita por haber superado las dificultades y haber obtenido un nueve o un diez. No te dejes engañar.

—No te vas a escapar de esta, Jack.

—¿Escapar de qué?

—Vamos a abrir esa maldita puerta y entrar.

—Si nos atrapan, nos expulsan.

Brad levantó las cejas.

—Que no nos atrapen, entonces.

CAPÍTULO 6

Kelsey Castle
Summit Lake
6 de marzo de 2012
Día 2

En su segunda mañana en Summit Lake, Kelsey despertó bajo un edredón de plumas en el Hotel Winchester, envuelta en sábanas de mejor calidad que las que podía permitirse. Levantarse de la cama no era tarea fácil, pero había ido a Summit Lake para perseguir una historia y ese día comenzaba la carrera. También había ido allí para sanarse, y en las últimas semanas el ejercicio no había sido parte de su rutina. Solía correr por las mañanas y el sendero de diez kilómetros que bordeaba la playa de Miami era un recorrido que hacía algunas veces por semana. Los médicos le habían restringido la actividad durante las primeras dos semanas de recuperación; después de eso, había sucumbido a la falta de motivación y al miedo. Pero ese día despertó con deseos de moverse, sudar y exigir a sus pulmones.

Era una mañana fresca en Summit Lake cuando Kelsey comenzó a correr por el sendero que zigzagueaba por el bosque y llevaba a la cascada. Vaciló un instante justo antes de adentrarse en el bosque. Abandonar la zona abierta del centro del pueblo, por donde se veía gente caminar y comprar, haciendo sentir su presencia, para entrar en el bosque oscuro y desierto le aceleró el corazón. Haber estado sola en su casa durante el último mes era una cosa. Allí podía echarle llave a la puerta y cerrar las ventanas. Era el sitio donde se sentía más cómoda. Pero correr sola por el bosque le hacía experimentar otra vez el miedo del que estaba intentando liberarse. El miedo que comenzaba a detestar.

"No. No voy a permitir que te hagas esto a ti misma, Castle."

Inspiró hondo y se adentró en el bosque con un trote lento. Vestía pantalones cortos y una camiseta de deporte de mangas largas; llevaba el pelo castaño rojizo sujeto con un pañuelo. Tras avanzar unos quinientos metros, entró en calor; sus piernas largas y musculosas brillaban de sudor. El sendero resultó estar concurrido, por lo que se encontró saludando a otros corredores. Cuanta más gente pasaba, más se tranquilizaba. Al cabo de un kilómetro, dejó de escudriñar la vegetación a ambos lados del camino. No había peligro.

El sendero estaba oscuro; algunos rayos del sol se filtraban ocasionalmente por entre el follaje, pero cuando salió al terreno abierto de la cascada dos kilómetros más adelante, la recibió una diáfana mañana primaveral. Se veían varios corredores alrededor de la laguna, contemplando la cascada y el sol matinal atrapado en la bruma. Otros estaban sentados sobre rocas y movían los pies descalzos dentro del agua. Kelsey hizo una cuenta rápida y decidió que había unas treinta personas alrededor de la cascada. El día anterior no había visto a nadie.

Con las manos sobre la cabeza, Kelsey se acercó al agua. Le ardían los pulmones, algo que por lo general no sucedía cuando corría dos kilómetros. Al llegar a la laguna, inspiró y soltó el aire varias veces y se quedó mirando el agua como todos los demás.

—¿Cuál es la atracción de esta mañana? —le preguntó a una mujer que miraba hacia arriba.

La chica sonrió.

—La cascada matinal.

—Ah, ¿sí? ¿Todos vienen solamente a contemplar la cascada?

—Sí. Bueno, no. No solo la cascada. En las mañanas sin nubes, cuando el sol llega a un cierto punto, da justo sobre el agua y rebota sobre el granito detrás de la cascada. Durante unos minutos, el efecto es realmente lindo. —La chica señaló—. ¡Allí está!

Kelsey contempló cómo el sol penetraba la caída de agua e iluminaba la pared de roca detrás de la cascada. El agua que caía se iluminó desde detrás y, durante dos minutos, la montaña pareció desangrarse en tonos anaranjados. Era un espectáculo mágico que Kelsey nunca había visto en las tierras llanas de Florida.

—Te presento a la cascada matinal —dijo la chica. Unos segundos después, el sol iluminó el agua desde otro ángulo y el brillo anaranjado se apagó—. Listo, ya está. —Se encogió de hombros.

—Asombroso —comentó Kelsey.

La muchacha apartó la mirada de la cascada y posó los ojos sobre Kelsey. Habló despacio.

—El cielo tiene que estar completamente despejado, o con pocas nubes. Y el sol debe estar en el ángulo indicado. Algunos de nosotros somos fanáticos de este espectáculo. Por eso hay tanta gente aquí en las mañanas diáfanas. ¿Es la primera vez que vienes?

—Así es.

—No quiero incomodarte —dijo la chica—, pero ¿no eres Kelsey Castle?

Kelsey sonrió.

—Sí.

—Leo tus cosas. O sea, leo la revista *Events*. Y he leído tu novela.

—En realidad, no es ficción; es un libro sobre crímenes reales.

La chica rio, algo nerviosa.

—Sí, a ese me refería. Es un libro buenísimo. Te reconocí por la foto de autora. Esos bonitos ojos castaños son inconfundibles.

—Gracias —dijo Kelsey.

—Bienvenida a Summit Lake. Soy Rae.

—Encantada de conocerte, Rae.

Rae se llevó el dedo índice a la barbilla, mientras juntaba valor para hacer la siguiente pregunta. Finalmente, dio un último golpecito y apuntó el dedo hacia Kelsey.

—¿Estás aquí para investigar el asesinato de Becca Eckersley?

Kelsey ladeó la cabeza.

—Estoy aquí para hacer algunas preguntas sobre el caso, sí.

—Está despertando mucho interés. ¿Vas a escribir un artículo sobre Becca en *Events*?

—Depende de lo que averigüe.

—¿Y?

—¿Y qué?

—¿Has averiguado algo, ya?

Kelsey sonrió.

—Todavía no he entrevistado a nadie ni escrito una sola palabra. Hace solamente dos noches que estoy aquí.

—El pueblo está muy alterado por este asunto, ¿sabías?

—Me he enterado, sí.

—Sobre todo porque la policía no dice nada del caso. Siempre es "sin comentarios" por un motivo o por otro. Nadie sabe lo que sucede y la gente está impaciente. Y asustada. Solo queremos respuestas y es extraño que la policía no diga una palabra sobre los detalles del caso. Pero, claro, es un pueblo pequeño. Suceden cosas raras.

Kelsey se encogió de hombros.

—Soy de Miami, así que no tengo experiencia en pueblos pequeños. Pero de algo estoy segura: alguien siempre sabe algo. Así que, o no han encontrado a esa persona todavía, o ella no se ha decidido a hablar.

Le gente comenzaba a dispersarse. Muchos tomaban el sendero de regreso por el bosque, otros elegían caminos a cada lado de la laguna y desaparecían al doblar una curva.

—Espero que tengas suerte durante tu estadía aquí —dijo Rae—. Recuerda que Summit Lake no es Miami. La gente hace las cosas de otra manera aquí, sobre todo los lugareños. Se protegen mucho, así que ten cuidado con cómo te les acercas.

Kelsey levantó las cejas.

—Buen consejo.

—Trabajo en el café de la ciudad. Date una vuelta por allí y nos tomaremos un *latte*.

Kelsey sonrió.

—Lo haré.

—¿Eres corredora?

—Estoy retomando la práctica, sí.

—¿En serio? Yo también. Pero no suelo correr por las mañanas. Siempre estoy en el café. ¿Regresas al pueblo?

—Sí.

—¿Te molesta si voy contigo?

—No, claro.

Trotaron hacia el bosque. Sin hablar, Kelsey corrió junto a la mujer, esforzándose por mantener el ritmo, contenta de estar acompañada. Le ardían los pulmones y las piernas, pero le agradaba ese dolor. Se estaba recuperando, estaba emergiendo de los escombros de un edificio derrumbado de la vida en el que muchos otros quedaban atrapados, pero del que Kelsey Castle estaba decidida a escapar.

Una hora más tarde, ya duchada y vestida, Kelsey se dirigió al Departamento de Policía de Summit Lake. Ubicado junto a la sede de bomberos sobre la avenida Minnehaha, cien metros hacia el oeste del centro del pueblo, el edificio de ladrillos se veía vetusto y cansado. Había huecos sin revoque entre los ladrillos y los bordes de los escalones de hormigón estaban astillados. La fachada estaba salpicada de residuos de óxido que manchaban los ladrillos como heridas sangrantes. Una persona optimista diría que el edificio tenía personalidad, otros sostendrían que necesitaba refacciones de manera urgente. No era digno de la calle Maple, junto a las tiendas y galerías impecables, pero allí donde estaba, sobre una calle lateral, era poco llamativo y pasaba inadvertido. Kelsey subió los tres escalones y abrió las puertas. Dentro, un hombre agradable con credencial de seguridad le preguntó en qué podía ayudarla.

—He venido a hablar con el comandante Ferguson —dijo ella—. Me llamo Kelsey Castle. Soy de la revista *Events* y estoy a cargo de un artículo sobre el caso de Becca Eckersley.

El hombre sonrió.

—Algunos otros periodistas también han estado haciendo preguntas.

No era una buena señal.

—Sé que el caso está despertando interés —comentó Kelsey.

—Aguarde un momento. Iré a ver si está el comandante.

Kelsey recorrió la zona de recepción del pequeño edificio y leyó los titulares de los artículos enmarcados que colgaban de las paredes. Realmente era un pueblo pequeño, pensó. Los titulares hablaban de apertura de comercios, del aniversario de cincuenta años de casados de una pareja de ancianos y del Festival Invernal. Un asesinato no solo era algo ajeno a este pueblo pintoresco, sino indeseado. Se preguntó si estaría tan bien equipada la fuerza policial para lidiar con un caso así.

—Kelsey Castle, ¿verdad?

Se volvió para encontrarse ante Stan Ferguson, un hombre al que conocía gracias a la investigación que había estado haciendo y con quien había hablado la semana anterior mientras planificaba el viaje. Tenía entre sesenta y setenta años y el cigarrillo apagado que le colgaba de los labios sin duda era la causa de las arrugas que le surcaban el rostro como caminos en un mapa. El mismo mal hábito contribuía a su voz ronca, que recordaba la de un hombre que se recupera de una laringitis.

—Así es —dijo Kelsey.

Se estrecharon la mano y el comandante Ferguson señaló la puerta principal, sosteniendo el cigarrillo apagado entre los dedos.

—¿Le molesta si hablamos fuera?

—No, en absoluto.

Salieron a la acera frente al viejo edificio. El comandante encendió el cigarrillo como había hecho un millón de veces antes. Cuando habló, expulsó humo por las fosas nasales.

—¿Qué puedo hacer por usted, señorita Castle?

—Estoy aquí para escribir un artículo sobre Becca Eckersley y quería saber si podría contarme algo sobre el caso.

El comandante sonrió.

—Podría contarle mucho sobre el caso; depende de lo que quiera saber.

—Esta es su fuerza policial, ¿verdad? ¿Usted está al mando aquí´?

—Nunca tuve otro trabajo. Hace más de cuarenta años que estoy aquí.

Kelsey extrajo una libreta del bolso.

—¿Puede contarme algo sobre la noche en que mataron a Becca?

El comandante dio una calada y miró calle abajo, en dirección al lago.

—Asesinaron a Becca Eckersley la noche del viernes 17 de febrero. Hace… ¿cuánto, dos semanas? ¿Unos días más? Estaba sola en la casa que posee su familia. ¿Conoce la hilera de casas sobre pilotes? —Señaló en dirección al lago.

Kelsey asintió. Recordaba haberlas visto en su excursión hasta la cascada.

—Vino desde la Universidad George Washington, donde era alumna del primer año de Derecho, a estudiar para un examen y alejarse de las distracciones, supongo. Habló con sus padres más temprano ese mismo día; hizo una llamada desde el móvil por la mañana cuando estaba en viaje hacia aquí y una segunda llamada desde el teléfono de la casa familiar pasadas las siete de la tarde. A eso de las diez de la noche, el vecino de al lado vio que la puerta que daba a la terraza de los Eckersley estaba abierta de par en par. Con temperaturas bajo cero, sospechó de inmediato que había algún problema. Revisó y encontró a Becca inconsciente en el suelo de la sala. —Otra calada—. Murió en el hospital de Summit Lake a la mañana siguiente.

—¿Usted estuvo en la casa esa noche? —preguntó Kelsey.

El comandante asintió.

—¿Puede describir la escena?

—Indicios de una pelea violenta. Muebles en el suelo, taburetes, cosas así. El material de estudio de Becca desparramado en el suelo. Platos rotos por toda la cocina, lo que nos dice que el ataque sucedió allí. Pero no había pruebas de que el atacante hubiera entrado por la fuerza, no se encontraron ventanas rotas ni cerraduras forzadas. Las puertas estaban todas en buen estado y las ventanas, cerradas.

—¿O sea que ella le abrió la puerta? —preguntó Kelsey.

—O él tenía una llave. O ya estaba allí cuando ella llegó. Varias posibilidades.

—¿Usted qué piensa?

El comandante levantó los hombros.

—Dudo que haya tenido una llave. La familia las tenía todas: los padres y los dos hijos. No había copias adicionales. No había llaves escondidas y los vecinos tampoco tenían copias. También dudo de que haya estado en la casa antes de que llegara Becca.

Los Eckersley tenían un sistema de seguridad que siempre estaba conectado cuando ellos no estaban en el pueblo. Hablamos con la compañía de seguridad y nos dieron el registro de las veces en que se tecleó el código de seguridad. El día que mataron a Becca, el código fue tecleado a las tres de la tarde, seguramente cuando llegó Becca al pueblo. Desconectó la alarma al entrar en la casa. Luego, media hora más tarde, cuando salió, volvió a conectarla. Una tercera y una cuarta vez tecleó el código a eso de las siete de la tarde, cuando regresó a la casa. Parecería que desconectó la alarma cuando entró y luego la volvió a conectar de inmediato sabiendo que no volvería a salir. Esto coincidió con la llamada que hizo a sus padres aproximadamente a esa misma hora. Luego volvió a desconectar la alarma cerca de las ocho de la noche.

—Cuando le abrió la puerta al asesino —comentó Kelsey.

—Eso es lo que creemos.

—Entonces, lo conocía.

—Es una de las teorías, sí. La mía, quizá. Pero no es la que todos prefieren.

—¿No? ¿Y cuál es la que todos prefieren?

—No se encontró el bolso de la víctima, por lo que algunos piensan que fue un asalto que salió mal.

—¿Pero no tienen pistas?

—Todavía no.

—¿Sospechosos?

—Teníamos varios al principio. Siempre es así. Pero los fuimos descartando uno por uno.

—¿Miembros de la familia?

—Todos descartados. Tienen coartadas sólidas y ningún motivo. Una linda familia, con buena relación entre sus miembros. Gente adinerada y honesta. Los padres ni siquiera están en mi radar y Becca tenía solamente un hermano que estaba en Nueva York la noche en que la mataron.

—¿Novios?

—Estamos trabajando en eso.

Kelsey hizo una pausa.

—Estoy tratando de conseguir el informe de la autopsia —dijo—. Y tal vez los registros de los socorristas que llegaron primero a la escena. ¿Usted o su departamento podrían ayudarme a conseguirlos?

El comandante terminó su cigarrillo.

—¿Qué busca exactamente aquí, señorita Castle?

—La verdad.

El comandante soltó una risa que sonó como un relincho.

—¿Y piensa encontrarla antes que yo?

—Antes o después, señor. Estoy aquí solamente para escribir un artículo, no para obstaculizar su trabajo. Pero quiero escribir un artículo fiel. Quiero escribir sobre lo que sucedió *realmente*, no sobre lo que algunas personas piensan que *puede* haber sucedido. Siento dolor por esta chica que murió de una manera tan absurda y por su familia. Y por este pueblo y por este departamento de policía. Así que cuando escriba sobre todo eso, quiero estar segura de que tengo la información precisa.

El comandante cerró los ojos durante un segundo.

—Le pido perdón por haberle hablado de esa manera. Nunca hemos tenido tantos miembros de la prensa aquí como ahora, haciendo preguntas y criticando todo lo que hacemos.

—Hagamos un trato —dijo Kelsey—. Con excepción, tal vez, de uno o dos periódicos de gran circulación, la revista *Events* seguramente será el medio más importante que cubrirá esta historia. Si usted me ayuda, y me refiero a si me ayuda solamente a mí, si me da acceso exclusivo a lo que sabe, me aseguraré de que todo lo que vaya a imprimirse haya sido aprobado antes por usted.

—¿Y si no me gusta lo que escribe?

—Pues lo arrojo a la trituradora de papeles y comienzo de nuevo —respondió Kelsey, sabiendo que Penn Courtney no estaría de acuerdo con esa promesa. La política de triturar papeles era algo que se reservaba para él.

El comandante levantó ligeramente la barbilla mientras evaluaba la propuesta.

—Hasta ahora han escrito algunas cosas que no nos favorecen. Cosas como que no sabemos lo que estamos haciendo y que estamos manejando mal el caso.

—Tiene más de cuarenta años de experiencia en los que basarse, ¿no es así?

—Exacto. No cuarenta años de homicidios, claro, pero estoy capacitado en esos temas y he colaborado con la investigación de homicidios en distritos vecinos.

Kelsey levantó los hombros.

—Este es su pueblo y nadie lo conoce mejor. Si alguien va a resolver el caso, serán usted y su equipo. Le pido que me ayude, entonces. Y si, mientras tanto, yo descubro algo útil, usted será el primero en saberlo.

—Espere —dijo el comandante. Subió los escalones y desapareció dentro del edificio. Regresó quince minutos más tarde con una pesada carpeta de cinco centímetros de ancho. Volvió a mirar hacia el lago y le entregó la carpeta a Kelsey—. Esto es todo lo que tengo hasta el momento.

—¿Sobre el caso Eckersley?

Asintió.

—¿Y me lo da a mí? —preguntó Kelsey, y aceptó la carpeta.

—Sé quién es, señorita Castle. He leído lo que escribe y sé que es honesta y justa. Aquí hay gente poco profesional que va a escribir cualquier cosa que se venda bien. Cuanto más sensacionalista, mejor. Pero ¿la verdad? —Meneó la cabeza—. Para ellos es algo secundario. Usted es una periodista de prestigio y sé que tiene otros principios.

Kelsey guardó la carpeta en el bolso.

—Gracias por su confianza.

—Además, otro par de ojos nunca viene mal. Y si alguien pregunta, yo no le di esa información.

—Usted está al mando aquí, así que ¿quién podría preguntar?

—Solía estar al mando yo. Los estatales están aquí, ahora.

—¿Quiénes?

—Los detectives estatales, asignados por la Oficina del Fiscal de Distrito. Básicamente nos han atado de manos a mí y a mí departamento. No solo a nosotros, en Summit Lake, sino también al *sheriff* del condado. Nos han quitado el caso de las manos. Yo estuve involucrado los primeros días, pero luego se hicieron cargo ellos con la excusa de que están más capacitados para manejar un homicidio que mi pequeño departamento de policía.

—¿Cómo puede ser?

—Cuestiones políticas. A Becca la asesinaron en mi pueblo. Pero, como somos una comunidad tan pequeña, su padre presionó al gobernador, de quien es amigo, y el gobernador presionó al fiscal de distrito y dos minutos después teníamos a la policía estatal encima, controlando todo lo que hacemos. Luego aparecieron los detectives estatales para recordarme que nadie de aquí había estado a cargo de un homicidio antes. No lo niego. Pero, si me dejaran algo de espacio y el libre flujo de información, me las arreglaría muy bien.

—La familia de Becca es de Greensboro, ¿no es así?

El comandante asintió.

—¿Cómo puede su padre, un abogado de Greensboro, controlar la información que recibe la policía aquí en Summit Lake?

El comandante frotó los dedos pulgar e índice entre sí.

—Dinero y conexiones.

—Pero, ¿por qué? Su padre, más que nadie, debe querer que el caso se resuelva, ¿no?

—Seguramente. Pero quiere que se resuelva a su manera, y quiere controlar todos los detalles desagradables. Según dicen, el padre de Becca está por dejar la abogacía para ser juez. Y, si se corre la noticia de que su familia, su hija en particular, era algo alocada, pues… no se ve bien. ¿Cómo puede ser juez y controlar a la ciudadanía si no controla a su propia hija?

Kelsey tomaba notas.

—Esta teoría de que fue un asalto que salió mal, ¿la promueven los detectives estatales?

El comandante asintió.

—¿Pero usted no cree que sea así?

—De ninguna manera.

Kelsey se quedó pensando unos segundos.

—Usted dijo que necesitaba que la información fluyera libremente. ¿A qué se refiere?

—Usted me preguntó por los registros médicos y la autopsia. Yo no los he visto todavía. —Hubo un silencio largo mientras el comandante buscaba un cigarrillo en el bolsillo y se lo llevaba a los labios. Ahuecó las manos cerca de la cara y dio vida al cigarrillo con un encendedor—. Así que este pueblo, al que le he dedicado la vida durante décadas… creo que no está bajo mi mando como creía. —Soltó humo por un lado de la boca—. Pero no pasa un minuto en el que no esté pensando en esa chica que murió aquí.

Kelsey asintió, con la mirada fija en Stan Ferguson, un hombre consternado por una muerte que no iba a tener oportunidad de resolver.

—¿Algo más que pueda decirme antes de que me zambulla en todo esto? —preguntó.

Él volvió a mirar hacia el lago y luego a ella. Se pasó la lengua por el interior de la mejilla y agitó la ceniza del cigarrillo.

—Ocultaba algo —dijo, por fin.

—¿Quién?

—Becca.

—¿Qué ocultaba?

—No lo sé. Y créame, me he pasado horas tratando de dilucidarlo.

—¿Por qué dice que ocultaba algo?

—Cuando un padre con conexiones políticas se esfuerza tanto por controlar el acceso a la información, por lo general significa que están ocultando algo. Algo que no quieren que el público sepa, y mucho menos una periodista de investigación de Miami.

Kelsey sintió una conocida oleada de emoción, una sensación que siempre experimentaba cuando comprendía que había algo detrás de una historia. Tomó apuntes rápidamente.

—¿Comienza a comprender por qué estoy dispuesto a ayudar a una periodista para que me ayude a mí? —dijo el comandante.

—Sí. Pero no sé si podré avanzar más de lo que lo ha hecho usted si están poniendo tantos obstáculos.

—Manténgase en las sombras. No deje que los estatales se enteren de que está haciendo averiguaciones. Si descubre de algo interesante, hágamelo saber.

—Por supuesto. Pero, para poder descubrir algo, tendré que saber todo sobre esta chica. Con quién salía, con quién pasaba tiempo. Voy a necesitar sus correos electrónicos y publicaciones de Facebook. Tendré que hablar con la familia, los amigos y los profesores.

—Pues va a tener que arreglárselas sin todo eso, señorita Castle. La familia no tiene intención de hablar con la prensa y no hay forma de que pueda acceder a sus correos electrónicos. Limpiaron la cuenta de Facebook el día en que la asesinaron. Y los detectives estatales le caerán encima en un segundo si comienza a rastrear a los amigos de Becca, que es precisamente lo que están haciendo ellos ahora.

—Los correos electrónicos y la cuenta de Facebook no pueden haber desaparecido.

El comandante Ferguson ladeó la cabeza.

—Peor aún. Fueron requeridos por la oficina del Fiscal de Distrito y desde mi posición actual, con los estatales encima del caso, eso significa que no solo han desaparecido, sino que no existieron nunca.

—¿Entonces, por dónde comienzo?

—Por aquí mismo. Summit Lake es un pueblo pequeño, señorita Castle. Pero también es un pueblo especial. La gente de aquí ama el lugar y no les agrada lo que sucedió. Summit Lake le hablará a través de esas personas que lo aman. —Dio una calada—. Sé que Becca pasó unas horas en el Café de Millie el día que murió. Estaba estudiando para un examen de la facultad de Derecho. Estuvo allí un par de horas. Hay testigos que la vieron y la dueña conoce bien a los padres y habló con Becca ese día. He hablado con toda la gente del pueblo y nadie vio a Becca después de que se marchó del café.

El comandante Ferguson dio otra profunda calada y el brillo rojo llegó hasta el filtro. Lo apagó contra la suela del zapato y guardó la colilla en el bolsillo. Miró hacia ambos lados de la calle, como si estuviera por revelarle un secreto.

—Cuando se quiere calentar un caso que se ha enfriado —dijo, soltando humo por la nariz—, se empieza investigando en el último sitio donde vieron con vida a la víctima.

CAPÍTULO 7

Becca Eckersley
Universidad George Washington
10 de diciembre de 2010
Catorce meses antes de su muerte

THOM JORGENSEN ERA PROFESOR DE lógica y Pensamiento Crítico en la Universidad George Washington y Becca sabía que lo que hacía estaba mal. Técnicamente. En realidad, suponía que era inofensivo, puesto que ya no era su alumna. No existían sanciones para quienes entablaban amistad con sus profesores, pero la universidad tenía reglas estrictas sobre profesores que incurrían en relaciones inapropiadas con sus estudiantes. El tecnicismo, según el razonamiento de Becca, radicaba en qué se entendía por "inapropiado". Muchos argumentarían que ella y Thom no podían salir juntos, ya que eso rompería la confianza que los estudiantes depositan en sus docentes. El contraargumento de que sí podían hacerlo, dado que Becca ya no era su alumna, era lo que los abogados llamaban "diferencia sin distinción", algo que la ponía incómoda, pues su cabeza ya estaba funcionando como la de su padre y todavía ni siquiera había ingresado en la carrera de Derecho.

Desde cualquier punto de vista que lo considerara, ese

encuentro era simplemente un desayuno con un antiguo profesor que estaba por dejar la universidad. Y un desayuno sonaba mejor que emborracharse con ron y Coca-Cola, que era lo que había hecho al comienzo del semestre cuando se encontraban Thom y ella en un bar de Foggy Bottom. De vez en cuando se enviaban mensajes de texto y, alguna que otra vez, compartían algún café. En caso de que la presionaran, Becca no negaría en ningún momento que Thom Jorgensen fuera un hombre guapo ni que le gustara su atención. Pero ella siempre pagaba lo que consumía y no había nada ilícito en su amistad. Era un hombre soltero de treinta y tantos años, que pronto se convertiría en un ex-profesor de la universidad, pues se marchaba a Nueva York. Cuando los amigos se van, se despiden.

—¿Qué tiene de genial Nueva York? —preguntó Becca mientras la camarera servía el café.

Thom se encogió de hombros.

—¿Cornell? Es muy linda y pagan más. Además… ya sabes, el estatus.

—Ay, vamos. ¿Porque pertenece a la Ivy League? ¿Desde cuándo te interesa el estatus?

—Es prestigiosa, eso es todo. No puedo rechazar la oferta.

Ella tomó un trago de café.

—Bueno, me dará tristeza verte partir. Siempre me gustó pasar tiempo contigo.

—Tú eres una de mis mejores alumnas. Y, más allá de si me marchara de la universidad o no, este es tu último año, por lo que, en algún momento, nuestros caminos iban a tomar diferentes direcciones.

—Puede ser. Me postulé para estudiar Derecho aquí en la UGW. No tengo respuesta aún. Pero, si me aceptan, podría quedarme.

Thom levantó los hombros.

—¿Y si te aceptan en Cornell?

Becca movió la cabeza hacia los lados.

—¿Cómo sabes que me postulé para Cornell?

—Me lo contaste tú cuando fuimos a tomar un café hace un par de meses. Y también para Harvard y Penn. Así que no finjas tanto disgusto porque me marche a una universidad de mayor prestigio, pues tú te has postulado para tres de ellas.

Becca sonrió. No recordaba esa conversación y estaba segura de que solo sus padres y Gail sabían a qué facultades de Derecho les había enviado una solicitud de ingreso.

—De acuerdo. Dejaré pasar tu ambición de ser miembro de la Ivy League. ¿Cómo es el asunto? ¿Cuándo comienzas?

—Oficialmente el año próximo. Pero aquí terminaré después del primer semestre. Me darán una oficina en Cornell para preparar mis clases, que comenzarán en el semestre de otoño del año que viene. Me exigen que también publique algo, así que estaré trabajando en ello la mayor parte del semestre de primavera.

—¿Entonces, tendrás un semestre para no hacer nada?

—Sin clases y sin alumnos. Pero mucho papeleo y mucha investigación.

La camarera les llevó los platos y les sirvió un poco más de café.

—En fin, oye —dijo Thom mientras hundía el tenedor en los huevos con salchicha—. Estaba pensando que, como dentro de una semana o más ya no voy a ser profesor de esta universidad, tal vez tú y yo podríamos salir a comer sin preocuparnos porque puedan vernos juntos.

Becca dejó de cortar su *omelette* y se quedó mirando el plato por un segundo.

—¿Qué quieres decir? Ahora mismo estamos desayunando.

—Claro, pero los dos estamos sentados aquí con la preocupación de que alguien nos vea. Preocupados por si podríamos estar haciendo algo mal. Sería lindo poder pasar tiempo juntos sin tener que pensar en eso, ¿no crees?

Becca abrió grandes los ojos.

—No. O sea, sí. Sería divertido. Es cierto que siempre me provoca cierta inquietud poder tener problemas por pasar tiempo juntos. Aunque, en realidad, tú te verías más perjudicado que yo.

—Exacto. Entonces, ¿qué dices?

—La semana próxima tengo finales. Y luego me voy a casa para Navidad. ¿No te habrás ido para cuando vuelva?

—Estaré con la mudanza, pero no me iré hasta fines de enero, así que todavía estaré aquí un tiempo. Podríamos vernos cuando vuelvas del receso.

—Muy bien —dijo Becca—. Será nuestra cena de despedida.

—Eso suena horrible. Como si nunca más fuéramos a volver a vernos.

Becca sonrió. Por lo visto, el profesor Jorgensen estaba encaprichado con ella.

—Tienes razón. Nuestros caminos se cruzarán de nuevo en algún momento —mintió. Porque a menos que la aceptaran en Cornell, algo poco probable, seguramente nunca volvería a ver a Thom Jorgensen tras su partida de la UGW.

* * *

Eligieron un viernes por la noche y planearon cuidadosamente la estrategia. Los viernes había pocos alumnos en el campus, pues la mayoría estaba en los bares o viajaba a sus hogares, lo que significaba que había muy pocas posibilidades de que algún profesor anduviera cerca del edificio Samson Hall. Y lo más importante: nadie, ni profesores ni estudiantes ni personal de limpieza, estarían de vuelta hasta el lunes por la mañana, lo que les daría tiempo para resolver cualquier problema que pudiera surgir.

Era medianoche y hacía frío cuando Brad insertó la llave en

la cerradura de la puerta lateral del edificio, entrada exclusiva para los docentes. El clic de la cerradura le provocó una sonrisa.

—¡Mierda! —dijo Jack. El vapor de su aliento se elevó en un susurro blanco que la brisa del Potomac arremolinó a su alrededor.

—¿No esperabas que funcionara? —preguntó Brad.

—No sé lo que esperaba.

—No te eches atrás ahora, Jackie-Jack.

—Esto es una verdadera locura. —Jack tomó a Brad del hombro antes de pasar por la puerta—. ¿Estás seguro de que quieres hacerlo? Becca va a llegar bien preparada al examen final. No necesita las preguntas.

—Vamos, Jack. Basta de perder tiempo.

Los pasillos estaban oscuros; solamente los iluminaban unas bombillas auxiliares en las esquinas y una extraña luz fluorescente que quedaba siempre encendida. Los suelos relucientes reflejaban las luces y olían a cera de limón. Una hora antes, Jack y Brad habían visto marcharse al personal de limpieza. Echaron a andar por los corredores, asomándose dentro de los salones y abriendo las puertas que no tenían la llave echada para asegurarse de que el lugar estuviera vacío. No era un delito estar dentro de un edificio los viernes por la noche; la cartelera atraía a los estudiantes a toda hora con información, cambios de horario, y las preguntas de los trabajos de la semana anterior. Esa sería su coartada: estaban buscando información en la cartelera pública. Una excusa débil para un viernes por la noche, pero irrefutable para presentar ante las autoridades si fuera necesario.

Después de veinte minutos, concluyeron que el edificio estaba vacío. Llegaron al ala de los despachos de los profesores, un pasillo recto con puertas enfrentadas, decoradas con las convicciones personales y citas favoritas de cada profesor. Algunas puertas solo mostraban la placa con el nombre del profesor, otras parecían el refrigerador de una casa con cinco niños de escuela primaria. Llegaron al sitio que les interesaba: la puerta con la placa que ostentaba el nombre del PROF. MILFORD MORTON Debajo se veía una caricatura del presidente en cuatro patas dentro de un chiquero. La leyenda decía: "Una vez que estás dentro, puedes revolcarte un rato".

Brad miró a Jack.

—Espero que eso no sea metafórico.

Jack levantó los hombros mientras miraba la ilustración.

—Todavía no nos hemos ensuciado los pies con nada.

—Pero estamos por hacerlo. Estamos por meternos en el chiquero, revolcarnos y hundir la cabeza. Pero somos nosotros. Nosotros no nos ensuciamos.

Se calzaron los guantes quirúrgicos que habían robado unos días antes del laboratorio de anatomía. Nunca los habían arrestado y la universidad no exigía huellas dactilares durante el proceso de inscripción, pero habían decidido tomar esa precaución. Como mínimo, les daba una necesaria inyección de adrenalina.

La llave volvió a funcionar y la puerta del profesor Morton se abrió sin problemas.

—¡Puta madre, Jack! ¡Lo estamos haciendo de verdad!

—Dejemos los besos y abrazos para después. Busquemos el maldito examen.

Con ayuda de una pequeña linterna registraron el armario que estaba en un rincón y en la tercera gaveta encontraron una serie de carpetas tituladas "Examen final - Copia impresa" Había una copia para cada uno de los últimos seis años. Con manos temblorosas tomaron tres exámenes cada uno y, tras hojearlos, dedujeron que no había mucha diferencia entre ellos, salvo en las preguntas que debían responderse con un ensayo. Los dispusieron sobre el escritorio. Brad tomaba fotografías con el móvil mientras Jack iba pasando las páginas. Tomaron fotos de cada una de las ocho páginas del examen más reciente y de todos los títulos de los ensayos de los últimos seis años.

Brad verificó que la calidad fuera aceptable y las preguntas resultaran legibles. Diecisiete minutos más tarde, cerraron con llave la puerta detrás de ellos, arrojaron los guantes en un cesto de residuos y caminaron por el lateral del edificio hasta salir finalmente al campus. El corazón les galopaba en el pecho y les temblaban las manos.

Era tarde y hacía frío; faltaban dos semanas para el receso de Navidad. No se cruzaron con una sola persona hasta estar a trescientos metros de Samson Hall, donde vieron a una parejita de primer año dirigiéndose a los dormitorios, tomados de la mano.

Se sentían invisibles.

—¿Cuál era el gran misterio de anoche? —preguntó Becca.

Estaban sentados en una mesa de la cafetería Founding Farmers, bebiendo café mientras esperaban el desayuno.

—Ustedes tuvieron su asunto con la sororidad —respondió Brad—. Nosotros también tuvimos lo nuestro.

—Ah —dijo Becca, y miró a Gail—. Están celosos.

Brad rio.

—¿Celosos? ¿De qué?

—De nuestra salida de anoche.

Tras haberse acostado tarde y levantado temprano, Becca llevaba el pelo rubio recogido en una coleta. El único maquillaje que lucía era brillo sobre sus labios carnosos, que se curvaron en una sonrisa ante la broma de Gail. Con su pesada sudadera de la UGW, se veía bonita y llamativa al mismo tiempo.

—¿Salieron con chicos de la Sig Ep? —preguntó Brad con una sonrisa.

Jack se arrellanó en la silla y sonrió mientras bebía café. Miró a Becca por encima del borde de la taza. Cuando ella lo miró, Jack entornó los ojos.

—¿Estás escuchando? —preguntó Brad.

—Escucho, proceso y guardo —respondió Jack, dando otro trago al café.

—Un momento —dijo Gail—. ¿Cuál es el problema si me encamo con alguien? No es que esté saliendo con ninguno de ustedes.

—Además, era guapo —dijo Becca, despegando sus ojos de los de Jack—. Para ser de la fraternidad Sig Ep, claro.

—Cállate —dijo Gail.

—No, en serio. Solo que tenía un poco de tetas. Pero, si fuera al gimnasio, el problema se solucionaría.

Eso hizo reír a Jack, pero Brad seguía serio.

—¿O sea, que de verdad salieron con los de Sig Ep? —preguntó, mirando a Becca.

Becca señaló a Gail.

—Yo me fui a dormir después de la fiesta. Cenicienta regresó a eso de las tres de la mañana.

Gail trató de ocultarse detrás de su taza de café.

Jack seguía echado hacia atrás en la silla.

—Escuché que es el lugar más difícil para eliminar grasa en los hombres. El pecho.

Gail dejó la taza sobre la mesa.

—Basta.

—No, en serio. Se llama ginecomastia: pechos carnosos en los hombres. Y no puedes perder esa grasa con ejercicio por algo relacionado con el metabolismo. Lo leí en una revista de vida saludable. Creo que era *Men's Life*. Debido a la forma en que fluye la sangre hacia la zona pectoral, cuando haces ejercicio reduces la celulitis del estómago y las caderas, del trasero, de todos lados antes que del pecho.

Gail puso los ojos en blanco.

Jack levantó una mano.

—Un momento, Gail. Estoy diciendo algo importante.

—¿Qué cosa?

Jack se mantuvo serio.

—El chico este tiene veinte años y una ginecomastia significativa. Creo que, si la relación entre ustedes prospera, cuando llegue a los treinta podrá usar tus sujetadores.

Eso hizo reír a toda la mesa y Gail se cubrió los ojos con la mano.

—Era guapo.

—No lo dudo —respondió Jack—. Solo te digo a qué tendrás que atenerte dentro de algunos años.

—Bien —dijo Becca—. Ahora ya saben cómo pasamos la velada. Supongo que nadie quiere detalles sobre qué hizo Gail entre la medianoche y las tres de la mañana. ¿Ustedes qué hicieron?

—No mucho —respondió Brad. Luego hizo una pausa y levantó un dedo—. Ah, sí, entramos en el despacho del profe Morton y le robamos una copia del examen final de la semana que viene.

Nadie habló durante un minuto. La camarera colocó platos delante de cada uno de ellos, les volvió a llenar las tazas de café y se alejó. Jack y Brad dejaron que el silencio se extendiera mientras atacaban la comida. Becca se inclinó hacia delante y habló en voz baja:

—¿Entraron en el despacho del profesor Morton?

Jack le guiñó un ojo.

—No sé qué es eso —se quejó ella—. ¿Sí? ¿No?

Jack se limpió la boca y volvió a arrellanarse en la silla, con el café en la mano.

—Sí.

Becca abrió grandes los ojos.

—¡No!

Jack se encogió de hombros y miró a Brad.

—Te dije que no nos iban a creer.

Brad lo miró con ojos enormes.

—No confían en nosotros, Jackie-Jack.

—Nos están tomando el pelo.

—No —dijo Jack—. Mientras ustedes coqueteaban con los de Sig Ep, nosotros nos estábamos asegurando un diez o un nueve para los cuatro. —Bebió un trago de café—. Pueden agradecernos cuando quieran.

—Exijo pruebas —dijo Gail.

Brad le alcanzó su móvil y volvió a concentrarse en el plato de huevos.

—¡Mierda! —exclamó Gail, mientras miraba las fotografías; Becca espiaba por encima de su hombro—. ¿Cómo lo consiguieron?

Jack dejó que Brad narrara la historia, pues parecía estar más orgulloso de ella.

Cuando él terminó, Gail meneó la cabeza.

—¿Cómo sabemos que usará el mismo examen?

Jack comió un bocado de su plato de huevos.

—No lo sabemos.

—Pero revisamos los exámenes de los últimos años —explicó Brad—. Tenía copias impresas en sus archivos y no eran demasiado distintos entre sí. Excepto por el título de los ensayos, así que tomamos fotografías de todos. Aunque no sea exacto, debería ser muy similar. —Miró a Becca—. Te dije que no te fallaría.

***

Diez días después, la noche antes del examen final de Milford Morton, Becca estaba sentada con Jack en la silenciosa sección de referencia de la biblioteca, donde estudiaban a menudo. Brad y Gail se habían marchado temprano. Con una copia del examen final en su poder, era poco lo que tenían que estudiar.

Becca y Jack estaban sentados frente a frente en dos escritorios, separados por cubículos de madera que brindaban privacidad. Becca se puso de pie y espió por encima para ver qué estaba leyendo Jack. Tenía un libro de texto abierto sobre el escritorio, iluminado por la lámpara, y varias hojas escritas junto a él.

—No estás utilizando el examen, ¿verdad? —preguntó Becca.

Jack levantó la mirada.

—Hola, curiosa, ¿cómo estás?

—Vamos, Jack. No soy tan tonta como crees. ¿Cuánto tiempo lleva memorizar un examen robado?

Jack se echó hacia atrás y abrió las manos, con gesto avergonzado, para mostrar su material de estudio.

—Me has pillado.

—No lo entiendo. O sea, sí, comprendo que no quieras hacer trampa. Yo soy igual, pero no tengo fuerza de voluntad como para no echar una miradita. Además, todo eso del proceso de infusión lenta, o como sea que lo llames, a mí no me funciona. Pero ¿por qué arriesgarte? ¿Por qué entraste en la oficina del profesor Morton si no ibas a utilizar el examen?

Jack se encogió de hombros.

—Brad consiguió la llave. Estaba entusiasmado y me hizo entusiasmarme a mí. No lo sé, supongo que me divertía la aventura. —Rio—. No sé por qué lo hice, creo que fue para tener buenas historias que contar cuando tengamos cincuenta años.

—¿Ni siquiera vas a echarles un vistazo a las preguntas?

—No necesito hacerlo.

—Ay —dijo Becca, llevándose una mano al corazón—. Eso me dio de lleno en mi amor propio.

Jack sonrió.

—Tampoco creo que tú lo necesites, pero eso es otra historia. —Hizo un ademán con la mano—. ¿Qué te pasaba ayer? Dijo Gail que estabas ofuscada por algo.

—Cosas de chicas, nada más.

—Nunca tienes problemas de chicas. Vamos, confiesa.

—Richard vino a verme.

—¿Otra vez? Ese tipo es un imbécil.

Becca no respondió.

—¿Le has dicho que te deje en paz?

—Somos amigos, Jack. Y nuestros padres también. No puedo decirle que me deje en paz.

—Primero, no es tu amigo, es tu ex novio. Segundo, tus padres deberían apoyarte. Cada vez que viene ese cretino, estás fatal durante dos días. Además, es la semana de los finales, así que ¿qué hace ese infeliz aquí?

—En Harvard terminaron la semana pasada e iba camino a su casa. Pasó de visita, nada más.

—Sabiendo que te dejaría nerviosa el resto de la semana cuando necesitas estudiar. Me tiene harto ese tipo.

—No pasa nada, Jack.

—¿Qué quería esta vez?

—Que nos veamos durante las vacaciones de Navidad.

—Fantástico. Espero que le hayas dicho que no.

—Le dije que estaba ocupada. Vamos, date prisa y termina de repasar, ya estoy cansada.

Becca se sentó ante su escritorio, fuera de la vista de Jack. Apoyó la cabeza sobre las manos y cerró los ojos.

—Me faltan una o dos horas —dijo Jack.

—Te esperaré.

CAPÍTULO 8

Kelsey Castle
Summit Lake
7 de marzo de 2012
Día 3

EL CAFÉ DE MILLIE ESTABA en la esquina de Maple y Tomahawk y era el único sitio en el pueblo que ofrecía distintas variedades de café y pastelería casera. Ubicado en el extremo sur del pueblo, frente a la iglesia de San Patricio, el local contaba con una terraza de adoquines y mesas con sombrillas delante de una fachada de cristal. Dentro, el aroma de café y dulces impregnaba el aire. Kelsey sintió también la fragancia suave de la madera de pino que ardía en la chimenea, alejando los últimos vestigios del invierno que se negaba a liberar al mes de marzo de sus garras.

El café, amplio y acogedor, estaba decorado con madera de cerezo, desde los zócalos a las gruesas vigas del techo. El centro lo ocupaba una gran chimenea, abierta a ambos lados, con cuatro sillones de cuero alrededor. Cerca de las ventanas se alineaban mesas altas de pub, mientras que en el resto del gran salón había mesas tradicionales de café. Una reluciente barra de caoba corría a lo largo de la pared posterior, y detrás de ella los empleados con delantales rojos preparaban los pedidos de café y pasteles para los clientes.

En un rincón del local, un grupo pequeño estaba inmerso en una conversación animada. Cuando Kelsey oyó el nombre de Becca, se sentó a dos mesas de distancia y jugueteó con el teléfono mientras escuchaba. Una mujer mayor que ella, de pelo anaranjado, que hablaba con los ojos cerrados, parecía estar a la defensiva.

—Eso no es lo que escuché —dijo la pelirroja, con los ojos cerrados, meneando la cabeza—. Me dijeron que abandonó la universidad y estuvo aquí, en Summit Lake, dos semanas antes de aquella noche.

—No, no, no —replicó un hombre más joven, de unos cuarenta y cinco años—. ¿De dónde has sacado eso? En ningún momento dejó la universidad. Vino aquí a estudiar para un examen. Llegó el mismo día en que la mataron, por lo que alguien debe de haberla seguido. La pregunta es: ¿quién?

—Tal vez algún psicópata la vio en el camino… —La que hablaba era una mujer corpulenta que estaba en un extremo de la barra—. Vio que estaba sola y decidió seguirla.

—Demasiada coincidencia —replicó el cuarentón—. No es imposible, pero… ¿cómo sabría el tipo adónde se dirigía o que no iba a encontrarse con alguien? Demasiada casualidad.

—Pues eso es lo que está diciendo la policía. Que un desconocido entró por la fuerza y desvalijó la casa. Y que mató a Becca de forma accidental.

—¿En todo el pueblo, un desconocido al azar eligió una casa al azar en la que por casualidad estaba Becca en una noche al azar en la que habitualmente habría estado en la universidad? Disculpen, pero no lo creo. Demasiada intervención del azar.

—Sigo pensando que está relacionado con que ella haya abandonado la universidad —comentó la pelirroja.

El grupo soltó un suspiro colectivo. Tras escuchar durante solo un minuto, Kelsey se dio cuenta de lo lejos que había llegado en solo un par de días. Mientras guardaba el teléfono, reconoció a la chica que salió de la cocina detrás de la barra. Había contemplado con ella el efecto del sol sobre la cascada la mañana anterior. Llevó el sándwich de desayuno a un cliente y saludó a otros dos antes de regresar tras el mostrador. Poseía esa belleza juvenil que no requiere esfuerzo y una sonrisa alegre que resultaba perfecta para un café en las montañas. Tenía pelo corto y rubio, hoyuelos en las mejillas y un magnetismo que Kelsey imaginó la convertía en la cara del establecimiento.

—Hola —saludó Kelsey.

La chica se sorprendió al verla.

—Hola —dijo—. ¿Cómo estás?

—Bien. Eres Rae, ¿no es cierto?

—Exacto. Bienvenida. ¿Qué te preparo?

Kelsey miró la lista de cafés en la pared detrás de Rae.

—Un caramel latte.

—¿Lo consumes aquí o te lo llevas?

—Aquí.

Rae dirigió la mirada al grupo de chismosos.

—Toma asiento junto a la chimenea —le sugirió—. Te lo llevaré allí.

Kelsey se alejó de la barra y se sentó en uno de los sillones tapizados; luego tomó sus notas sobre el caso Eckersley. Las releyó mientras esperaba el café. Hasta ese momento, su investigación le había informado que Becca Eckersley era una buena chica de Carolina del Norte que había asistido a la Universidad George Washington con una beca académica parcial y que había ingresado en la facultad de Derecho de esa misma universidad. Impecable en sus actitudes, sin haberse metido nunca en problemas, se encontraba cursando con éxito el primer año de Derecho cuando la habían asesinado dos semanas atrás. Kelsey recordó la conversación con el comandante Ferguson y se preguntó en qué lío se habría metido Becca antes de su muerte y qué era lo que una joven estudiante de Derecho podía estar ocultando. Basándose en el expediente que le había dado el comandante Ferguson, Kelsey creó una línea de tiempo del día en que mataron a Becca: desde el momento en que salió de la universidad en la ciudad de Washington D.C. hasta que llegó a Summit Lake y luego se alojó en la casa que sus padres poseían sobre el lago. En algún momento de aquel día, Becca había estado en ese mismo café.

Rae le llevó su pedido y se sentó en el sillón junto a Kelsey.

—Me alegra que hayas pasado por aquí —dijo.

Kelsey bebió un trago.

—No puedo rechazar una invitación para un café. Me encanta este sitio. Es precioso, ideal para el pueblo.

Rae sonrió.

—Es una de las atracciones del lugar, eso sí.

—¿Hace cuánto que trabajas aquí?

—Hace tiempo. Manejo el café ahora, desde que Livvy quiso tomarse un descanso. Es la dueña.

—¿En serio? Tenía esperanzas de hablar con la dueña. Para mi artículo.

Rae hizo una mueca, como para disculparse.

—Es Livvy Houston. Ya casi no viene por aquí. Aparece de vez en cuando, pero poco. No ha venido desde la muerte de Becca.

—¿Por qué?

—Fue demasiado para ella, con la policía haciendo preguntas y luego también los clientes. Vinieron detectives del sur. Fue demasiado.

—¿Estás a menudo en el café?

—Todos los días, últimamente.

—¿Estabas aquí el día que mataron a Becca Eckersley?

Rae asintió.

—Sí.

—¿La viste?

72

—Sí.

—¿Hablaste con ella?

—No.

—¿La señora Houston habló con ella?

—Sí, conversaron un rato. Livvy es amiga de los padres de Becca.

—El jefe de policía piensa que Livvy Houston puede haber sido la última persona que habló con Becca antes de que la mataran.

—Hasta donde sé, fue así —dijo Rae—. Pero si quieres hablar con Livvy, no la encontrarás aquí. Ha desaparecido del mapa desde la muerte de Becca. Pero vive aquí en el pueblo. En el lado oeste, subiendo la ladera de la montaña. Podrías intentar ir a verla. Aunque no sé si querrá hablar contigo.

Kelsey abrió la libreta y anotó el nombre de Livvy Houston.

—¿Hay algo que puedas contarme sobre aquel día? ¿Sobre Becca?

—No mucho —respondió Rae—. Estaba trabajando en la cocina y había poca gente, por lo que no salí demasiado.

—¿Conoces a la mayoría de los clientes?

—Sí, claro. Les conozco las caras, al menos. Los nombres de muchos, también. Los fines de semana son diferentes, porque viene mucha gente de afuera.

—¿Alguien te llamó la atención especialmente el día que mataron a Becca?

Rae lo pensó durante un instante.

—La verdad es que no. Nadie que recuerde. Era un típico viernes.

—¿Cuánto tiempo estuvo aquí Becca aquel día?

—Un par de horas como mínimo. Estaba trabajando con muchos papeles.

—Sí, estudiaba para un examen de la facultad de Derecho. ¿Viste que hablara con alguien además de con Livvy?

—No, por lo que recuerdo, llegó sola y se marchó sola.

Kelsey hizo una pausa, miró las notas y bebió un poco de café.

—De acuerdo. ¿Te molestaría que volviera a hablar contigo sobre aquel día si necesito algo más?

—No, claro. —Rae señaló al grupo de chismosos en la barra—. Todos los que vienen aquí hablan del caso. Los clientes habituales beben café y cotillean todas las mañanas y todos tienen sus teorías sobre lo que le sucedió a Becca. Algunas son bastante descabelladas. —Rae sonrió—. Puedes unirte a la conversación cualquier mañana de estas.

—Gracias —dijo Kelsey—. Y también por el café.

—Buena suerte.

Caminó cuatrocientos metros hasta el Hotel Winchester y luego otros quinientos hasta el hospital que estaba al norte del centro del pueblo, a orillas del lago Summit; las puertas automáticas se abrieron cuando Kelsey se acercó a la entrada principal. En el mostrador de recepción hizo varias preguntas hasta que la derivaron al tercer piso, donde se encontró con el puesto de enfermería.

—Hola —dijo—. Busco al doctor Peter Ambrose.

—Por supuesto —respondió la enfermera—. Debería estar en su consultorio. La última puerta a la derecha. —Señaló en dirección al pasillo.

Kelsey sonrió y se dirigió hacia el consultorio. Cuando llegó, vio la puerta abierta y golpeó el marco. Peter Ambrose estaba sentado detrás del escritorio, revisando historias clínicas y escribiendo en la computadora. Vestía uniforme azul de cirugía y un guardapolvo blanco largo con su nombre impreso sobre el bolsillo superior. Era un hombre atractivo, de aspecto típicamente estadounidense; tenía el pelo corto y unas patillas que terminaban en una sombra de barba en la cara. Kelsey podía imaginarlo como el alumno que hace el discurso de despedida del bachillerato o como capitán del equipo de remo de Yale, donde había estudiado. Kelsey había investigado al doctor Ambrose. Siempre hacía averiguaciones antes de pedirle ayuda a alguien.

Él levantó la vista.

—Hola —dijo.

—Hola. ¿El doctor Ambrose?

—Sí.

—Me llamo Kelsey Castle. Me dijeron en la recepción que tal vez podría ayudarme.

Despejó una zona del escritorio apilando historias clínicas a un lado y se quitó el gorro de cirugía de la cabeza.

—Pase. —Señaló la silla—. ¿Qué puedo hacer por usted?

—Estoy en el pueblo para escribir un artículo sobre el caso de Becca Eckersley para la revista *Events*. —Le entregó una tarjeta mientras se sentaba—. ¿Conoce el caso?

Él estudió la tarjeta durante unos instantes.

—Solo porque trajeron a la chica aquí. No estuve involucrado de manera directa.

—Estoy tratando de conseguir los registros médicos de Becca de la noche en que la trajeron y el informe de la autopsia. ¿Podría ayudarme con eso?

El doctor Ambrose hizo girar la silla y arrojó el gorro quirúrgico al cesto de residuos.

—Me parece que no. Los registros médicos son confidenciales, por lo que debería obtener permiso de la familia.

—Imposible. La familia es muy reservada. No van a permitirme acceder a los registros.

—Sin la aprobación de ellos, no es mucho lo que puedo hacer por usted.

Ella permaneció en silencio un instante.

—Pero usted tiene acceso a esa información, ¿verdad? ¿A los registros?

—Sí, claro. Si quisiera verlos.

—¿Querría verlos?

El doctor Ambrose sonrió.

—Ya se lo he dicho, no fui yo el médico que la atendió, así que no tengo *motivos* para verlos.

—¿Y si le dijera que pienso que se pasaron cosas por alto? Solo necesito ayuda para obtener parte de esa información y sé que podría unir algunas piezas del rompecabezas.

—¿Pero no está abierta la investigación del caso?

—Sí, lo está.

—¿Y por qué no deja que la policía arme el rompecabezas?

—Están intentando hacerlo.

—¿Y usted lo hará mejor que ellos?

—No mejor, lo haría de manera diferente. Los homicidios se resuelven más rápido cuando ojos nuevos miran pruebas viejas.

—Seguramente. Pero, le repito, tendría que conseguir permiso de los familiares antes de poder entregarle información.

Kelsey asintió.

—Entiendo.

—¿Por qué no habla con ellos? Tal vez se sorprenda.

—Es posible —respondió Kelsey, poniéndose de pie—. Gracias por su tiempo.

—¿Por qué el interés? —preguntó el doctor Ambrose cuando ella se disponía a marcharse.

Ya en la puerta, Kelsey se volvió. Con su cuerpo de corredora y sus grandes ojos color caramelo, Kelsey sabía utilizar su presencia para comunicar sus argumentos.

—Es el primer y único homicidio ocurrido en Summit Lake. Una familia importante. Una joven estudiante de Derecho con todo a favor y antecedentes inmaculados. Las autoridades estatales han tomado el caso y pasado por encima de la policía local porque la historia huele mal y alguien quiere ocultar algo, sepultarlo. Es exactamente lo que publicamos en mi revista y la clase de investigación en la que me destaco. —Se encogió de hombros—. Gracias otra vez por su tiempo. —Kelsey salió al pasillo.

—¿Huele mal? ¿En qué sentido?

—Huele a ocultamiento.

—¿La conoce? —preguntó el doctor Ambrose.

—¿A quién?

—¿A la víctima?

—No, pero lo poco que he averiguado sobre ella me hace pensar que algo en la historia y en la teoría que maneja la policía no cierra.

—¿Cuál es esa teoría?

—Que un desconocido entró por la fuerza en la casa, la atacó y huyó en medio de la noche sin que nadie viera nada.

—Suena poco probable.

—Y perezoso —añadió Kelsey.

Él se pasó la mano por la barbilla mientras pensaba.

—¿Quién está ocultando cosas?

—No lo sé.

—¿Y por qué deberían ocultarse los detalles de la muerte de una estudiante de Derecho?

—Buena pregunta.

—¿Cree que mi hospital tiene algo que ver? ¿Mi personal? Es ridículo.

—No sé quién puede estar involucrado, doctor Ambrose. No estoy lanzando acusaciones, estoy buscando respuestas. Y necesito ayuda para encontrarlas.

Él se frotó las manos, las juntó sobre el escritorio, como en oración y luego miró su reloj.

—¿Qué le parece esto? Tengo que atender a unos pacientes esta tarde, pero luego investigaré un poco y veré qué puedo averiguar. No puedo entregarle registros ni documentos, pero puedo leer lo que está disponible y contarle lo que encuentro.

—¿Me haría ese favor?

—Me lo estaría haciendo a mí mismo. Ha despertado mi curiosidad.

—Gracias.

—Deme un día para ver qué averiguo. Encontrémonos mañana por la noche.

Kelsey asintió.

—Perfecto.

—Hay un sitio llamado Water's Edge, a pocos metros de la avenida Tahoma.

—¿A las siete?

—Me parece bien.

Kelsey sonrió.

—Gracias por su ayuda.

—No he hecho nada todavía.

Ella lo saludó con la mano y bajó en el elevador, tachando mentalmente ítems en su lista de cosas para hacer. De eso se trataba el trabajo de campo preliminar. De hablar con muchas personas y tomar por diversas rutas de investigación, sabiendo que algunas serían un callejón sin salida y otras llevarían a datos que requerirían de más investigación. Pero si se abrían varios caminos, Kelsey sabía que uno de ellos la llevaría a algún sitio importante.

CAPÍTULO 9

Becca Eckersley
Universidad George Washington
21 de diciembre de 2010
Catorce meses antes de su muerte

Diciembre en el Distrito de Columbia era glacial, con vientos provenientes del río Potomac que trepaban por la espalda y calaban hasta la espina dorsal. Becca se subió la bufanda hasta la altura de los ojos y trotó hacia el edificio Old Main para rendir su último examen antes del receso de Navidad. Sentía mariposas en el estómago. No era por temor al examen final del profesor Morton y la posibilidad de que fuera demasiado parecido al examen robado que había estudiado de memoria, sino por la ilusión que sentía ante lo que le esperaba al final del semestre. Hacía tres años que ocultaba sus sentimientos y los mantenía en secreto. No los había compartido con nadie, ni siquiera con Gail. Pero ahora, por fin, había decidido sacarlos a la luz y dejarlos al descubierto.

Sería necesario dar algunas explicaciones y quizá le esperarían días o semanas incómodas. Pero todo pasaría. Y, en caso de que no fuera así, la graduación aguardaba al final del invierno, ya no dentro de seis meses. Los confines del círculo social que ella había construido a su alrededor ya no la limitarían y, si las amistades se debilitaban, Becca estaba dispuesta a aceptar que así era como funcionaba la vida después de la universidad. En el mundo que la esperaba fuera de la Universidad George Washington, mantener el secreto sobre el hombre que amaba no tendría cabida.

Le había llevado tres años de amistad preparar el terreno y, sobre esa base firme, le resultó fácil entender cómo se había enamorado tanto y tan rápido. Ya estaba a dos horas de finalizar el séptimo semestre. Faltaba solo uno más, y Becca se preguntaba dónde la llevaría ese último período. Se imaginaba la felicidad y la bendición de poder por fin caminar de la mano con él por el campus. De desayunar juntos los sábados por la mañana, sin tener que escaparse de Foggy Bottom y buscar un café desierto, de poder disfrutar de ese momento libremente como cualquier otra pareja. Estaba cansada de ocultárselo a Gail y ya era hora, decididamente, de dejar de escapar sigilosamente de la cama de él temprano por la mañana, antes de que el resto del campus despertara.

Mientras se apresuraba hacia el examen del profesor Morton, Becca sentía que estómago le daba vueltas; pensar en el año próximo intensificaba el revoloteo de las mariposas en su interior.

Durante los diez días de finales, el campus se iba vaciando a medida que los estudiantes rendían los exámenes y se marchaban a sus casas. Algunos tenían menos suerte y debían esperar hasta la última mañana para obtener la libertad. La mayoría de los alumnos había finalizado el día anterior y ya había comenzado el receso de Navidad. Esa noche era especial en el campus: las despedidas, el adiós a un semestre de intenso trabajo. Y para Becca Eckersley y sus tres amigos constituía el tramo final, la última vez que celebrarían el fin del semestre y sus inminentes vacaciones. Era el final de una era. La próxima vez que eso sucediera, ya estarían terminando sus carreras universitarias. No tendrían más vacaciones por delante, salvo el verano previo al ingreso en la facultad de Derecho, algo que probablemente los dispersaría por todo el país.

Se reunieron en el Diecinueve, que se encontraba colmado de estudiantes de la universidad y de algunos profesores jóvenes que vestían suéteres de cuello alto y chaquetas con coderas. Becca y sus amigos estaban sentados alrededor de una mesa alta para cuatro, con una jarra de cerveza medio vacía delante de ellos y los vasos llenos.

—Era exactamente el mismo, ¿no? —preguntó Brad.

Gail esbozó una sonrisita.

—Exacto, exacto. Sin ninguna diferencia.

Becca bebió un trago de cerveza.

—Debo admitir, Brad, que nos salvaste.

Brad respondió imitando una voz aguda de mujer.

—Te seguiré queriendo igual, aunque nos falles.

—Bueno, bueno. Por una vez no nos fallaste y te debemos todo lo que logremos en la universidad, en la vida y en nuestras futuras carreras.

—No sé si tanto —dijo Brad. Levantó la mirada, como pensando—. Aunque, en realidad, es bastante cierto. ¿Tienen algo más que agregar?

—Yo sí —dijo Jack—. Para un examen de dos horas, hubiera quedado mejor que no lo entregaras al cabo de treinta minutos.

Brad rio.

—Cierto, ¿no? Fui el primero en salir y luego siguió una avalancha.

Gail rio también.

—Todos te siguieron en cuanto te pusiste de pie. Era como si estuvieran esperando a que alguien fuera el primero en jugársela.

Becca sonrió ante el comentario de Gail, pero vio la preocupación en los ojos de Jack.

—¿Cuántos más tenían el maldito examen? —preguntó Jack—. Hizo un movimiento circular con los dedos—. Creía que era nuestro secreto.

—Se lo pasé a un par de amigos. —Brad se encogió de hombros.

—Yo diría que la mitad de la clase —dijo Becca—, en vista de la cantidad de gente que se retiró temprano del aula.

Jack meneó la cabeza.

—Bradley, esa es la mejor forma de levantar sospechas.

—Ay, vamos. Morton ni siquiera estaba vigilando. Eran el viejo de la biblioteca y la señora esa... —Brad chasqueó los dedos mientras pensaba—. De la oficina de admisión o algo así. No tenían idea de cuánto debía durar el examen. Ese friki, ¿cómo se llamaba, el de la mitad de la cabeza rapada?

—Andrew Price —dijo Becca.

—Ese tipo sale de todos los exámenes a los treinta minutos.

Jack se introdujo un palillo entre los dientes.

—No cuando los exámenes incluyen responder a la última pregunta escribiendo un ensayo.

—Créeme que, si el profe Morton hubiera estado en el salón, me habría clavado a la silla durante las dos horas completas. Que, por cierto, fue lo que hiciste tú. ¿Qué te pasó? ¿Tanto te inquietaba terminar antes?

Jack se encogió de hombros y bebió más cerveza.

—Quería que todo pareciera normal.

—Eres un buen actor y tienes muchísima paciencia. Yo habría enloquecido de quedarme sentado ahí.

Jack miró a Becca.

—Solo espero que las cosas no se salgan de cauce, no sé si me entienden. Espero que aquellos a los que les diste el examen hayan tenido suficiente sentido común como para dejar algunas preguntas sin responder. Si cincuenta personas con cinco o seis de promedio obtienen la máxima calificación, estaremos bien jodidos.

Brad chocó su pinta contra la de Jack, haciendo tintinear el cristal y derramando cerveza barata sobre la mesa.

—¡Salud, hermano! Deja de preocuparte. En unas semanas, ya sabremos dónde estudiaremos Derecho y, de allí en más, navegaremos en aguas tranquilas. A menos que repruebes una asignatura, las universidades no tienen en cuenta el último semestre. Bebe tu cerveza y relájate. Ya hemos comenzado las vacaciones de Navidad.

—Está muy asustado, ¿no les parece? —preguntó Brad.

Becca arqueó las cejas y levantó los hombros.

—No fue bueno que todos entregáramos tan rápido. Y, en defensa de Jack, coincido en que nos tendríamos que haber quedado solo nosotros con el examen.

—Puede ser —dijo Brad—. Pero, como algunos sabían que yo tenía la llave de Morton, no quería que pensaran que no me había atrevido a usarla. Además, los chicos a quienes se la di la necesitaban de verdad. No habían podido estudiar todo. Un poco como tú.

—Claro, pero, como dijo Jack, si muchas personas con seis de promedio de pronto obtienen un diez en el examen final, resultará sospechoso.

—Pues conozco una chica de seis que sacará un diez.

Becca se encogió de hombros.

—Sí, me resultó muy útil. Me quitó algo de presión.

Jack y Gail ya se habían retirado del bar. Brad y Becca terminaron la jarra antes de dirigirse al apartamento de Becca. Gail estaba profundamente dormida. Becca cerró con cuidado la puerta de su habitación. Ella y Brad se acomodaron en la sala; Becca apoyó los pies descalzos sobre el regazo de Brad.

—Sabes que lo hice por ti —dijo él.

—Shhh —dijo Becca—. No quiero que Gail se entere de que estás aquí.

—No me importa que Gail lo sepa.

—Es que no quiero que se despierte y venga a la sala.

—De acuerdo —dijo Brad en un susurro exagerado—. Sabes que lo hice por ti —repitió.

—¿Qué cosa?

—Conseguir el examen. Dijiste que necesitabas ayuda de verdad.

—Gracias —respondió—. Creo que habría sobrevivido sin ella, pero, como te dije, me quitó algo de presión de encima.

—Pues mira lo asustados que están. Le están dando demasiadas vueltas al asunto. Y me están haciendo preocupar a mí también. Ya me duele la cabeza. —Brad comenzó a masajear los pies de Becca—. Esto me recuerda los viejos tiempos.

—¿A qué te refieres?

Brad no sabía cómo decírselo, no encontraba las palabras para expresar lo que sentía por ella. Sabía que ella tenía sentimientos parecidos y estaba listo para preguntarle por ellos, para dejar que las palabras brotaran de su boca. Tantas veces había pensado en cómo sería la conversación... Las frases "¿Por qué esperamos tanto para admitirlo?" y "Qué feliz me hace no tener que seguir ocultándolo" cruzaban por su mente cuando se imaginaba hablando con ella de sus sentimientos. Allí estaban; había llegado el momento de abrirse y dejar que todo saliera a la superficie.

Pero no pudo. No sabía por qué, pero las palabras no se formaban en su mente.

—¿A qué te refieres? —preguntó Becca nuevamente—. ¿Qué es eso de los viejos tiempos?

El año anterior, había habido noches en las que Brad sintió que se estaba enamorando de ella, pero nunca había tenido el valor de decírselo ni de volver a besarla como en el primer año. Sus sentimientos se fueron macerando y cociendo a fuego lento a lo largo del tercer año hasta el receso de primavera y luego ella y él se dijeron adiós. Los planes tentativos para verse durante el verano no se concretaron y no fue hasta el comienzo del último año cuando por fin la volvió a ver. Para ese entonces, Brad la había echado tanto de menos que tenía la certeza de que la amaba. Pero esa muda atracción y los sentimientos reprimidos les habían jugado en contra durante el semestre transcurrido. Las largas noches de charlas hasta el amanecer en las que terminaban dormidos dejaron de ser frecuentes y ya casi nunca ocurrían. Brad recordaba haber tenido a Becca solo para él aquella noche de la semana anterior, cuando Becca se había quedado a dormir con él, y la de ese mismo día.

—Brad —repitió Becca—. ¿Qué ocurre?

Presionado, y quizá deseando estarlo, Brad sintió que se sonrojaba.

—No lo sé, solo que echaba de menos esto. —Su dedo iba y venía—. Pasarnos la noche hablando. Solíamos hacerlo todo el tiempo, pero este año ha sido raro para nosotros, ¿no?

Vio que los ojos de Becca se movían de lado a lado mientras él hablaba, dando a entender que ella sentía lo mismo. Becca se incorporó y lentamente retiró sus pies del regazo de Brad.

—Brad, sabes que eres uno de mis amigos más queridos, ¿verdad?

—Por supuesto —respondió Brad—, y lo mismo eres tú para mí.

—Entonces, deja de hablar de los viejos tiempos, ¿quieres? ¿Qué somos? ¿Unos ancianos? Seremos amigos para siempre.

—Me gusta escucharte decirlo, porque me gusta ser tu amigo, me gusta estar cerca de ti y pasarnos toda la noche —dijo Brad—. Y esas tontas notas de despedida que me dejas por las mañanas significan mucho para mí.

—¿Qué notas?

—Esas notas autoadhesivas que me dejas cuando te quedas a dormir y te marchas antes de que me despierte. No lo sé, simplemente me gustan. —Señaló la habitación de Gail—. Y no me preocupa que alguien se entere de que nos gusta estar juntos.

No eran las palabras que tanto había practicado. Quería

decirle que la amaba. Que no podía imaginarse siendo solamente su amigo el resto de su vida, porque eso significaría que la compararía con cada mujer que se le cruzara y ninguna estaría a su altura. Con todo, a pesar de que no le habían brotado las palabras correctas, le pareció que lo que había dicho era un buen comienzo. Nunca habían llegado tan lejos en lo que se refería a hablar de lo que sentían el uno por el otro.

—Todo el mundo sabe que tú y yo tenemos una amistad muy estrecha, no es ningún secreto —dijo Becca.

—Ya sé que somos muy amigos. Pero mi comentario sobre los viejos tiempos se refiere a que…, no lo sé, siento que ocurrió algo después del verano. El año pasado pasábamos noches enteras hablando y este año casi no lo hemos hecho. Las echo de menos. Nada más.

Becca volvió a apoyar los pies sobre su regazo.

—Mi vuelo no sale hasta mañana por la tarde. Podemos quedarnos despiertos y hablar toda la noche. Me gustaría.

Brad le tomó los pies y comenzó a hacerle masajes. Era la forma perfecta de terminar el semestre, pero sabía que no podría seguir ocultando sus sentimientos durante el semestre siguiente, que sería el último. La conversación poco a poco derivó hacia el padre de Brad; nadie sabía escuchar tan bien como Becca. El padre de ella había sido invitado otra vez a la cabaña de los Reynolds para su cita anual de fin de semana en la que los abogados de trajes elegantes se convertían en amantes de la naturaleza y el aire libre. Brad quería que Becca le contara qué pensaba su padre del suyo. Becca no reveló que él opinaba que el señor Reynolds era insoportable, pero, de todas maneras, el tema los atrapó hasta altas horas de la noche. Durante toda la conversación, Brad pensó en besarla, pero el momento indicado nunca se presentó.

Más tarde, la escuchó respirar dormida a su lado. Brad cerró los ojos e imaginó que eran una pareja.

El siguiente año todo sería distinto.

CAPÍTULO 10

Kelsey Castle
Summit Lake
8 de marzo de 2012
Día 4

AL DÍA SIGUIENTE TUVO QUE hacer algunas llamadas para averiguar la dirección y el número telefónico. Caía la tarde cuando la mujer quedó en encontrarse con ella. Kelsey caminó desde el Hotel Winchester hasta la avenida Hiawatha. Inspiró el aire fresco de la primavera mientras cruzaba el pueblo hacia el oeste, hacia las montañas. Las casas eran antiguas, de estilo colonial, con galerías que las rodeaban y jardines bien cuidados. Kelsey buscó el número 632 pintado sobre el buzón, subió los escalones e hizo sonar el timbre. Era su cuarto día en Summit Lake.

Instantes más tarde, una anciana de sonrisa agradable le abrió la puerta.

—Hola —dijo la mujer.

—Hola. ¿Es usted Livvy?

—No, no, Livvy es mi hija. —Tenía un bonito acento del sur bajo la voz áspera de la vejez.

—Me llamo Kelsey Castle. Hablamos por teléfono.

—Ah, sí. Eres la escritora.

—Correcto. Periodista de la revista *Events*.

—¿Vas a averiguar lo que le sucedió a Becca? —preguntó la mujer.

—Voy a escribir un artículo sobre ella, sí. —A través de la puerta de tela mosquitera, Kelsey calculó que la mujer tendría más de ochenta años, tal vez noventa. Llevaba el pelo canoso bien peinado y Kelsey supuso que tendría una cita semanal en el salón de belleza del pueblo. Su piel estaba marcada por arrugas profundas, pero tenía una sonrisa luminosa y ojos inteligentes.

—¿Su hija está en casa?

—No, no —dijo la mujer—. Se ha ido. Demasiada gente le hacía demasiadas preguntas.

Kelsey hizo una pausa y entornó los ojos.

—Cuando hablé con usted por teléfono, me dijo que estaba aquí.

—No, querida. Me preguntaste si ella vivía aquí y te dije que sí. Si me hubieras preguntado si estaba en casa, te habría dicho que estaba harta de hablar con todos ustedes.

Kelsey sonrió ante el irónico encanto de la anciana.

—Le pido disculpas —dijo—. No entendí bien. ¿Le molesta si le hago algunas preguntas a usted?

—Claro que no. A mí nadie me ha preguntado nada.

—No sé su nombre.

—Mildred Mays. Pero puedes llamarme Millie, como todo el mundo.

Kelsey sonrió desde el otro lado de la puerta.

—¿Millie? ¿Cómo el Café de Millie?

—Exacto. Puse ese local hace muchos, muchos años.

—Estuve por allí ayer. Es realmente bonito.

—Claro que sí. Livvy realizó un gran trabajo de remodelación cuando se hizo cargo del sitio.

—Entiendo que Becca Eckersley estuvo en el café aquel

día. —Kelsey hizo una pausa—. El día en que murió. Me dijeron que Livvy habló con ella.

—Qué cosa terrible —dijo Millie; abrió la puerta y le hizo un ademán para que entrara—. Livvy y su esposo son amigos de William y Mary. —Se volvió hacia Kelsey mientras avanzaban por el pasillo—. Los padres de Becca. —Señaló un taburete alto junto a la isla de la cocina—. Siéntate. Prepararé té.

Kelsey obedeció. Por la ventana saliente se apreciaba una espectacular vista panorámica de las montañas.

—Qué hermosa casa —dijo.

—Gracias. —Millie puso agua a hervir. Colocó tres bolsitas de té en la tetera, con las etiquetas colgando hacia fuera—. A algunas personas les gusta el lago. Como a los Eckersley, que tienen esa casa preciosa sobre el agua, con una vista fantástica. Nosotros preferimos las montañas.

—Ambas opciones son muy lindas. —Kelsey buscó su libreta en el bolso.

—Sí, claro. El único problema aquí son los cazadores. Hay muchas cabañas para cazadores más adentro en las montañas y algunas mañanas hacen mucho ruido con sus disparos. Pero yo me levanto temprano, por lo que no me molesta tanto.

Kelsey esperó un instante.

—¿Cómo conoció Livvy a Becca?

—Livvy vivía en el mismo vecindario que los Eckersley en Greensboro. Eso era antes de que Nicholas y ella se mudaran aquí de manera permanente. Nicholas es mi yerno. Livvy y Nicholas les hicieron conocer Summit Lake a William y Mary cuando sus hijos eran pequeños. Mi esposo y yo vivimos aquí hace años. Cuando me llegó el momento de dejar el café, Livvy se hizo cargo. Ella y Nicholas tienen una casa aquí desde hace muchos años y solían invitar a los Eckersley a pasar los fines de semana largos cuando los niños eran pequeños. William y Mary se enamoraron de este pueblo y al poco tiempo compraron la casa sobre pilotes en el lago. Livvy tiene hijos de la misma edad que Becca y su hermano. Solía cuidar a los Eckersley muchas veces cuando eran niños.

—¿A qué se refiere con cuidar?

—William estaba muy ocupado con su bufete de abogados y en aquel entonces Mary trabajaba. Livvy no, y en el verano, los chicos se reunían a pasar el tiempo en su casa de Greensboro. Livvy simplemente pasó a encargarse de cuidar a Becca y su hermano mientras William y Mary trabajaban.

—¿Han venido los Eckersley aquí desde la muerte de Becca? ¿A la casa del lago?

—No, no. Vinieron de inmediato la noche en que sucedió todo, pero tras la muerte de Becca la policía prohibió el acceso a la casa. Se alojaron en el Winchester durante un par de noches para colaborar con la policía en todo lo que pudieron. Luego regresaron a Greensboro y no han vuelto desde entonces. Oí que piensan vender la casa. Es imposible que vuelvan a disfrutar de ella sabiendo lo que sucedió allí. No los culpo en absoluto, pero dudo que la casa vaya a venderse con facilidad, lo que es poco común para esas casas. No duran nada en el mercado, se venden de inmediato. Por la ubicación que tienen, claro. Pero este es un pueblo pequeño y todos saben lo que le sucedió a Becca.

Kelsey tomaba apuntes; Millie fue al armario en busca de vasos.

—¿Livvy le contó que había hablado con Becca aquel día, en el café? Unas horas antes de su muerte.

Millie sonrió.

—Soy su madre. Livvy me contó todo sobre aquel día. —En voz más baja, en la que su acento sureño se hacía más notorio, agregó—: Y mucho más.

El agua hirvió, Millie apagó el fuego y cubrió la tetera para que el té descansara. Extrajo una jarra de cristal del refrigerador; estaba vacía, salvo por una extraña sustancia fangosa en el fondo, que resultaba casi invisible a través del cristal empañado.

—He descubierto que si lo enfrías durante la noche se adhiere mejor al té. —Millie revolvió la sustancia en la jarra.

—¿Qué es?

—Mi receta especial para té dulce. —Millie apoyó la jarra junto a la tetera—. Me dirás qué te parece cuando esté listo.

—No veo la hora de probarlo —respondió Kelsey—. ¿Puede contarme algo sobre la conversación que tuvo Livvy con Becca aquel día en el café?

—Sí, claro, te puedo contar todo. Becca vino a Summit Lake a estudiar para los exámenes. Estudiaba Derecho, ¿sabes?

—Sí, en la facultad de Derecho de la Universidad George Washington, ¿no es así?

Millie rio.

—Para su padre no existía otra opción. Era ex alumno y estaba muy orgulloso de su universidad. El hermano de Becca estudió allí también, unos años antes que ella, y luego se unió al bufete de su padre. Supongo que ese era el plan para Becca, también.

—¿Cuánto tiempo pasó Becca en el café aquel día?

—Un par de horas, por lo que me dijo Livvy. Había libros y papeles por todas partes, sobre la mesa, en las sillas. Un caos. También tenía la computadora y estaba ocupada escribiendo. Livvy no quería molestarla ni desconcentrarla, por lo que la dejó trabajar. Le llevaba más café cuando Becca se lo pedía.

—Y cuando finalmente conversaron, ¿de qué dijo Livvy que hablaron?

—Cuando Becca recogió sus cosas, Livvy se acercó a saludar. Becca fue siempre una buena chica, muy educada. Livvy le preguntó sobre la universidad y Becca le mostró lo que estaba leyendo. Cosas aburridísimas. Derecho Constitucional; debe de ser horrible tener que memorizar eso. Y contratos, también. —Millie meneó la cabeza—. Pero Becca dijo que le gustaba, así que Livvy estaba contenta por ella. Tienes que recordar que Livvy cuidaba a esta chica cuando usaba pañales, así que verla estudiar para convertirse en abogada le daba mucho placer. Pero Livvy me contó que se dio cuenta de que había algún problema. Becca estaba rara.

—¿Rara de qué manera?

—Creo que parecía preocupada. Livvy nunca me lo explicó, pero es muy intuitiva con las personas. Cuando conoces a alguien desde la infancia, te das cuenta si algo le pasa.

—¿Livvy le hizo preguntas al respecto?

Millie hizo una pausa antes de responder.

—Sí.

—¿Y?

—Pues, verás, Livvy no se lo contó a William ni a Mary porque Becca le hizo jurar que no lo haría. De manera que no sé si ella querría que yo te lo contara a ti.

Experta en el arte de llevar a cabo entrevistas, Kelsey sabía cuándo presionar para obtener información y cuándo dar un paso atrás. Al ver que Millie no decía nada más, Kelsey tomó apuntes en la libreta y cambió de tema.

—¿Livvy ha estado en contacto con los Eckersley desde la muerte de Becca?

—Que yo sepa, no. Livvy y Nicholas pasan la mayor parte del año aquí, encargándose del café, y desde que los niños se fueron a la universidad, ya no se han visto tanto con William y Mary. Les envió una tarjeta y los vio en el funeral, pero no ha hablado con ellos más allá de eso. Además, William y Mary han estado ocupados con la investigación.

Millie se puso de pie, vertió el té caliente dentro de la jarra helada y lo revolvió con cuidado para disolver la sustancia dulce del fondo. De una máquina de hacer hielo que estaba sobre la encimera, cargó dos cucharadas grandes de hielo y las echó dentro de la jarra. Revolvió de nuevo, luego se sirvió un poco y lo examinó como si estuviera en un viñedo del valle de Napa. Finalmente lo probó y se quedó mirando por la ventana saliente mientras dejaba que su paladar juzgara el trabajo. Asintió.

—Perfecto. —Llenó dos vasos y colocó uno delante de Kelsey—. Compruébalo.

Kelsey bebió un trago. Por ser oriunda de Florida, conocía el té dulce y tuvo que admitir que la mezcla de Millie le daba un sabor diferente a todo lo que había experimentado hasta el momento.

—Muy bueno.

—¿Verdad que sí? Estoy muy orgullosa de mi té.

Kelsey bebió otro trago.

—Creo que es el mejor té helado que he probado en mi vida. Debería comercializarlo.

—Lo hago. Se vende en el café. Está en el menú: "té dulce de Millie". —Su acento sureño se tornaba más evidente con algo de té en la lengua.

—¿De verdad?

—Cuando era dueña del lugar, algunos clientes me lo pedían de vez en cuando, aunque nunca le hablé demasiado a la gente sobre el té. Pero cuando vino esa chica joven a manejarle el café a Livvy, le gustó tanto que lo puso en el menú con mi nombre.

—¿Quién es?

—La muchacha que se hizo cargo del lugar en ausencia de Livvy.

—¿Rae?

—Sí, una buena chica. ¿La conoces?

—La conocí el otro día —respondió Kelsey.

—Es fantástica. Y muy inteligente, además. En el pueblo, todos la aprecian. Desde que puso mi nombre en el menú, guardo un lugar especial para ella en mi corazón.

Millie se dirigió a la encimera y recogió los ingredientes para guardarlos. Guardó la hoja de papel plastificada que contenía la receta del té dulce en una carpeta.

—¿Su receta está disponible para el público? —preguntó Kelsey.

—No, querida —respondió Millie, enseñándole la carpeta de recetas, forrada en tela, que tenía sobre la encimera—. Esta carpeta es un material confidencial. Si dejo que se sepa lo que contiene, mis fórmulas quedarían todas reveladas. Tengo ochenta y seis años. Solo me quedan mis secretos.

Kelsey asintió y bebió el té en silencio. Releyó sus apuntes y decidió que ya había dejado transcurrir suficiente tiempo.

—¿Tiene alguna idea de qué pasaba por la cabeza de Becca aquel día en el café? ¿Qué podría haber estado preocupándola? Usted dijo que le hizo jurar a Livvy que guardaría el secreto sobre algo.

Millie suspiró. Metió la carpeta en una hilera de libros de cocina sobre la encimera y luego se sentó. Bebió un trago de té y miró a Kelsey con una sonrisita.

—Estaba entusiasmada respecto de un chico con el que se estaba viendo.

Kelsey volvió a tomar nota en la libreta.

—¿Le contó a Livvy algo sobre este chico?

—Bastante, sí. Cuando Livvy finalmente fue a conversar con ella, una vez que Becca hubo guardado el material de estudio y los libros, la vio escribiendo en su diario; parecía muy concentrada.

Kelsey enderezó la espalda y entornó los ojos.

—¿Becca llevaba un diario?

—Así me dijo Livvy.

—¿Livvy vio el diario?

—Solo lo que Becca le mostró sobre el novio.

—¿Y qué era?

—Se trataba de alguien de la facultad de Derecho, o tal vez ya era abogado. No estoy segura. Solo recuerdo que Livvy dijo que Becca hablaba de él con mucho entusiasmo y…

—¿Y qué? —preguntó Kelsey.

—Pues, verás… me siento rara contándote esto porque ni siquiera lo saben los padres de Becca. Creo que al día de hoy no lo saben. Becca nunca se lo dijo.

—¿Qué cosa, que salía con ese muchacho?

—No, no, sus padres sabían que salía con él.

—¿Qué es lo que no sabían, entonces?

Millie envolvió el vaso de té con ambas manos y cerró los ojos.

—No sabían que Becca se había casado con él.

CAPÍTULO 11

Becca Eckersley
Universidad George Washington
22 de diciembre de 2010
Catorce meses antes de su muerte

JACK CERRÓ CON UN GOLPE la puerta trasera del Ford Explorer y se acercó a la ventanilla del conductor.

—Nos vemos, amigo. Que tengas una feliz Navidad.

—Sí —respondió Brad.

Brad se quedó mirando fijamente a través del parabrisas y Jack reconoció esa característica expresión en los ojos de su compañero de habitación. La veía cada vez que Brad volvía a su casa.

—No lo vas a pasar tan mal —dijo Jack—. No discutas con él, nada más.

Brad simuló una sonrisa.

—Es tan imbécil y tan pedante… No veo la hora de irme a vivir solo.

—Te ha dicho que no piensa pagarte la carrera de Derecho, así que ya está. El año que viene, te consigues un apartamento y un pasaje a la libertad, que para eso sirven los préstamos estudiantiles. Podrás pasar todas las vacaciones en mi casa. —Jack se apoyó sobre el coche; su aliento se elevaba en un remolino de vapor blanco.

—¿Y dónde estará tu casa? —preguntó Brad.

—¿El año que viene? Dependerá de dónde me acepten.

—¿Y qué hay de Becca? ¿Tuvo noticias de alguna universidad?

—No creo. La verdad es que no he hablado de eso con ella. —Jack rio— No te preocupes por Becca ni por dónde estará el año que viene. Siempre te pones así cuando te llega el momento de volver a casa.

—¿Así cómo?

—Enloquecido por todo. Dentro de diez años, tú y tu padre serán grandes amigos, así que solo sonríe y aguanta una Navidad más. ¿No ibas a ir Florida, a casa de Gail?

—Sí, es posible. Bebámonos una cerveza antes de que me marche.

—No vas a beber cerveza antes de conducir doscientos kilómetros.

—De acuerdo, pidamos unas hamburguesas.

—¿Qué te ocurre? Sabemos que tu padre es un dolor de huevos para ti, pero nunca te había visto tan alterado. ¿Es por el examen de Morton?

—Tengo que contarte algo que joderá todo.

Jack miró hacia el interior del coche y consultó su reloj.

—Bien, vayamos a almorzar.

Fueron en el coche hasta McFadden's y se sentaron en una mesa en el fondo. La universidad Boise State estaba jugando contra Utah en un torneo universitario y había varios televisores de pantalla plana transmitiendo el partido.

Pidieron hamburguesas y Coca-Cola y se miraron en silencio un rato, viendo el partido por el rabillo del ojo hasta que llegó la comida.

—Me estás poniendo incómodo, hermano —dijo Jack, por fin—. Vamos, suéltalo de una vez, ¿qué te ocurre?

Brad bebió un trago de Coca-Cola para bajar la hamburguesa.

—Bien, la cosa es así: creo que estoy enamorado de Becca.

Jack arrugó la frente y arqueó ligeramente las cejas.

—¿Qué?

Brad asintió.

—Esto complica todo, lo sé. Pero necesitaba decírtelo. Quiero que me aconsejes.

—¿Sobre qué? —Jack negó con la cabeza—. Dilo de nuevo.

—La quiero, estoy… enamorado de ella.

—A ver, tranquilo, Brad. Tú no estás enamorado de Becca.

—No digas eso, Jack. No sabes lo que ha estado sucediendo entre nosotros, en serio. Hace mucho tiempo que me siento así.

—¿Cómo puedes enamorarte de alguien con quien nunca tuviste una cita, a quien ni siquiera has besado y con quien ni siquiera te has acostado? Puede ser un capricho, pero no es amor.

—Da igual. Es complicado. Tenemos una relación estrecha. Ella se queda a dormir muchas veces y hablamos hasta que sale el sol. Nunca te lo conté porque es algo privado entre ella y yo. Pasamos por un período raro en que dejó de venir a pasar la noche, o como quieras llamarlo. Pero recientemente, estas últimas semanas, volvimos a hacerlo. Nos pasamos la noche hablando. Anoche sucedió algo, fue…, no lo sé, un momento. Fue como que estuvimos a punto de decirnos lo que sentíamos. Sé que ella siente lo mismo por mí, pero sería muy complicado que saliéramos juntos, ¿entiendes? Ninguno de los dos sabe dónde se encontrará el año que viene. Somos amigos y ella no quiere estropear eso. —Jack revolvía la Coca-Cola con el sorbete—. Solo quería ponerte al tanto. En este momento estoy confundido.

Jack negó con la cabeza otra vez.

—¿Ponerme al tanto de qué?

—Ya sabes, como los cuatro somos tan amigos, tanto Becca

como yo pensamos que podríamos estropear las cosas si comenzáramos una relación. Pero a mí ya no me importa. Espero que no te moleste si Becca y comenzamos a… bueno, a salir.

—Detente un segundo. —Jack miró a su amigo—. ¿Becca te ha dicho que siente lo mismo? ¿Que quiere salir contigo? ¿O ser tu novia? ¿O que te ama?

—No, bueno, no exactamente. Me dice que me quiere todo el tiempo, pero se lo dice a todos. Creo que le preocupa la dinámica de nuestro grupo en caso de que ella y yo estemos juntos.

Jack se quedó pensando por un segundo.

—Tienes muchas preocupaciones, ¿no es así? Te angustia volver a tu casa y tener que aguantar al imbécil de tu padre. Estás esperando saber dónde estudiarás Derecho. Tal vez te asusta un poco pensar en el año que viene. Acabas de terminar los finales y todo ese asunto del profesor Morton. Son muchas cosas.

—Nada de eso me importa. —Brad meneó la cabeza—. Puedo pasarme toda la noche hablando con Becca y ella entiende lo que estoy atravesando con mi padre. Ella… no lo sé… me escucha y me entiende. Es perfecta para mí y sé que nos llevaríamos increíblemente bien.

—¿Y si Becca no siente lo mismo?

—No lo sé. Es difícil de explicar, pero sé que es así. De todas maneras, pienso averiguarlo.

—¿Cómo?

Brad se encogió de hombros.

—Se lo diré. Esperaré a que volvamos de las vacaciones y le contaré lo que siento.

Terminaron de comer sus hamburguesas simulando que seguían mirando el partido de fútbol americano.

—De acuerdo —dijo Jack—. Dejemos que las cosas se asienten durante un par de semanas. Hablaremos después de Navidad.

—Sí —dijo Brad—. ¿A qué hora sale tu vuelo?

Jack miró su reloj.

—Pronto. Tengo que irme.

Volvieron al apartamento y Brad se detuvo en el aparcamiento.

—Será mejor que me ponga en marcha. Que tengas un buen vuelo y saluda a tus padres de mi parte.

—Lo haré —dijo Jack—. Trata bien a tu viejo; tal vez se haya ablandado desde el día de Acción de Gracias. —Bajó del coche y sostuvo la puerta abierta.

—Nos vemos en un par de semanas —dijo Brad.

—De acuerdo. —Jack cerró la puerta y Brad retrocedió hacia la calle. La ventanilla de su lado estaba abierta.

—¡Oye, Brad! —gritó Jack desde el aparcamiento—. No te preocupes. Estas cosas siempre se resuelven de alguna manera.

Brad saludó con la mano y luego subió la ventanilla mientras se alejaba.

Jack observó cómo su compañero de apartamento tomaba por la calle H, pasaba delante de los edificios en forma de catedral que daban fama al campus y después salía al bulevar que lo llevaría a la autopista interestatal I-95 y luego a Maryland. Miró su reloj y subió las escaleras del apartamento. Levantó el bolso de viaje que estaba sobre la cama, se lo colgó del hombro, apagó las luces y echó llave a la puerta a toda prisa. Bajó los escalones de dos en dos y arrojó el bolso de lona en la parte de atrás de su Volvo y salió a gran velocidad hacia el aeropuerto. El almuerzo con Brad lo había hecho retrasarse una hora y llegaba tardísimo a tomar el vuelo. Su móvil había sonado cinco veces en la última hora. No se atrevía a responder; su mente corría a toda velocidad.

Encontró un lugar para aparcar cerca del sector de salidas, lo que le costaría tres veces más que el aparcamiento económico, pero no tenía tiempo para tomar el tranvía hasta la terminal. La fila de viajeros navideños daba cuatro vueltas de zigzag frente al mostrador de United. Le llevaría unos treinta minutos hacer el *check-in* y Jack no disponía de ese tiempo. Se dirigió directamente al mostrador. Un hombre canoso estaba esperando a la siguiente empleada con documentos en la mano y la maleta a su lado.

—Disculpe, señor —dijo Jack. Llevaba el bolso colgando del hombro y la camisa fuera de los pantalones, asomando por debajo de la chaqueta. No se había afeitado durante la semana de exámenes finales y la sombra sobre su cara intentaba convertirse en barba. Siempre había sido un atleta y sabía utilizar su estatura y su espalda ancha para infundir confianza en los demás en lugar de intimidarlos. Esta vez, estaba dispuesto a emplear su encanto y su atractivo físico de cualquier manera para lograr subir al avión.

—Mi vuelo despega en veinte minutos, ¿podría pasar delante de usted?

El hombre, con aparente fastidio, miró hacia la fila que tenían detrás y le hizo un ademán para que se dirigiera al mostrador.

—Ya están embarcando —dijo la empleada—. No sé si logrará pasar por seguridad para llegar hasta la puerta a tiempo.

Jack hizo un gesto circular con el dedo para acelerar el proceso.

—Lo intentaré.

—¿Factura equipaje?

—Ya no.

La empleada tecleó con rapidez e imprimió la tarjeta de embarque.

—Puerta B-6. Terminal dos. Le sugiero que se dé prisa.

Jack tomó la tarjeta y zigzagueó entre la gente para llegar al primer puesto de la fila de seguridad mientras recibía insultos de los pasajeros.

—Mi vuelo ya está embarcando —les explicaba a quienes protestaban.

Arrojó el bolso y los zapatos sobre la cinta transportadora y se deshizo del estuche en el que guardaba afeitadoras, alicates y otros artículos de tocador que podrían complicar su paso por seguridad, arrojándolo en un cesto de residuos. Superó el detector de metales, se colgó el bolso del hombro y corrió en calcetines hasta la puerta B-6. No había nadie en los asientos del pre-embarque.

—Aquí está —le dijo la empleada al supervisor que sostenía la lista de pasajeros.

—Perdón —dijo Jack y corrió con los zapatos en la mano hacia el mostrador.

—Treinta segundos más y habríamos cerrado las puertas.

—Gracias por esperar.

Comprobaron su identidad y escanearon la tarjeta de embarque.

—15-E. El vuelo va lleno.

—Gracias.

Jack corrió por la manga, brincando mientras se ponía los zapatos, y les sonrió a los auxiliares de vuelo que lo esperaban. Se quitó el bolso del hombro y lo cargó delante de sí para avanzar por el estrecho pasillo del 737. Pasó por alto las miradas fulminantes de todos los pasajeros, concentrándose solo en la persona que ocupaba el asiento 15-D. Al verla, sonrió y se sentó finalmente con el bolso sobre las piernas.

—¡Ay, mi Dios! —exclamó Becca—. Ya estaban a punto de cerrar la puerta.

—Señor, debe colocar su equipaje bajo el asiento delante de usted —le dijo la auxiliar de vuelo.

—Disculpe —respondió Jack. Inspiró varias veces para recuperar el aliento y empujó el bolso debajo del asiento.

—Y tiene que ajustarse el cinturón.

Jack le sonrió, evitando todo contacto visual con los pasajeros que no dejaban de mirarlo. Se colocó el cinturón.

—¿Qué pasó? —preguntó Becca.

Jack se señaló el cinturón y levantó los pulgares en dirección a la azafata que lo supervisaba.

—Te lo contaré más tarde. Pero voy a tener que hacer una parada para comprar un cepillo de dientes antes de llegar a tu casa.

—¿Tan nervioso te pone conocer a mis padres?

—Un poco nervioso, sí. Y cuando aterricemos tendré que afeitarme.

Becca le tomó la mano.

—Te van a adorar.

—¿Seguro? —Jack trató de recuperar el aliento—. ¿Cómo lo sabes?

Ella lo besó en los labios. Jack no reaccionó.

—Porque lo sé. Ahora cuéntame por qué llegaste tarde.

PARTE II
AUTOAYUDA

CAPÍTULO 12

Kelsey Castle
Summit Lake
8 de marzo de 2012
Día 4

LA CONVERSACIÓN CON MILLIE MAYS fue el primer rayo de luz en el misterio oscuro de Becca Eckersley. Que se hubiera casado arrojaba un motivo y hacía aparecer al menos a un sospechoso. Que lo hubiera hecho en secreto constituía otro camino que tendría que seguir. Pero, en primer lugar, Kelsey quería averiguar quién era ese sujeto y si tenía algún motivo para matar a su esposa. Con la mente puesta en los nuevos avances, Kelsey se dirigió al restaurante Water's Edge para encontrarse con Peter Ambrose y ver si había podido acceder a los registros médicos y el informe de la autopsia.

Dobló por una calle lateral que daba a Maple y se encontró con el restaurante en la esquina. Peter ya estaba sentado en una mesa junto a la ventana y la saludó con la mano cuando ella entró.

—Hola —dijo Kelsey mientras se acercaba.

—Hola —respondió Peter y señaló la silla frente a él. Ya no llevaba uniforme médico, sino una chaqueta de deporte azul sobre una camisa Ralph Lauren.

Kelsey también se había cambiado para la cena y se había vestido con pantalones y zapatos de tacón alto. Llevaba una camisa blanca bajo una chaqueta gris; antes de salir del Winchester, se había aplicado máscara en las pestañas y se había recogido el pelo.

—Le agradezco de nuevo por hacerme este favor, doctor Ambrose —dijo.

—Llámame Peter. Y no me agradezcas todavía.

Si no hubieran estado a punto de hablar sobre la muerte de una joven, habrían pasado fácilmente por dos jóvenes profesionales que habían quedado para cenar juntos. Con su mandíbula fuerte y sus penetrantes ojos color miel, Peter Ambrose era un hombre atractivo. Y si Kelsey no quería admitir que había notado lo guapo que era, iba a tener que buscar otra excusa que explicara por qué se había aplicado rubor y lápiz labial por primera vez en más de un mes.

—¿Qué ocurrió? ¿No has podido encontrar nada?

—Al revés, encontré muchas cosas. Pero no fue fácil. Alguien está tratando de mantener ocultos los detalles del caso.

—¿En serio? Es lo que me dijo el jefe de policía. —Kelsey colgó su bolso del respaldo de la silla—. La oficina del Fiscal de Distrito piensa que la policía de Summit Lake no tiene ni los recursos ni la capacidad para resolver un homicidio, de manera que los detectives estatales se han hecho cargo del caso. —Acercó la silla a la mesa—. ¿Qué encontraste en los registros médicos?

—Acceder a la información no fue fácil y no pude conseguir todo lo que me pediste.

—¿Por qué fue tan difícil?

—Debería ser fácil acceder a los registros médicos a través de nuestro sistema electrónico, pero no creerás las vueltas que tuve que dar para averiguar qué sucedió la noche que llevaron a Becca Eckersley a Urgencias. Elevaron su expediente, lo que significa que pocas personas tienen acceso a él. Ni las enfermeras ni los paramédicos pueden conseguirlo; solo algunos médicos pueden abrirlo. Tuve que buscar una contraseña antes de lograr que apareciera en pantalla.

—Lamento haberte dado tanto trabajo. Pensé que solo era cuestión de abrir un archivo. Espero no estar causándote problemas.

Peter negó con la cabeza.

—Hoy en día es todo electrónico. Acceder a una historia clínica significa buscarla en una computadora. Y yo estoy autorizado para entrar en todos los niveles, solo que nunca he tenido que hacerlo.

La camarera se acercó.

—¿Le traigo algo para beber?

—Sí. —Kelsey vio que Peter tenía una copa de vino delante de él—. Una para mí también.

—Sauvignon blanco —dijo Peter.

La camarera sonrió y se alejó.

—Eres cirujano, ¿verdad? —preguntó Kelsey—. Estuve averiguando un poco sobre ti.

—Sí, hago cirugía general. Pero desde que acepté este trabajo, siento que hago más trabajo administrativo que cirugías.

—¿Hay muchos pacientes que necesitan cirugía aquí en las montañas? Diría que con esa especialidad querrías estar en una ciudad más grande.

—Lo estuve. Durante algunos años dirigí el departamento de cirugía del hospital St. Luke's de Nueva York.

—Entonces, ¿por qué estás aquí haciendo papeleo?

Peter sonrió.

—Perdona —dijo Kelsey—. Estoy acostumbrada a entrevistar gente, por lo que en ocasiones me cuesta conversar sin ametrallar con preguntas.

—No, está bien que quieras saberlo. Pero hay cirugías aquí, sí. La gente me viene a buscar. Nueva York me estaba agotando. Demasiados casos, demasiadas horas, demasiado estrés. Aquí es todo mucho más reducido, pero los casos que tratamos siguen siendo complicados y desafiantes. Puedo concentrarme más en cada paciente, sin delegar tanto en los residentes y becarios.

—¿Tienes familia?

—No. Bueno, una esposa, sí.

—¿Cómo se está adaptando a vivir aquí?

Peter frunció los labios, sin querer sonreír.

—Disculpa. Ex esposa. —Apartó la vista y contempló el vino. Tomó la copa por el tallo e hizo girar el líquido. Bebió un trago—. Todavía me estoy acostumbrando.

La camarera sirvió el vino de Kelsey y le tomó los pedidos para la cena.

—Me ofrecieron este trabajo y decidí que me haría bien irme de Nueva York por un tiempo. Los matrimonios nunca terminan bien, a pesar de que mucha gente diga que no es así.

—Lo siento, Peter.

Él sonrió otra vez.

—No soy el primer cirujano divorciado que el mundo haya conocido. Estaré bien. Oye, te mostraré lo que averigüé. —Peter extrajo una delgada carpeta de papel manila de su maletín de cuero—. Son las notas de la noche en que trajeron a esa chica a Urgencias. Las imprimí. —Le entregó las páginas a Kelsey—. No puedes quedártelas, pero puedes leerlas aquí.

Kelsey tomó las hojas y leyó las anotaciones del médico de Urgencias.

—Vas a tener que ayudarme con esto —comentó—. Hay partes que están en una jerga médica que no comprendo.

—Esta tarde leí los registros —dijo Peter—. La ambulancia llevó a Becca Eckersley a Urgencias a eso de las diez de la noche. Su estado era muy delicado. Su mayor problema era la tráquea fracturada.

—¿Le quebraron el cuello?

—La tráquea estaba aplastada. La estrangularon.

Kelsey parpadeó varias veces mientras procesaba la información.

—La mayoría de las muertes por estrangulamiento —prosiguió Peter— son causadas por asfixia. El atacante cierra las manos alrededor del cuello de una víctima con suficiente fuerza como para que el aire no pase por la tráquea y, si esto se prolonga, impide que el oxígeno llegue al cerebro y a los órganos, y termina en la muerte. En el caso de Becca Eckersley, el asaltante lo hizo de manera tan violenta que le rompió la tráquea.

Kelsey hizo una mueca de disgusto.

—¡Eso es terrible!

—Terrible y brutal, sí. Y cuando llegó al hospital aquella noche, no hubo mucho que los médicos pudieran hacer. Los paramédicos le habían practicado una traqueotomía, que era el procedimiento indicado, solo que fue demasiado tarde.

—¿Qué es eso?

—¿Una traqueo? Es hacerle un orificio en la garganta. Cuando se dieron cuenta de que tenía la tráquea fracturada y no podían enviar aire a sus pulmones por la boca, como harían normalmente, los paramédicos intentaron entubarla, o sea, insertarle un tubo en la garganta para enviar oxígeno a los pulmones, pero no lo lograron por causa de esta fractura. Entonces le practicaron una incisión en la garganta, debajo de la fractura, para obtener acceso a un segmento sano de la tráquea. Le administraron oxígeno a través de una unidad manual de respiración artificial. Cuando llegaron al hospital, casi no tenía pulso. Los médicos de Urgencias siguieron trabajando y lograron estabilizarla durante un tiempo, pero estaba demasiado débil. Pudieron mantenerla con vida hasta que llegaron sus padres. Falleció a la mañana siguiente.

La camarera les llevó las ensaladas y Kelsey hizo a un lado la suya.

—Lo siento —dijo con una sonrisa—. Ya no tengo apetito.

—Es posible que haya sido una mala idea hablar de esto durante la cena.

Kelsey meneó la cabeza.

—No sabía que había sido tan brutal.

—Vayamos con nuestro vino a la barra. ¿Te parece mejor?

Kelsey frunció la nariz.

—Mucho mejor.

Peter habló con la camarera y pagó la cena intacta. En la barra, se sentaron en un rincón para poder estar uno frente al otro. Kelsey colocó las páginas de anotaciones sobre la barra.

—¿Pudiste hablar con algún miembro del personal? ¿Con los médicos de Urgencias?

Peter negó con la cabeza.

—No. No fue un caso mío, así que no tengo motivos para involucrarme, lo que hace que me resulte incómodo hacer preguntas... por ahora. Tengo que ver cómo abordar el problema.

—¿Qué problema?

—Los días de alterar registros médicos han quedado atrás —dijo Peter, y bebió un trago de vino—. Un médico ya no puede, semanas más tarde, como solía hacerlo, abrir la historia clínica de un paciente y cambiar un diagnóstico o insertar un hallazgo pertinente o borrar algo que no debería estar allí, simplemente haciendo anotaciones con tinta o tachando fragmentos. Ahora todo es electrónico y, una vez que está firmada, ya no se puede modificar. Para hacer cambios en una historia clínica después de que ha sido oficialmente firmada, se necesita quitarle la firma, hacer los cambios y volver a firmarla. Y, cuando esto se hace, queda registrado.

—¿A la historia clínica de Becca le quitaron la firma?

—Dos veces —dijo Peter.

—¿Qué cambios se hicieron?

—Imposible saberlo. Solo puedo ver que se firmó la noche en que la llevaron a Urgencias y luego le quitaron la firma al día siguiente y la volvieron a firmar dos días después.

—¿Pero no se ven los cambios?

—No —respondió Peter—. Y siento curiosidad debido a lo que descubrí con la autopsia.

—Ajá —dijo Kelsey, mientras procesaba la idea de que los registros médicos de Becca hubieran podido ser alterados. Consultó sus apuntes—. Llevaron a Becca a Urgencias y la declararon muerta a la mañana siguiente. ¿Cuándo se llevó a cabo la autopsia?

—El asunto de la autopsia fue más complicado —explicó Peter—. Como la muerte de la chica fue caratulada como homicidio, la autopsia no la hizo el patólogo del hospital del pueblo, sino la médica forense del condado de Buchanan. —Peter extrajo más apuntes de su maletín y los colocó sobre la barra—. La autopsia fue realizada al día siguiente por la doctora Michelle Maddox, pero no logré acceder a una copia del informe. Todavía no ha sido emitido. Lo único que pude hacer fue resumir algunos de los hallazgos.

—¿Y?

—Algunas generalidades externas —dijo Peter, mientras pasaba el dedo por la página—, que confirman el estrangulamiento, incluyendo petequia en los párpados y hemorragias subconjuntivales.

Kelsey levantó las cejas.

—Sangrado en la parte blanca del ojo —explicó Peter—. Cuando se restringe el flujo de la sangre durante el estrangulamiento, aumenta la presión dentro de los vasos sanguíneos. Esto hace que los vasos más pequeños, los capilares, revienten. Y se puede ver en los ojos. Internamente, también en los pulmones. —Peter volvió a leer los apuntes—. El examen externo también reveló hematoma en el cuello, con daños severos en los tejidos blandos y fractura del hueso hioides y el cartílago cricoides. Todas lesiones comunes en estrangulamientos. Un examen interno del esqueleto laríngeo confirmó la fractura de la tráquea. —Peter volteó la página—. Un mechón de pelo arrancado en la parte posterior del cuero cabelludo y un gran hematoma subdural en la base del cráneo.

—¿El malnacido le pegó con algo?

—No, el mechón fue arrancado manualmente, según confirmó la ausencia de folículos y el patrón aleatorio de pérdida de pelo. El sangrado intracraneal parece ser producto de una caída. —Peter se encogió de hombros—. Supongo que habrá caído hacia atrás y se habrá golpeado la cabeza. —Volvió a concentrarse en la página de los apuntes—. También se encontraron dos nudillos dislocados en la mano derecha de la víctima.

—Lo que significa que se defendió pegándole puñetazos —dijo Kelsey.

—Y rasguñándolo. Se encontró piel debajo de sus uñas. —Peter bajó la mirada hacia los apuntes—. También se encontraron contusiones… —Hizo una pausa—. No sé cuánto sabes de los pormenores de este caso.

—Acabo de comenzar a investigar, así que sé solamente lo que he descubierto en los últimos dos días.

—¿Y no conocías a la víctima?

—No. ¿Por qué?

—Se encontraron contusiones en la zona vaginal, lo que indica violación.

Kelsey se echó hacia atrás en su asiento y cruzó los brazos.

—No lo… No sabía que habían violado a Becca.

—Discúlpame por ser tan directo.

Kelsey negó con la cabeza.

—No hay problema. Tenía la impresión de que se trataba de un simple homicidio.

—No me sorprende que no estuvieras enterada de la violación. Muy pocas personas lo saben. No se menciona en los registros médicos de Urgencias; si aparecía allí, ha sido eliminado. Y este documento de aquí… "Informe de investigación", lo llaman, y lo hizo la médica forense del condado… es una sinopsis parcial de la autopsia, que se supone es un registro público. Eso significa que, en teoría, cualquier periodista podría hablar con la médica forense o el patólogo y obtener una copia del informe.

—¿Pero?

—El condado no lo ha publicado todavía.

Kelsey tomaba notas.

—Es razonable. Tienen seis semanas para publicarlo, ¿no es así?

—Exacto, pero pude conseguir la sinopsis oficial que se publicará y no incluye la suposición de violación.

Kelsey ladeó la cabeza.

—¿El informe de investigación que se publicará no incluye la suposición de violación?

—Exacto —confirmó Peter.

—Entonces, ¿cómo conseguiste esta copia?

—Tengo un contacto en el Centro de Gobierno del Condado de Buchanan. Me hizo un favor.

—¿Por qué querrían ocultar que Becca sufrió una violación?

—No lo sé. Tal vez solo están demorando la información hasta avanzar más en el caso. Pero el informe de investigación es siempre el primer documento que se publica; luego, el médico forense puede emitir una versión modificada algunas semanas más tarde. Después se publica el informe final y formal de la autopsia, que incluye la causa definitiva de la muerte y los informes toxicológicos.

—He tenido experiencia con eso —dijo Kelsey—. "Más tarde" significa cuando ya nadie está investigando.

—Ningún periodista, al menos —corroboró Peter.

—Nunca dejamos de investigar, pero el público pierde interés y eso es lo que ellos quieren. —Recordó que el comandante Ferguson le había dicho que el padre de Becca se iba a postular para juez. Bien podía querer que sus votantes no se enteraran de que su única hija se había casado en secreto y luego había sido víctima de una violación. Kelsey volvió a sus notas y escribió durante unos segundos—. Según la sinopsis que tienes allí, ¿encontraron algo en el cadáver?

—Sí —dijo Peter—. Semen, pelo, células epiteliales. La doctora Maddox cree que parte del pelo proviene de una barba.

—¿Cómo puede saberlo?

—Algunas de las muestras de pelo contenían el bulbo, o la raíz, lo que sugiere que fueron arrancados durante la lucha. Otros eran pelos largos, y se determinó que provenían del cuero cabelludo del atacante. Otros eran cortos. Teniendo en cuenta el largo y el hecho de que estaban conectados a la raíz, se determinó que provenían de una barba.

Kelsey tomaba nota sobre cabellos largos y barba mientras Peter hablaba.

—Se encontraron fibras, también —prosiguió Peter—, que se supone provienen de un abrigo de lana.

—Entonces el ataque se produjo poco después de que él entrara en la casa.

—Ajá —concordó Peter—. Ni siquiera se quitó el abrigo.

—¿Y en el cadáver se encontró todo lo necesario para una condena?

—Por el semen y el pelo, es fácil identificar el ADN del atacante, sí.

—Si tuvieran con quién compararlo —dijo Kelsey. Volvió a sus notas y las estudió durante unos instantes—. ¿Alguna vez escuchaste que un padre protector haya suprimido información?

—¿Te refieres a la violación?

—Sí.

—Tendrías que tener mucho poder para hacer algo así. Y muchas conexiones, además.

—William Eckersley cumple con esos dos requisitos. Es un abogado importante que quiere postularse para juez. Tiene dinero e influencia política.

—No lo dudo. Han dificultado el acceso a los registros

médicos electrónicos y la historia clínica ha sido modificada o, por lo menos, abierta más de una vez. La sinopsis del informe de la autopsia estará abreviada y el informe final, que debe de estar por algún sitio, seguramente se publicará con mucho retraso.

—¿Por algún sitio? ¿Dónde?

—No lo sé. Pero la doctora Maddox tal vez lo sepa, y seguramente los detectives estatales también.

—¿Qué posibilidades tengo de conseguir el informe completo?

Peter sonrió.

—No muchas.

Kelsey meneó la cabeza.

—Con lo que me gustaría verlo.

—A mí también, ahora que sé que hay gato encerrado.

Kelsey sintió que una corriente de adrenalina le recorría el cuerpo. Siempre tenía esa sensación cuando sabía que una historia estaba bien encaminada.

—El amigo que te ayudó a conseguir la sinopsis del Informe de investigación... ¿crees que podría ayudar con el informe real de la autopsia?

Peter lo pensó un instante.

—Dudo que quiera involucrarse en el robo de un informe de autopsia. —Encogió los hombros—. Averiguaré y veré qué puedo hacer.

—Gracias por toda tu ayuda. —Kelsey recogió sus pertenencias y las guardó en el bolso—. Ha sido muy revelador.

—Mantenme informado de lo que averigües. Ahora el que siente curiosidad soy yo.

—Tú también mantenme al tanto a mí —le pidió Kelsey.

Eran cerca de las diez de la noche cuando regresó al Hotel Winchester. Llamó a Penn Courtney y dejó un mensaje. El plan de su jefe de mantenerla entretenida en las montañas persiguiendo una historia inexistente había fracasado, le explicó en un mensaje de audio. Se había topado con algo allí en Summit Lake y sus antenas de investigadora le decían que se trataba de una historia interesante. Cortó la llamada y pasó el resto de la noche revisando las notas y releyendo la información nueva que había recabado sobre Becca Eckersley. Una historia iba cobrando forma en su cabeza. Era demasiado pronto para ver toda la trama, pero ya conocía el proceso. De la nada, un fino hilo narrativo sobre la vida y muerte de Becca Eckersley comenzaba a distinguirse. Había muchos cabos sueltos y cientos de preguntas sin respuesta. Pero estaba en marcha y Kelsey sabía que, como sucede con un tren que va cuesta abajo, no habría forma de impedir que esa historia se escribiera.

Llevó la computadora y sus notas al balcón. El aire nocturno estaba fresco y la ayudó a aclarar la mente. El Hotel Winchester se encontraba en el extremo norte de Maple y desde su balcón del tercer piso Kelsey podía ver el pueblo hasta la iglesia de San Patricio en el extremo sur, con la fachada iluminada por reflectores que apuntaban hacia arriba, quebrando la oscuridad de la noche y formando cascadas en forma de V sobre la piedra blanca. En las cuatro esquinas de las intersecciones había farolas altas que iluminaban las calles. Los arces que crecían en la isla central del bulevar mostraban pequeños brotes en la primavera temprana, y la calle estaba salpicada de hojas viejas del otoño. Una brisa soplaba desde el lago y las arremolinaba en el aire.

Hacia el este, Kelsey vio el faro que se elevaba en alguna parte del otro lado del lago. La luz penetrante atravesaba la oscuridad. Paseó la mirada hacia las casas sobre pilotes que se alzaban sobre la parte poco profunda del lago. Observó la casa de los Eckersley durante un rato, pensando en Becca y lo que le había sucedido allí. Un refugio cálido y seguro, convertido en el infierno. Kelsey tomó el expediente del comandante

Ferguson y ojeó la carpeta. Buscó el inventario de las pruebas obtenidas en casa de los Eckersley la noche del asesinato de Becca. La lista era larga y complicada para leer. Incluía estos artículos:

P1 Libro de texto de Derecho Constitucional, abierto, sobre el suelo de la cocina.

P2 Computadora portátil Apple MacBook, abierta, boca abajo, sobre el suelo de la cocina, con la pantalla rajada.

P3 (5) Páginas de un cuaderno, desparramadas por el suelo de la cocina, escritas a mano; apuntes de estudio.

P4 iPod y altavoces.

P5 (1) Calcetines gruesos/pantuflas en la sala, talla pequeña.

La lista ocupaba dos páginas; era tediosa y estaba escrita en la caligrafía descuidada de un hombre. Kelsey sentía tanto interés que la leyó dos veces para estar segura. En ninguna parte se mencionaba un diario personal.

Kelsey no notó el paso de las horas hasta que se dio cuenta de que era casi medianoche. De pronto, sentía frío y cansancio. Guardó su investigación y tras llevar la computadora a la habitación, se metió bajo el edredón. Fue cayendo en un sopor inquieto; se movía y, daba vueltas en la cama mientras su mente seguía activa. Cuando por fin se durmió, un sueño vívido la llevó dentro de la casa de Becca Eckersley. Recorrió la cocina, flotando sin ningún esfuerzo. Sobre la isla había un libro de texto, apuntes y una computadora abierta. Pero también había algo más. Un cuaderno de tapa dura, pequeño y compacto. ¿El diario de Becca? Sí, claro. Kelsey extendió la mano hacia él; deseaba abrirlo y buscar las respuestas a todas sus preguntas. Pero sus movimientos no eran fluidos, y cuanto más intentaba tomar el cuaderno, más se alejaba flotando de él. Finalmente, oyó tres golpes a la puerta de entrada. Flotó hacia allí y la abrió para ver al asesino de Becca. Pero solo se encontró con la oscuridad. Luego algo. Un relampagueo de luz desde el lado de la casa que daba al lago. Kelsey corrió a la terraza y vio el faro del otro lado del lago. Luego oyó el ruido de pasos sobre el muelle. Cuando giró, vio a Peter Ambrose correr por el muelle, hacia la noche. Miró hacia la casa y vio a un hombre sin rostro en las sombras. Quiso gritar, pero solo logró soltar el aire ruidosamente. Entonces corrió. Galopó despacio por el agua, que le llegaba a las rodillas. Estaba de nuevo en Miami, ahora, intentando correr por la senda donde lo hacía habitualmente. La senda junto al agua que recorría cada mañana. El sendero en el bosque, donde su vida se había ido al infierno. Intuyó su presencia y trató de moverse más rápido. Con la rapidez de un relámpago, él se le venía encima desde el bosque, quebrando ramitas y hojas bajo los pies. La respiración de Kelsey se tornó errática y comenzó a hiperventilar cuando el hombre la atrapó. Despertó súbitamente.

Se incorporó en la cama, respirando agitadamente como si realmente hubiera estado corriendo. El corazón le atronaba en los oídos. Las pesadillas recurrentes que la habían acosado al principio habían cesado en los últimos tiempos, y no las había experimentado desde su llegada a Summit Lake. Hasta esa noche. Hasta que descubrió que a Becca la habían violado. La pesadilla pisoteaba el fondo fangoso y nublaba la mente de Kelsey con todos los miedos de aquella mañana en el bosque, que tanto se había esforzado para mitigar.

Kelsey pasó aquel primer mes dentro de su casa. Solo cruzó la puerta unas pocas veces antes de obligarse a regresar al trabajo, sabiendo que, si permanecía más tiempo en su casa, encerrada con llave, podría no volver a salir. La sanación tal vez llegaría con el tiempo, como le decían los médicos, pero cuanto más esperaba, más lejana veía su recuperación. Kelsey sabía que solo lograría cerrar esa etapa cuando se decidiera a hacerlo. Y enterarse de la violación de Becca la había hecho revivir su suplicio, lo había agitado delante de su nariz y la había desafiado a ir tras él. Escuchar los detalles de boca de Peter —el primer hombre, además de Penn, con quien había hablado en semanas— tornaba más intensa su angustia.

Volvió a acostarse, apoyó la cabeza contra la almohada y cerró los ojos. Pero no pudo dormir.

CAPÍTULO 13

Becca Eckersley
Summit Lake
22 de diciembre
2010
Catorce meses antes de su muerte

EL VUELO DESDE WASHINGTON D.C. hasta Charlotte fue tranquilo y silencioso. Becca dormía con la cabeza apoyada en el hombro de Jack mientras él se esforzaba por procesar la idea de que su mejor amigo estaba enamorado de su novia. Pensaba que si hubieran revelado su noviazgo al volver a la universidad luego del verano, antes de comenzar el último año, habrían podido superar el hecho de que lo habían mantenido oculto. Pero meses más tarde y tras la revelación de Brad, Jack era consciente de que su relación con Becca sería mucho más difícil de explicar.

Se reunieron con los padres de Becca en la zona de arribos y arrojaron los bolsos en la parte trasera del Cadillac Escalade. Jack se mantuvo unos metros detrás de Becca mientras ella abrazaba a sus padres.

—Mamá y papá —anunció ella, desbordante de emoción y alegría—. Este es Jack.

—Hola, Jack —dijo la madre de Becca y lo abrazó.

Jack estrechó la mano del señor Eckersley y todos subieron al Escalade.

—Gracias por invitarme en esta Navidad —dijo Jack cuando el coche se puso en marcha.

—Eres muy bienvenido —dijo la señora Eckersley.

—Bueno, Jack —dijo el señor Eckersley—. Becca nos cuenta que planeas estudiar Derecho en alguna universidad prestigiosa.

—En las mismas que Becca, prácticamente.

—Ya le respondieron de Stanford —dijo ella mirando a Jack con esa sonrisa de dientes perfectos.

—¿Es así?

Jack asintió desde atrás y fulminó a Becca con la mirada. Ella era la única que sabía que lo habían aceptado en Stanford; no se lo había contado a nadie más, ni siquiera a sus padres, y, decididamente, hablar de universidades era lo último que quería hacer en ese viaje. William Eckersley era un abogado importantísimo, dueño de un bufete poderoso, y se rumoreaba que estaba por convertirse en juez. Como no tenía un interés real por la profesión, Jack quería evitar por completo el tema. No tenía intenciones de ir a trabajar todos los días, enfundado en un traje rígido y elegante, para tratar de imponerse sobre otros abogados de trajes elegantes que tratarían de imponerse sobre él.

—Sí, me enteré la semana pasada.

—Te aceptaron enseguida —dijo el señor Eckersley.

—Ofrecen admisión temprana a los mejores candidatos —explicó Becca.

—Bueno, no es exactamente así —corrigió Jack—. Hay que tener… tuve una buena recomendación, nada más.

—Del senador Ward, de Maryland. Jack estuvo trabajando para él durante el verano. Es un ex alumno de Stanford.

—Bien, felicitaciones —dijo la señora Eckersley—. ¿Piensas aceptar la oferta?

—No estoy muy decidido a irme a California.

—No le entusiasma porque ni siquiera quiere ser abogado. Le gustaría escribir —dijo Becca.

—¿Escribir qué? —preguntó el señor Eckersley.

Jack miró sorprendido a Becca. Habían acordado que no tocarían ese tema con sus padres. Su consejero ya le había advertido que esa elección era un suicidio y que, si ingresaba en una de las mejores universidades, debía estudiar mucho y aceptar un empleo en un bufete importante después de graduarse. Le enseñó unos gráficos con proyecciones de salarios para los graduados de Derecho de una universidad de la Ivy League y le dijo con exactitud cuánto podría ganar en cinco años. El consejero opinaba que ser redactor de discursos era muy arriesgado. Siguió hablándole durante quince minutos sobre otros jóvenes que habían desperdiciado oportunidades y de cómo era su vida en la actualidad. Jack sintió deseos de preguntarle a él qué oportunidad había desaprovechado para estar encerrado en una oficina de tres por tres apilando papeles y tratando de convencer a chicos influenciables de que abandonaran sus sueños.

—Discursos políticos, tal vez —dijo—. Becca y nuestros amigos también van a estudiar Derecho, y seguramente alguno de ellos llegará al Congreso. Tal vez me contraten. —Le sonrió a Becca.

—Brad es el único que quiere postularse. Gail y yo abriremos nuestros propios bufetes y seremos millonarias antes de cumplir los treinta.

—Sigue hablando así y me dará un ataque al corazón —dijo el señor Eckersley.

—No temas, papi. Le colocaré el tercer "Eckersley" al nombre del bufete.

—Dime, ¿de dónde viene este anhelo de escribir para los políticos? —preguntó el padre de Becca.

—Trabajé como pasante hace algunos veranos en Wisconsin para la campaña del gobernador y tuve la oportunidad de escribir un poco aquí y allí. Y luego durante los últimos tres veranos, en un programa en el Capitolio.

—Redactó el borrador para el senador Ward cuando habló delante del Congreso sobre el gasto militar —dijo Becca.

—¿De veras? —dijo la señora Eckersley—. ¿Milt Ward?

Jack asintió.

—¿Tú escribiste su discurso?

—Sí, junto con el resto de los pasantes —aclaró Jack—. Pero gran parte de lo que escribí no fue incluido.

—Siempre haces lo mismo —preguntó Becca—. Detesto que te menosprecies de ese modo.

Jack rio.

—No me menosprecio, estoy diciendo la verdad: mi aporte era sobre el gasto de Defensa y recortaron casi toda esa parte.

—Solamente por falta de tiempo. —Becca se inclinó hacia delante entre los dos asientos de sus padres para que escucharan con claridad—. El senador lo llamó más tarde para decirle que él tenía más futuro que los demás pasantes.

La mamá de Becca se volteó en su asiento.

—¿En serio?

—Creo que fue un comentario de cortesía —dijo Jack—. Era el promotor del programa, así que imagino que llamó a todos los pasantes y les dijo algo similar.

Becca meneó la cabeza y volvió a echarse hacia atrás.

—No llamó a los demás. Sammy Ahern participó de ese mismo programa y no recibió ninguna llamada de Ward. Lo dices porque eres modesto. El senador Ward escribió una sola carta de recomendación este año, aunque seguro que recibió cientos de pedidos de estudiantes. Y la carta fue para Jack.

—¿Por qué, entonces, quieres estudiar Derecho si lo que deseas es escribir discursos? —preguntó el señor Eckersley.

—Seguiré haciendo pasantías durante el verano para lograr más experiencia, y un título de abogado reforzará mi currículum. Creo que me dará más legitimidad para escribir sobre políticas públicas.

—La abogacía es una profesión fascinante y puede que cambies de idea cuando comiences tus estudios. De todas maneras, parece que tienes la cabeza bien puesta.

William Eckersley giró para dirigirle una mirada a su hija mientras conducía.

—Ahora comprendo, por fin, por qué insististe tanto en quedarte en Washington el verano pasado en vez de trabajar para mí. ¿Ya es oficial? ¿Se han puesto de novios?

—Nadie lo sabe en la universidad —dijo Becca—. Se lo contaremos a todos cuando volvamos.

Una burbuja de gas ácido estalló en alguna parte del esófago de Jack, y le provocó una acidez instantánea. Reprimió el eructo y simuló una sonrisa para Becca.

El señor Eckersley fijó la mirada en el espejo retrovisor para ver la cara de su hija.

—¿Y por qué el secreto sobre su relación?

—Ya te lo he dicho, papi. Somos todos amigos y queremos esperar para contarles.

—¿Esperar qué, querida?

—Esperar a que sea el momento indicado, papá. Es una de esas situaciones que no comprenderías.

—Sí, claro. Pero no olvides que tenías tres años cuando tu madre y yo anunciamos tu existencia, así que puede que comprenda más de lo que piensas.

—Ay, papá, qué tonto eres.

Estuvieron en silencio unos diez minutos hasta que el señor Eckersley habló:

—Jack, ¿oíste hablar de las montañas Blue Ridge?

—No mucho —respondió él—. Soy de Wisconsin, por lo que las montañas son un fenómeno nuevo para mí.

—Forman parte de la cadena Great Smoky Mountains. Serían como la parte interna de los montes Apalaches y constituyeron una barrera para los primeros pobladores. No fue hasta fines de 1700 cuando…

—¡Papá! Acabamos de terminar con los exámenes finales y no necesitamos una lección de historia.

—No es una lección, es información interesante sobre el lugar hacia donde nos dirigimos. En fin, tenemos una casa en las montañas donde nos gusta pasar la Navidad todos los años. Está sobre el lago, así que también pasamos tiempo allí en el verano. Solía navegar en mi Catalina por el lago, hasta que Becca decidió ser la nueva capitana. Ahora solo recibo órdenes. El pueblo se llama Summit Lake —dijo el señor Eckersley.

—Becca me ha contado sobre la casa. ¿Está sobre el agua, sobre pilotes o algo así?

—Si te caes del porche, aterrizas en el lago —dijo Becca—.

—Una casa sobre pilotes —comentó Jack—. Me entusiasma conocerla.

El hermano de Becca estaba comprometido con una chica cuyos padres vivían en Manhattan, por lo que pasaría la Navidad en Nueva York. Y, como era un flamante miembro del bufete de su padre, tendría que volar a Greensboro en la noche de Navidad para estar en la oficina el día 26. Como resultado de ello, Jack, Becca y sus padres serían los únicos participantes en la excursión navideña a Summit Lake. Esa misma presión le esperaba a Becca cuando ingresara en la firma de su padre. Pero tendría que graduarse de abogada antes de unirse a los fanáticos que pensaban que trabajar noventa horas por semana era la única forma de demostrar su aptitud para el cargo.

Llegaron a Summit Lake casi a las seis de la tarde Aun en la oscuridad, Becca y Jack podían sentir la presencia de las montañas que los contemplaban.

—Mira, mira —dijo Becca al entrar en el pueblo. Señaló hacia el lago y apuntó a las dos hileras de diez casas construidas sobre el agua, sostenidas por pilotes altos. Decoradas con luces de Navidad, las casas brillaban y se reflejaban en el lago. Un camino angosto corría por detrás de las viviendas y el señor Eckersley condujo por allí con el Escalade. Aparcó en un pequeño espacio cerca de la última casa de la hilera. Todos descendieron del coche. Hacía más frío allí que en el nivel del mar. Beca tomó a Jack de la mano y lo llevó hasta la terraza de madera que rodeaba toda la casa. Caminaron hasta la parte posterior para admirar el lago.

—¿Qué te parece?

—Es increíble; ahora entiendo por qué amas tanto este lugar. ¿Qué hay allí? —preguntó Jack mientras miraba una luz del otro lado del lago.

—Es el faro de Summit Lake. En Nochebuena alterna sus luces entre rojo y verde. Está ubicado en el punto justo donde terminan las montañas. Hacia el otro lado, el lago se extiende por muchos kilómetros. —Presa de emoción y entusiasmo, lo hizo girar en dirección al pueblo—. ¿Ves ese árbol?

Por detrás de los edificios de dos plantas, Jack vio asomar la punta de un pino que brillaba con luces de colores y una estrella brillante. Becca le apretó la mano; como de costumbre podía leerle la mente.

—No te pongas triste. El año que viene iremos a Green Bay para Navidad.

—Lo sé. Imagino a mi madre llorando porque no estoy en casa.

—El año próximo mi madre estará igual. Cuando yo tenga treinta años, seguirá llorando igual si no estoy en casa para Navidad.

Bajaron el equipaje del coche y se dirigieron al pueblo. Becca llevaba una caja con la muñeca que estaba de moda y Jack, un camión Tonka de juguete. Caminaron por el muelle detrás de las casas sobre pilotes y luego tomaron hacia la calle Maple, que tenía cinco cuadras de largo y desembocaba en un hotel de tres pisos. Había tiendas y restaurantes de ambos lados y en el centro se levantaba el pino gigante, que no habría desentonado en absoluto en el Rockefeller Center. Colocaron sus donaciones junto a la base.

—Vamos —dijo Becca—, quiero mostrarte el pueblo.

Se dirigieron hacia el final de la calle, dieron la vuelta y regresaron por la otra acera. No había mucha gente caminando pues todos entraban y salían de las tiendas, comprando los últimos regalos de Navidad. Al no haber tantas luces urbanas, se podía apreciar el cielo nocturno cubierto de estrellas. A Jack le hacía pensar en su pueblo. Contempló las casas en las laderas de la montaña, que resplandecían de decoraciones navideñas. Imaginó una vida donde una segunda casa esperaba en las montañas, donde las familias y los amigos se reunían para pasar fines de semanas largos y vacaciones. Cuando ingresó en la Universidad George Washington, tuvo oportunidad de conocer a estudiantes de familias adineradas; la riqueza de algunos de ellos hacía que la vida de Jack en Green Bay se asemejara a una página de la revista *National Geographic*. Becca y su familia no estaban lejos de ese nivel de riqueza, le constaba. Los suyos, en cambio, nunca habían tenido mucho dinero ni habían podido costearse una casa de verano en Door County, donde algunos de sus amigos pasaban las vacaciones; pero nada de eso le parecía importante. Sus padres les habían dado todo lo que tenían a él y a su hermana, y gracias a ello pudo ingresar en la UGW. Y tal vez, gracias a haber tenido esa oportunidad, le sería posible alcanzar el tipo de vida que Becca había tenido durante veinte años. Tal vez.

Por primera vez lo asaltaron las dudas y ensombrecieron la idea que tenía del futuro. De pie allí, en el centro del pueblo, se inquietó al pensar qué tendría para ofrecerle a la chica que amaba. ¿Tendría razón su consejero? Se imaginó trabajando noventa horas semanales, haciendo investigaciones en el sótano de un bufete de Nueva York. No, decidió. Prefería fracasar y vivir de cupones de comida del Estado antes que renunciar a sus sueños o caer en la rutina de esclavizarse de nueve a cinco de por vida. O de cinco de la mañana a nueve de la noche, como trabajaban muchos recién graduados en Nueva York.

—Esta es nuestra iglesia —dijo Becca y señaló una gran construcción al final de la calle Maple—. La misa de gallo allí es muy linda.

Jack sonrió.

—No veo la hora de ir.

—¿Estás contento de haber venido?

—Sí, mucho.

Becca abrazó la cintura de Jack mientras caminaban por el pueblo. Él le rodeó los hombros con el brazo y la atrajo hacia sí.

CAPÍTULO 14

Kelsey Castle
Summit Lake
9 de marzo de 2012
Día 5

KELSEY DESPERTÓ TEMPRANO Y SE lanzó a las calles en un trote lento. A pesar de su sueño, o tal vez a causa de él, esa mañana estaba decidida a correr. El pueblo dormía a las cinco y media mientras ella se dirigía al lago, zigzagueando por las aceras y avenidas. Un camino de tierra la llevó más allá del hospital y por la orilla del lago hasta el faro de Summit Lake, a unos tres kilómetros de distancia. Un sendero pavimentado ingresaba en el patio y llevaba hasta la torre del faro. Subió la escalera, una espiral de metal que tintineaba bajo sus pies. Las bombillas de cuarenta watts le ofrecían una débil resistencia a la oscuridad. Kelsey respiraba agitadamente cuando llegó a la cima y salió por la pequeña puerta que parecía pertenecer a un submarino. El viento se sentía con más fuerza en las alturas y Kelsey se aferró a la barandilla para estabilizarse.

Miró hacia el otro extremo del lago. El pueblo comenzaba a despertar y se veían luces en algunas casas; el humo brotaba de las chimeneas y se retorcía en el aire matinal. Caminó hasta el otro lado de la torre, donde el lago se abría en una gran extensión de agua que abarcaba muchos kilómetros. Desde su perspectiva, se veía el horizonte incendiarse en los momentos previos al amanecer. El metal del suelo estaba frío cuando Kelsey se sentó y dejó colgar las piernas entre las rejas de la barandilla. Aferrada a dos de las barras, apoyó la cara entre ambas y contempló el amanecer.

Cuando el sol asomó en el horizonte y trazó una avenida de luz sobre la superficie del lago Summit, la mente de Kelsey se concentró en Becca Eckersley. Si la información que tenía era correcta y Becca se había casado en secreto, ¿por qué lo habría hecho? La lista de posibilidades era larga. Sus padres no aprobaban al novio. La relación era reciente, eran jóvenes y nadie entendería que se casaran tan pronto. Él era mayor —un profesor, quizás, o tal vez un abogado— y había que mantener la relación en secreto.

A pesar del motivo, el resultado era el mismo: los padres de Becca no estaban enterados del casamiento. O, al menos, no lo estaban la noche en que la mataron. Kelsey paseó la mirada por el lago. Podía ver el arco de casas. En un extremo, la de los Eckersley atrapaba la luz de la mañana. Frunció los labios y exhaló lentamente, soltando un leve vapor, visible en el aire fresco. Necesitaba el diario personal de Becca. Si existía, seguramente revelaba la identidad del hombre con el que se había casado. Y si ella había escrito algo la noche en que la mataron, alguien sabía de la existencia de ese diario. Kelsey pasó treinta minutos en la cima del faro repasando los hechos sobre el asesinato de Becca y juntando las piezas de la información que poseía. Finalmente, cuando el sol ya estaba por encima del horizonte, bajó la escalera y regresó trotando por la orilla del lago.

Él le había propuesto encontrarse a las siete de la mañana y habían pasado solo unos minutos de la hora cuando Kelsey dejó de trotar y aminoró el paso. Subió al muelle junto a las casas sobre pilotes y lo vio al otro extremo. Recuperó el aliento mientras caminaba por el muelle y se detuvo delante de la casa de los Eckersley. El comandante Ferguson se le acercó con un cigarrillo entre los labios y lo encendió. Dio una larga calada antes de hablar.

—Buenos días, jovencita. —El humo que le brotó de la boca desapareció en la brisa del lago—. Tiene aspecto de haber tenido un día terrible ya a esta hora.

—Salí a correr temprano. No dormí bien. —Kelsey señaló la casa de los Eckersley—. Gracias por hacer esto.

—No sé qué va a descubrir dentro, pero entremos antes de que alguien en este pueblo despierte y me vea dejando entrar a una reportera en la escena de un crimen.

Pasaron debajo de la cinta amarilla que rodeaba la terraza y se agitaba en la brisa. El comandante Ferguson hizo tintinear unas llaves y las probó en las puertas corredizas de cristal de la terraza. Abrió y Kelsey lo siguió adentro. Caminó por la sala hasta la gran cocina donde sabía que habían atacado a Becca. Kelsey había estado allí en sus sueños la noche anterior. Miró a su alrededor y vio una isla larga con cuatro taburetes. Los armarios de madera de pino llegaban hasta el techo. Los electrodomésticos de acero inoxidable y las encimeras de granito le daban un aspecto elegante al ambiente. Vio que la puerta de la cocina daba a un recibidor y a la puerta por la que había entrado el atacante la noche en que Becca había muerto.

Imaginó aquella noche. El material de estudio de Becca desparramado sobre la isla; Becca sentada en uno de los taburetes. De algún modo el hombre había entrado en la casa, por alguna puerta abierta o porque Becca le había permitido el ingreso. Luego, una lucha. Los nudillos de Becca estaban lastimados y dos de ellos, en la mano derecha, presentaban fracturas. Tenía piel debajo de las uñas y vello facial adherido a las manos. Los papeles y libros habían caído al suelo y había también platos rotos. Mientras revivía la escena en su mente,

Kelsey se encontró tensando los músculos y queriendo alentar a Becca para que se defendiera con más fuerza y cambiara el resultado. La lucha, por lo visto, se había llevado a cabo allí donde estaba Kelsey en ese mismo momento. Los restos de aquella noche —platos rotos y muebles patas arriba— seguían presentes. Kelsey notó que una sensación extraña se apoderaba de ella; estaba de pie en el lugar donde habían atacado a otra mujer, algo que le había sucedido a ella misma hacía unas pocas semanas.

Aquella mañana, cuando interrumpieron su trote matinal, Kelsey luchó por su vida al igual que Becca. Y las preguntas que hacía sobre Becca y su vida eran las mismas que merodeaban en los rincones oscuros de su mente. Preguntas sobre por qué había sido atacada y si ella había hecho algo para causar el ataque. Si hubiera podido hacer algo diferente aquella mañana para evitarlo. Preguntas sobre por qué el malnacido la había elegido a ella y no a otra. Sobre cuánto tiempo la habría estado esperando y vigilando y si ella conocía al hombre detrás de la máscara o si se trataba de un desconocido al azar que había elegido a una mujer al azar.

Recorrer la casa de los Eckersley hacía que esos rincones oscuros se iluminaran y todas las preguntas que quería evitar pasaran a un nítido primer plano. Pensó si Penn Courtney, su padre postizo, sabría más de lo que había dicho sobre el caso de Becca. Si sabría que la única manera en la que Kelsey podría derrotar sus miedos era trabajando, y con un caso que la obligara a mirarse atentamente a sí misma y a lo que había sucedido.

Pero, aunque le estuviera adjudicando más mérito a Penn del que merecía, una cosa era segura: existía una razón por la que Kelsey se había sentido atraída de inmediato por esa historia, y en ese momento, allí, en el mismo sitio donde habían violado y asesinado a Becca Eckersley, lo comprendió. Estaba conectada con Becca. Tenía la sensación de saber exactamente por todo lo que había pasado. Qué había sentido aquella noche. De pie en medio de la escena del crimen, Kelsey supo que no estaba simplemente escribiendo un artículo para alcanzar la cantidad de páginas que le correspondían ese mes. Estaba buscando respuestas para devolverle algo de dignidad a una chica inocente que no había tenido la oportunidad de darle un cierre a su vida. Becca Eckersley merecía una conclusión para ese suplicio y si Kelsey podía encontrar esas respuestas y darle esa conclusión, tal vez *ella* se beneficiaría tanto como Becca. Tal vez podría regresar a su vida y comenzar a darle un cierre a su propia experiencia.

El comandante Ferguson se tomó diez minutos para describir la escena de aquella noche. Kelsey anotó detalles en su libreta, información que por sí sola nunca resolvería nada pero que, sumada a la que ya tenía, contribuía a la historia.

—¿Le molesta si echo un vistazo? —preguntó.

—Se han llevado todo. ¿Qué espera encontrar?

—Respuestas. —Kelsey sonrió.

—Tiene cinco minutos y no toque nada. —El comandante Ferguson se sentó en un taburete de la cocina y tamborileó con los dedos sobre la superficie de granito.

Sabiendo que la cocina era el escenario principal y que habrían recolectado cuidadosamente todas las pruebas, Kelsey caminó por un pasillo hasta un estudio, amoblado con un escritorio, una silla y bibliotecas en una pared. A diferencia de la cocina y la sala, esa habitación estaba inmaculada e intacta. Desobedeciendo las órdenes de Ferguson, abrió silenciosamente las gavetas y revisó el contenido de los estantes. Luego subió a la planta superior y entró en cada uno de los tres dormitorios. Pasó más tiempo en el de Becca. Revisó primero la mesa de noche, luego debajo del colchón. El armario empotrado estaba casi vacío y el tocador no contenía nada valioso. Tras cinco minutos, se quitó un mechón de pelo de la cara mientras paseaba la mirada por la habitación. Era el dormitorio silencioso de una chica muerta que jamás volvería a utilizar ninguna de las cosas que estaban sobre el tocador o en las gavetas o sobre los estantes. Finalmente, Kelsey regresó a la planta baja.

—¿Encontró lo que buscaba? —preguntó el comandante Ferguson cuando ella entró en la cocina.

—No.

—¿Desordenó todo mientras abría las gavetas y armarios que le indiqué que no tocara?

—No.

—Larguémonos antes de que pierda mi trabajo.

Salieron y el comandante Ferguson cerró la casa con llave. Caminaron por el muelle.

—Muy bien, jovencita, ¿qué novedades pude contarme?

—Averigüé el secreto de Becca —dijo Kelsey mientras caminaban.

El comandante Ferguson dio otra calada y levantó las cejas. Con los dedos índice y medio, se quitó el cigarrillo de entre los labios y giró la palma de la mano hacia arriba.

—Pues cuéntemelo.

—Se casó en secreto, sin decirles nada a sus padres.

El comandante dio una nueva calada mientras pensaba en eso. Miró hacia las montañas y Kelsey se dio cuenta de que su mente estaba procesando la información. Este era un detective con un caso sin resolver que todos los días le hablaba y le suplicaba que lo resolviera. Cuando se quitaba el cigarrillo de la boca el humo se elevaba por encima de su labio superior y le entraba por las fosas nasales. Kelsey pensó que podía tratarse de una nueva forma de fumar pasivamente y sintió deseos de mencionarle al gran detective que si la calada inicial no lo mataba, volver a aspirar el humo tal vez lo hiciera. En lugar de hablar, se alejó el humo de la cara.

Eso trajo al comandante de regreso al presente.

—Lo siento —dijo. Apagó el cigarrillo en la suela del

zapato y guardó la colilla en el bolsillo. Alejó el resto del humo con la mano, pero era evidente que su mente estaba en otra parte—. No tiene ningún sentido —dijo por fin.

—¿Qué cosa?

—Que Becca se haya casado. Investigué su pasado con mucho detalle. En ningún momento me encontré con ningún documento que sugiriera algo así. Para casarse, se necesita una licencia de matrimonio. Después de la ceremonia, se emite un certificado que debe presentarse ante el condado para que el matrimonio sea legal. Es parte de nuestra fantástica burocracia, o sea, solo otra manera de dejar dinero en las arcas de los distintos condados, pero es lo que exige la ley. En algún momento encontré ese certificado.

Kelsey se quedó pensando en ello. Caminaron por la calle Maple hasta llegar a la avenida Minnehaha y se detuvieron delante de la comisaría de policía de Summit Lake. ¿Se habría equivocado Millie Mays? ¿Habría entendido mal el relato de la conversación de su hija con Becca? ¿Algún dejo de demencia senil habría exagerado la historia en la mente de Millie? Era posible, pensó Kelsey. Pero no probable. Kelsey había entrevistado a miles de fuentes de la misma manera en que lo había hecho con Millie, con indiferencia, sin presionarlas para obtener información detallada, y su instinto le advertía cuándo las personas exageraban lo que sabían. A veces adornaban las historias para sentirse más importantes y tal vez ver sus nombres publicados en una revista. En otras ocasiones, no tenían idea sobre lo que Kelsey estaba preguntando y no querían admitirlo, por lo que inventaban una historia de la nada. Millie no entraba en ninguna de estas categorías. Se había mostrado renuente a revelar el secreto que guardaba y seguramente no habría dicho nada si Kelsey no la hubiera manipulado.

—¿Y si se escaparon a Las Vegas y se casaron por capricho? —preguntó.

El comandante Ferguson meneó la cabeza.

—No importa si es en Las Vegas o en Jamaica. Hay que presentar el certificado de matrimonio y habría aparecido cuando buscamos la información en la base nacional de datos. Si este supuesto matrimonio ocurrió fuera de los Estados Unidos, el certificado tendría que presentarse en la embajada estadounidense en el país en cuestión, pero llegaría de todas maneras. Tal vez unas semanas después, por lo que podríamos suponer que todavía se está procesando. El problema con esa teoría es que no hay registros de que Becca haya salido del país. Así que, si se casó, fue aquí en los Estados Unidos, y no hay ningún registro de eso. Por lo tanto, o engañó al sistema, o está usted equivocada, señorita Castle. —El comandante Ferguson se pasó la mano sobre la barba—. ¿Dónde obtuvo esta información de que Becca se había casado?

Kelsey le sonrió, como para recordarle que sabía que no podía hacerle esa pregunta.

—De acuerdo —dijo él—. ¿Cuánta credibilidad tiene esta persona?

—Si es cierto lo del matrimonio, es muy creíble. Supongo que tendremos que hurgar un poco para averiguar la respuesta.

El comandante buscó el cigarrillo apagado en el bolsillo y lo devolvió a la vida. Se cuidó de que el humo no fuera hacia Kelsey.

—La única forma de que eso pueda ser verdad es si se casaron en secreto, de un día para el otro, sin que nadie lo supiera, y luego no presentaron el certificado, cosa que habrían tenido que hacer juntos.

—¿O sea que Becca murió antes de que presentarlo?

El comandante Ferguson le apuntó con el cigarrillo.

—Exacto. Esa es la única posibilidad.

Ambos permanecieron en silencio un rato.

—He revisado cuidadosamente la información que me dio —dijo Kelsey por fin.

—Yo también.

—¿Sabe algo sobre un diario de Becca?

—¿Qué tipo de diario?

—Ya sabe, un diario personal.

El comandante negó con la cabeza.

—No escuché nada al respecto. ¿Por qué? ¿Escribía en un diario?

—Así me han dicho.

—¿Dónde está? ¿En casa de sus padres?

—Lo dudo —dijo Kelsey—. Por lo que me contaron, estuvo escribiendo en él horas antes de que la mataran. Debería haber estado entre las pruebas que se recolectaron aquella noche en la casa del lago.

—No se encontró ningún diario aquella noche.

—Lo sé.

—¿Y dice que deberían haberlo encontrado?

—Digo que, si Becca estuvo escribiendo en un diario mientras estaba aquí en Summit Lake, tiene que estar en alguna parte.

—¿Y supongo que no estaba en ninguna de las gavetas ni de los armarios que estuvo revisando allí en la casa?

Kelsey negó con la cabeza.

—¿Quién recogió las pruebas aquella noche? ¿Quién hizo la lista de pruebas?

—Mis hombres —respondió el comandante—. Bajo mi supervisión.

—¿No fueron sus amigos de la policía estatal?

—No llegaron hasta muy tarde esa noche, después de que se hubieran documentado la mayoría de las pruebas. Si el diario hubiera estado en esa casa, lo habríamos encontrado.

—¿Y lo habrían documentado?

—Por supuesto.

Kelsey cerró los ojos y se masajeó las sienes.

—De todos modos, aunque sea cierto que Becca se casó, no nos ayuda demasiado —dijo el comandante.

Kelsey ladeó la cabeza.

—¿No? Usted me pidió que descubriera el secreto de Becca.

—Sí, es cierto —dijo el comandante Ferguson, mientras le succionaba la vida al cigarrillo—. Pero descubrir un secreto no es nunca la clave. Averiguar por qué es un secreto… —Movió el cigarrillo en el aire—. Eso sí que la llevará a alguna parte.

CAPÍTULO 15

Becca Eckersley
Universidad George Washington
28 de diciembre de 2010
Catorce meses antes de su muerte

Permanecieron en Summit Lake tres días después de Navidad. Becca y Jack caminaron por el pueblo, tomaron café en la cafetería de Millie, salieron a cenar con los padres de Becca y pasaron noches tranquilas en la cabaña de pilotes viendo películas y jugando a las cartas. El señor Eckersley trató de impresionar a Jack hablando de las satisfacciones que daba la práctica del derecho, que no se lograban solamente con un título de abogado. Jack prometió no tomar una decisión hasta terminar la carrera universitaria.

La última noche, Jack y Becca salieron a cenar solos.

—Este verano tienes que venir a Greensboro, así puedo enseñarte dónde vivo —dijo ella—. Iremos en coche hasta la costa y podremos contemplar las olas que llegan desde el Caribe. Tal vez cuando finalicemos los estudios de Derecho podremos pasar unas vacaciones allí.

—¿Dónde?

—En el Caribe. En Santa Lucía o Saint Thomas. O

podríamos alquilar un velero y navegar por las Islas Vírgenes Británicas.

—No sé navegar a vela.

—Te enseñaré este verano; te llevaré a la ensenada Mumford, donde guardamos a *Catalina*. Está justo sobre la costa.

—Excelente idea —dijo Jack—. Entonces, ¿*Catalina* es un velero?

Becca sonrió.

—Así es.

—No hablo el mismo idioma que tú. En mi familia nunca tuvimos un barco.

—¿Y qué importa? No toma mucho tiempo aprender a navegar.

—¿Qué quieres hacer una vez que tengas el título de abogada? —preguntó Jack.

—¿A qué te refieres?

—Quiero decir, mira lo que es tu vida aquí. Asistes a una universidad cara; yo también, pero estoy becado. Supongo que tus padres envían un cheque cada semestre. Tienes una casa de vacaciones en la montaña, otra casa enorme en Greensboro y un *Catalina*. Dos embarcaciones, ¿verdad? Una en tu hogar y otra aquí.

—¿Y qué? También tenemos otra casa en Vail. ¿Qué importancia tiene?

—Si pudieras ver cómo es mi vida en Wisconsin, y no lo digo despectivamente porque no me avergüenzo de ella, pero si vieras el lugar donde he vivido, las casa donde crecí, el coche que tenemos, creo que te darías cuenta de que es una vida muy diferente a todo esto.

—¿Qué tiene que ver eso con lo que yo haga cuando termine los estudios de Derecho?

—En el primer año luego de graduarse, los abogados no siempre ganan mucho dinero, a menos que vayan a Nueva York y se esclavicen en un bufete importante. Pero sé que eso no es lo que quieres. Y tu padre es lo suficientemente inteligente como para no incorporar a su hija menor a la firma al poco tiempo de haber hecho lo mismo con su hijo, y pagarle un buen sueldo sin que antes demuestre que lo merece.

—Pues alquilaré un apartamento, tendré un coche usado y comeré comida barata. ¿Piensas que no soy capaz de hacerlo?

—Sé que podrías; solo que, en mi caso, ya estoy acostumbrado.

—Pero estaremos juntos, así que no importa dónde vivamos ni cuántas cosas tendremos. —Becca rio—. Eres todo lo que necesito. Pero te tengo una noticia, Jack. Tendrás éxito en cualquier cosa que emprendas.

Él se encogió de hombros.

—De todas maneras, debemos aprobar el semestre que nos queda y luego terminar los estudios de Derecho antes de preocuparnos por esas cosas.

—¿Es increíble, ¿no? —dijo Becca—. Imaginar cómo será nuestra vida después de dejar la universidad. Basta de correr de un lado a otro, basta de ocultar cosas. Podremos tener nuestro propio hogar y dormir juntos toda la noche. Ya no tendremos que escabullirnos de madrugada para volver a nuestras habitaciones. Va a ser raro contarles a Gail y a Brad, aunque creo que Gail sospecha algo.

—Sí —dijo Jack mirando por la ventana del restaurante—. Va a ser súper raro.

—¡Becca Eckersley!

La voz era grave e impostada, y cuando Jack levantó la mirada, se sorprendió al ver que pertenecía a alguien de su misma edad. El sujeto tenía una barba que parecía haber requerido mucho esfuerzo y resultaba evidente que estaba orgulloso de ella.

—Hola —dijo Becca, con una rápida mirada hacia Jack. Abrió mucho los ojos por unos segundos, algo que hacía cuando quería que Jack supiera que sucedía algo incómodo. Se puso de pie y le dio un abrazo de cortesía al recién llegado.

—¿Qué haces por aquí? —preguntó ella.

—Estoy de vacaciones de la universidad, en casa con mis padres. ¿Cómo te está yendo en la George Washington?

—Bien —respondió Becca—. Muy, muy bien. ¿Y a ti en Harvard?

—Es lo que tiene que ser. Un trampolín, ¿no? Todo perfecto.

Jack advirtió que Becca se pasaba las manos por la falda. Otra de sus señales.

—Este es Jack —dijo Becca.

Jack se puso de pie. Era unos centímetros más alto y más ancho de espaldas que el sujeto que tenía delante. Le tendió la mano.

El joven se la estrechó con fuerza. El macho Alfa.

—Soy Richard Walker. Becca y yo somos viejos amigos —dijo, como si ambos tuvieran cuarenta años y no se vieran hace veinte.

—Richard y yo fuimos compañeros de bachillerato —explicó Becca.

—Sí —confirmó él—. Salíamos juntos. —Miró a Jack—. Lo que se conoce como "novios del colegio".

Jack sostuvo la mirada de Richard con rostro inexpresivo.

—Conozco la expresión. —Jack también conocía a Richard Walker. Era el imbécil que se aparecía por la universidad de vez en cuanto para molestar a Becca y hacerla llorar. Cuando Jack y Becca se conocieron, ella estaba tratando de desatar el nudo de la relación que la tenía atada a Richard desde el bachillerato. Cuatro años más tarde, seguía lidiando con eso. Jack recordaba cuando en la semana de exámenes finales encontró a Becca con los ojos enrojecidos a causa de ese imbécil, que había aparecido para declararle su amor y explicarle lo infeliz que era sin ella. También recordaba, a raíz de sus charlas, que la familia de él tenía una casa en Summit Lake, donde ambos habían pasado todos los veranos durante la época escolar.

—¿Hace mucho que estás aquí? —preguntó Richard.

—Alrededor de una semana; vinimos a pasar la Navidad. Nos iremos mañana.

—¿Han venido juntos?

Becca asintió.

—¿Y de dónde se conocen? —quiso saber Richard.

—De la universidad —dijo Becca.

—Somos lo que se conoce como "novios de la universidad" —acotó Jack.

La cara de Richard se congeló por un momento; luego esbozó una sonrisa forzada y Jack se dio cuenta de inmediato de que el tipo era engreído además de imbécil.

—Entendido. Bien por ustedes, chicos. ¿De dónde eres, campeón?

"¿Campeón?"

—De Green Bay.

—¿En Wisconsin? —Richard hizo una mueca extraña—. El culo del mundo ¿no? Bienvenido a la civilización.

Jack siguió mirándolo fijamente, sin decir una palabra.

Richard apartó la mirada y se dirigió a Becca.

—¿Puedo hablarte un minuto?

Ella levantó las cejas.

—Claro.

—¿En privado?

Becca sonrió, incómoda, miró a Jack y luego a Richard otra vez.

—Salí a cenar, Richard, por lo que no pienso irme a un rincón contigo, como la escuela.

Jack rio por lo bajo. Por algo amaba a esta chica.

—Entendido —dijo Richard otra vez—. No fue mi intención entrometerme. Me alegro de verte.

—Yo también —respondió Becca y lo abrazó sin entusiasmo.

—Suerte, campeón.

—Nos vemos, cabrón —saludó Jack.

—¿Qué dijiste?

—Perdón, quise decir "campeón".

—Solo llámame Richard.

Jack volvió a sentarse y se colocó la servilleta sobre las piernas.

—Nos vemos, Richard.

Richard volvió a esbozar una sonrisa forzada.

—¡Qué tipo con clase, Becca! Me imagino que tu padre estará feliz de ver que sales con él.

—Adiós, Richard —dijo ella—. Que tengas un feliz año nuevo.

Él se quedó mirándola y finalmente dio un paso atrás.

—Sí, claro.

Jack lo miró alejarse.

—¿Qué le pasa al infeliz ese?

—No lo sé —respondió Becca—. Por Dios, ¡qué incómodo fue eso!

—¿Siempre habla así, con esa voz impostada de locutor?

Ella se encogió de hombros.

—Quiere ser abogado defensor. Supongo que piensa que eso ayuda.

—Ayudará a que el jurado piense que es un imbécil. —Jack la miró—. ¿Y tú salías con ese tipo? ¿Era él?

Ella sonrió.

—Basta.

—Parecía algo alterado, ¿no? —dijo Jack.

—Sí, estaba un poco raro. Él todavía… ya sabes, nunca terminó de superar nuestra ruptura.

—¿Eso crees?

—¿Lo llamaste "cabrón"?

—Fue sin querer.

Becca meneó la cabeza.

—¿Qué voy a hacer contigo?

Terminaron de cenar y emprendieron la caminata por la calle Maple hacia la casa sobre el lago.

—A propósito, mis padres te adoran. No te preocupes por Richard, estaba tratando de provocarte.

—Puede que no llegue a convertirme en el abogado con quien tus padres anhelan que te cases, pero en comparación con Richard Walker estoy seguro de que les parezco un gran partido. A menos que prefieran esa sonrisa falsa que estuve a punto de borrar de un puñetazo.

—A mi padre le caía bien en la época del bachillerato, pero solamente porque era mi novio. El padre de Richard es un importante abogado defensor, y mi padre lo conoce. Richard solía sacar provecho de eso. Pero dejemos el tema de la escuela. Ya veremos con quién nos encontraremos el año que viene cuando visitemos a tus padres.

Jack rio.

—No tengo escondido a ningún Richard Walker en mi armario, créeme.

—Bueno, Richard resultó ser el primero en enterarse de nuestra relación. Es la primera persona a la que se lo hemos dicho, además de a nuestros padres. ¿Cuál es el plan cuando volvamos a la universidad? ¿Les contamos a todos? ¿A Gail y a Brad?

Jack levantó los hombros.

—Bueno.

—No pareces muy seguro —dijo Becca y siguieron caminando.

—Me parece que tenemos que hablar de ese tema.

—¿Qué tema?

La miró a los ojos.

—Creo que tendremos que resolver algunas cuestiones cuando volvamos.

—¿Qué tipo de cuestiones? Me estás poniendo nerviosa.

—No hablo de cuestiones entre tú y yo. Cosas con nuestros amigos. Hemos guardado este secreto durante tanto tiempo que se está convirtiendo en un escándalo. Pienso que tendríamos que haber blanqueado nuestra relación desde un principio, el verano pasado, cuando empezó todo. Nos habríamos ahorrado un montón de problemas con los que vamos a tener que lidiar.

Tomaron por una calle lateral hacia el este, en dirección al lago.

—Entiendo a qué te refieres —dijo Becca—. Pero creo que todo va a salir bien. Quizás al principio sea un poco incómodo todo, pero nada más.

—Una cosa es Gail —dijo Jack, ya sobre el muelle delante de la casa de los Eckersley—. Y otra es Brad.

—No entiendo.

Jack no tuvo tiempo de responder. Mientras avanzaban por el muelle, vieron a Brad sentado en la terraza de la casa. Brad los miró acercarse con una expresión de desconcierto.

—¿Brad? —dijo Becca, y sonrió, a pesar de no comprender lo que estaba ocurriendo—. ¡Ay, Dios! ¿Qué se traen entre manos, chicos? —Le sonrió a Jack—. ¿Tú estabas al tanto de esto?

—Mierda —dijo Jack, y soltó la mano de Becca.

Ella se acercó a Brad con intención de darle un abrazo.

Brad se echó hacia atrás con el brazo extendido, sin dejar de mirar a Jack.

—¿Se lo has contado? —preguntó.

—No —respondió Jack—. No he dicho una sola palabra de nada.

—Brad —dijo Becca—. ¿Qué sucede? —Su sonrisa se borró—. ¿Ocurrió algo malo?

Brad tenía los ojos fijos en Jack y no podía mirar a Becca. Por fin posó los ojos sobre ella.

—Vine a decirte que siento algo por ti. Pensé que tú sentías lo mismo. Así dijiste la otra noche. —Brad meneó la cabeza y soltó una risa forzada—. Vine a decirte que estoy enamorado de ti. Pero ¿con qué me encuentro? ¿Estás saliendo a mis espaldas, con Jack? —Se volvió hacia él—. ¿No era que tu madre te "mataría" si no volvías para Navidad?

—Lo planeamos hace unas pocas semanas, Brad —dijo Becca.

Brad entrecerró los ojos mientras encajaba mentalmente las piezas en su sitio.

—¿Están saliendo o algo así? —preguntó.

Becca asintió sin ninguna expresión en la cara.

—Desde el verano —respondió—. Pero no fue algo repentino. Hacía tiempo que sentíamos atracción mutua.

Brad negó con la cabeza.

—O sea que todo lo que hablamos sobre mi padre y su mierda, todas esas noches sin dormir hasta el amanecer, ¿durante todo ese tiempo estabas con Jack? ¿Pensando en él?

—Pensando en…, no —respondió Becca—. Pensaba en ti y en tu situación. Porque somos amigos, Brad. Tú y yo siempre nos hemos quedado hablando hasta muy tarde. Lo hemos hecho desde el comienzo. Tú sabes escucharme y eres uno de mis mejores amigos.

—Será mejor que entre, así pueden hablar con tranquilidad —dijo Jack.

—¿Por qué no me lo contaste cuando almorzamos el otro día? —le preguntó Brad.

Jack soltó un largo suspiro.

—No lo sé. Estaba impactado por lo que me contabas. A ti te habría sucedido lo mismo si el que se confesaba hubiera sido yo.

—O sea que me dejaste continuar como un tonto mientras te decía que Becca y yo íbamos a iniciar una relación. Y no te importó que yo pasara las vacaciones de Navidad pensando que podía tener una oportunidad con ella, tratando de encontrar la forma de decirle lo que siento. ¿Todo el tiempo sabías que estarías con ella en las vacaciones, riéndote de mí?

—Nadie se ríe de ti, Brad. Jamás lo haría. Y el otro día no era el momento indicado para contártelo. Tenía que ordenar mis pensamientos.

—¿Y, entonces, viniste aquí a mis espaldas a ordenar tus pensamientos?

—No —respondió Jack, con una nota de firmeza en la voz—. Vine aquí a pasar la Navidad con Becca porque ella y su familia me invitaron. Nada de eso fue a tus espaldas, porque hasta el otro día no sabía que mi relación con Becca tenía algo que ver contigo.

—Bueno, chicos. Tomémonos un minuto —dijo Becca.

—¿Gail lo sabe?

—Nadie lo sabe —respondió Becca—. No sabíamos cómo contárselo.

Brad pasó por delante de ellos y caminó lentamente hacia la parte delantera de la casa, donde estaba aparcado su coche de alquiler. Subió y encendió el motor.

—¿Adónde vas? —preguntó Becca mientras iba tras él.

—A cualquier lado menos aquí.

—Ven, entra, Brad. Te presentaré a mis padres. Quédate a pasar la noche; así podremos hablar.

—Ya conocí a tus padres, y es probable que piensen que soy un idiota.

Dio marcha atrás por el camino de entrada. Becca y Jack vieron cómo su amigo se alejaba sin decir adiós. Se quedaron solos, uno junto al otro, de pie delante de las casas adornadas con luces navideñas.

CAPÍTULO 16

Kelsey Castle
Summit Lake
10 de marzo de 2012
Día 6

Los números rojos del reloj despertador digital volvieron a titilar. Las 04:54. Hacía una hora que daba vueltas en la cama, de manera que finalmente se incorporó, deslizó los pies fuera del edredón y los bajó a la alfombra. Se quedó mirando la habitación a oscuras. Le temblaban las manos. Permaneció inmóvil durante varios minutos, tratando de recuperar el control de su respiración, sus emociones y su mente. Finalmente, hundió la cara en las manos y comenzó a llorar. Durante toda la noche había intentado encontrar respuestas a por qué ella había sobrevivido a un ataque feroz mientras que Becca Eckersley no había tenido esa suerte.

Obligarse a regresar al trabajo y luego viajar a Summit Lake para investigar la historia de Becca era como hacer trampa, como utilizarla para sanarse a sí misma. Pero Kelsey no conocía otra forma de hacerlo. Su reacción inmediata después del ataque había sido quejarse porque Penn Courtney le había otorgado una licencia laboral paga de un mes y no permitir que nadie se compadeciera de ella ni le preguntara cómo estaba. Sin embargo, tras haber estado en la casa de los Eckersley y haber seguido los pasos de Becca, la perspectiva de Kelsey había cambiado. Ella tenía una vida. Estaba viva. Gozaba de buena salud y se estaba recuperando.

Sentada a oscuras en la habitación del pequeño pueblo en las montañas Blue Ridge, Kelsey comprendió que había sido llamada —si no por la propia Becca, por alguna entidad superior— a encontrar las respuestas que le habían sido esquivas a ese pueblo. Respiró hondo, se levantó de la cama y se vistió con jeans y un suéter. Echó llave a la habitación del hotel y bajó por la escalera desierta al vestíbulo. Fuera la recibió una brisa lacustre. El viento subía por las montañas hacia el oeste y caía de regreso, juguetón, en un círculo que traía consigo el aroma de la madera que ardía en los hogares. La oscuridad llenaba el cielo; no había ni un atisbo del amanecer. Solo las farolas callejeras ofrecían un brillo tenue en las intersecciones. Summit Lake estaba tranquilo y silencioso.

Kelsey respiró el aire límpido de las montañas mientras bajaba por la calle que llevaba a la orilla. Cuando iba hacia a la esquina de Maple y Tomahawk, notó que había luz en la primera planta del café: un llamativo contraste con la oscuridad bajo la que se ocultaba el pueblo. Vio que las cortinas estaban abiertas y, al acercarse, escuchó un golpecito en la ventana del primer piso, que se abrió de inmediato. Rae asomó la cabeza al aire frío de la madrugada.

—¿Qué haces allí?

—No podía dormir —dijo Kelsey.

—Entra. Te abriré la puerta principal.

Instantes más tarde, Rae destrabó la puerta del café y la sostuvo abierta. Kelsey vio que ya estaba duchada y vestida. Sus ojos juveniles brillaban, sin rastro de sueño ni hinchazón en los párpados. Se había secado el pelo rubio con secador y lo tenía suave y brillante por el acondicionador.

Kelsey se pasó la mano por el pelo desordenado y la lengua por los labios resecos mientras entraba en el café.

—Te ves impecable, fresca y llena de energía. ¿A qué hora te levantas?

—Justo antes de las cuatro. El horno se enciende a las cuatro y media.

—Qué locura.

—Puede que lo sea para algunos, pero a mí me encanta —dijo Rae—. Ven a la cocina, tengo que retirar los *scones*. El café ya está haciéndose.

Kelsey siguió a Rae junto a la barra larga de caoba y por la puerta contigua a la caja. Entró en la cocina, donde Rae le hizo señas de que se sirviera de la cafetera de acero inoxidable que estaba sobre la encimera. Mientras llenaba dos tazas altas, vio que Rae se colocaba un delantal rojo y extraía los *scones* del horno. Eran casi las cinco de la mañana y Kelsey observó que Rae se movía por la cocina como si fuera mediodía.

—Lo tomo con algo de crema —dijo Rae—. Y mucha azúcar.

Kelsey sirvió el café y luego dejó la taza sobre la isla donde Rae estaba glaseando los *scones*.

—Huele bien —dijo Kelsey.

—¿A que sí? —Los ojos de Rae se dirigieron a los *scones* y luego otra vez a Kelsey—. Veo que me miras como si estuviera loca.

—¿Yo? No, en absoluto.

—No te preocupes; muchos lo creen cuando se enteran d que me levanto tan temprano y a veces me acuesto tan tarde. Dirías que me acostumbraría o me cansaría de hacerlo, pero no es así. No me cansan los aromas ni el trabajo, ni la gente que viene aquí. Muchos son clientes de siempre a los que conozco bien y con quienes me encanta conversar. —Rae apuntó a Kelsey con la manga de glaseado—. Es así como te das cuenta de que estás haciendo lo que te gusta. Cuando nunca te aburres ni quieres hacer otra cosa.

—¿Has pensado alguna vez en abrir tu propio café?

—Sí, claro, todo el tiempo. Hasta le dije a Livvy Houston que pensaba en convertirme en su competencia. Ella decidió seguir con su vida, por lo que Millie, la mamá de Livvy, me ofreció hacerme cargo del lugar. Este año es mi prueba de fuego, para ver si puedo llevar adelante el café yo sola. Quiero estar segura.

—¿Y?

—Hasta ahora, todo bien. Livvy ya no viene nunca y Millie está demasiado mayor como para pasar tiempo aquí, así que siento como si el local fuera mío.

Rae terminó con los *scones* y los puso a un lado para que se enfriaran. Introdujo otro lote en el horno y comenzó a poner *bagels* dentro de una rebanadora automática.

—¿Y a ti? ¿Te gusta tu trabajo?

Kelsey lo pensó un momento.

—Sí, me gusta. No me imagino haciendo otra cosa.

—¿No te da tristeza la gente que detesta su trabajo? O sea, levantarte todos los días y tener que hacer algo que no te agrada no es una buena forma de vivir. Creo que es un fallo de los padres. Cuando eres una niña, no sabes lo que quieres. Ninguna chiquilla de diez años sueña con ser contadora, nadie se quiere convertir en vendedora cuando sea mayor, ¿no? Y son trabajos muy buenos y mucha gente trabaja de eso toda su vida y está contenta. Pero si de niña nadie te dice que sueñes, entonces, vas por la vida haciendo lo que hacen todos, en ocasiones lo que hacen tus padres. —Rae levantó la taza y bebió un trago de café—. No lo sé, me pongo filosófica por la mañana, pero ¿me entiendes? Hay que hacer lo que amas hacer. Y si deja de gustarte, pues cambias a otra cosa.

Kelsey sonrió ante el entusiasmo de la muchacha.

—Entiendo perfectamente lo que estás diciendo y es un buen consejo. No te veo demasiado filosófica, sino feliz con tu vida. Tal vez con demasiada cafeína encima a las cinco de la mañana, pero no tiene nada de malo.

Rae soltó una carcajada.

—Pues creo que nos llevaremos muy bien. ¿Por qué no podías dormir?

Kelsey contempló el techo.

—¿Por qué no puedo dormir? —repreguntó, como para sí misma, ponderando la pregunta—. ¿Tienes algunas horas para que te lo cuente?

—Ay —dijo Rae y asintió—. Suena a problemas con chicos.

Kelsey levantó las cejas.

—En absoluto.

—Me enteré de que un médico del hospital te estaba ayudando con tu investigación o algo así.

—¿En serio? ¿Cómo te enteraste?

Rae levantó los hombros.

—También me dijeron que era guapo.

—¿De qué estás hablando? —rio Kelsey—. Me dobla la edad.

—No es cierto. Me dijeron que tiene… cuarenta años, creo. O cuarenta y cinco. ¿Tú qué edad tienes?

—Treinta.

—Pues para doblarte la edad tendría que tener sesenta, así que deja de exagerar y esquivar la pregunta. ¿Es guapo?

—¿De dónde sacas esa información?

Rae sonrió.

—Estoy a cargo del único café en un pueblo pequeño en el que todos hablan de la muerte de Becca Eckersley. Y todos saben que una periodista de la revista *Events* está investigando. La gente habla y en este pueblo, por lo general, habla conmigo. Así que si piensas tratar de mantener un secreto mientras estés aquí, te advierto que no podrás.

—A menos que asesines a una joven estudiante de Derecho; en ese caso, puedes desaparecer en la noche.

Rae frunció el labio inferior.

—Tienes razón. Pero lo que quiero decir es que si no

quieres que me entere de que pasas tiempo con un doctor guapo, no cenes con él a cien metros de aquí.

—Me ayudó con unos informes médicos que necesitaba.

—Pues mira tú —dijo Rae—. ¿Y nada más? ¿La historia termina allí?

—¿A qué te refieres?

—Cuando te encuentro deambulando por las calles antes del amanecer, supongo que se trata de mal de amores.

Kelsey sonrió.

—Te aseguro que Peter Ambrose no me mantiene despierta de noche. Acabamos de conocernos.

—Uy —dijo Rae, abriendo ojos enormes—. Entonces eso se llama mal de amores "pre-romántico" y puede ser más complicado que el mal de amores "romántico" de trinchera. —Dejó caer el último *bagel* en la rebanadora y señaló el horno donde se cocinaban los *scones*—. Les faltan unos cuarenta minutos. Vayamos al salón.

Todavía no había amanecido y la farola de la esquina arrojaba luz por las ventanas y dibujaba sombras silenciosas sobre el café. Rae encendió una lámpara de pie que estaba junto al hogar y los sillones de cuero quedaron bañados de luz. Colocó leños en la chimenea y encendió un fósforo. Mientras ella y Kelsey se sentaban en los sillones, los leños chisporroteaban, resistiéndose al fuego.

—Entonces, si no es a causa de un chico, ¿por qué no puedes dormir? —quiso saber Rae.

—Creo que Becca Eckersley me mantiene despierta de noche.

—¿En serio? Me da escalofríos.

—Así soy yo. Una vez que un caso me atrapa, no puedo pensar en otra cosa. Y la información que estoy descubriendo sobre este caso hace que mi mente corra a doscientos kilómetros por hora. —Kelsey hizo una pausa—. Y no puedo…

—¿No puedes qué?

—No lo sé. Dejar de pensar en la vida y la muerte y cómo pueden quitarnos todo tan rápido.

—¿Sí? —Rae se quedó mirándola, intentando descifrar su expresión—. ¿Este caso te ha hecho pensar en todo eso?

—Así es.

—Suéltalo.

—¿Cómo dices?

—Que lo sueltes. Cuéntame qué sucede en tu vida.

Kelsey hizo una mueca graciosa.

—Basta —dijo Rae—. He leído todo lo que has escrito en tu vida. Tu libro, dos veces, y todos tus artículos, que incluyen muchos homicidios. El año pasado escribiste sobre una niña de seis años que había desaparecido, un caso que terminó muy mal. Y escribiste también sobre una loca de Florida que obligó a su hija a oler cloroformo y la mató sin quererlo, de una sobredosis, y luego la enterró a dos kilómetros de su casa. Así que no me vengas con que es demasiado para ti venir a un pueblo pequeño y escribir sobre la muerte de una estudiante de Derecho. No te creo. ¿Qué sucede? ¿Por qué te afecta tanto?

Kelsey bebió su café. Era extraño cómo la gente la conocía tanto a través de lo que escribía.

—¿Pensaste alguna vez en estudiar Psicología?

—No, nunca. Ahora, suéltalo.

Kelsey no sabía bien por qué deseaba contarle a esa chica las cosas que la inquietaban. Ni por qué, aunque hacía poco que la conocía, sentía que podía confiar en Rae. No comprendía por qué estaba a punto de contarle a esa joven algo de lo que se había negado a hablar con su terapeuta. Pero Rae tenía algo. Un carisma que envolvía a Kelsey y la hacía sentirse cómoda. Inspiró hondo.

—Anoche fui a la casa del lago.

Rae señaló hacia el agua.

—¿A casa de los Eckersley?

—Ajá.

—Pensé que no estaba permitido el paso.

—Así es, pero el jefe de policía me permitió echar un vistazo, pasar al otro lado de la cinta por unos minutos.

—¿Cómo lo lograste?

Kelsey se encogió de hombros.

—Está molesto porque la policía estatal se ha hecho cargo del caso. No le gusta la forma en que se lleva adelante la investigación. Así que creo que soy su forma de hacer las cosas correctamente.

—¿En serio? ¿Y qué encontraste?

—No lo sé. Nada, supongo. Pero estuve en el mismo lugar donde estuvo Becca. Caminé sobre las pisadas de una chica a la que violaron y asesinaron y me puse a pensar que a mí estuvo a punto de sucederme lo mismo.

Rae levantó la barbilla lentamente. No tuvo que hacer preguntas ni presionarla.

Kelsey soltó un suspiro tembloroso.

—Esta investigación tenía como propósito hacerme salir de la oficina y lanzarme al ruedo otra vez tras una licencia laboral. Tuve que tomármela después de que me... bueno, me atacaron, igual que a Becca.

—Ay, Dios mío, Kelsey. ¿Cuándo?

—Hace unas semanas.

—¿Qué sucedió?

—Estaba trotando una mañana, por el mismo sendero que he tomado miles de veces. Llevaba auriculares y estaba en mi propio mundo de endorfinas. El hombre salió del bosque y me atacó sin más, igual que en las historias sobre las que he escrito, solo que esta vez lo experimenté en carne propia. Me tomó por sorpresa y al principio no entendí qué sucedía. Cuando finalmente me di cuenta, era demasiado tarde. Luché por mi vida. Me desperté en el hospital a la mañana siguiente.

Rae la miró durante varios segundos.

—No sé qué decir. Por lo general soy muy directa, pero no fue mi intención... no tienes que seguir contándome.

—No, no. No me forzaste a contarlo. La verdad es que

necesito hablar de ello. Nunca he hablado del tema, ni siquiera con la terapeuta que me asignaron. —Kelsey se obligó a sonreír—. Deberías sentirte honrada, Rae. Esta es una confesión de café de proporciones épicas para mí.

Rae sonrió.

—Me alegro de que tengas una buena actitud.

—La alternativa es dejar que me domine y estoy decidida a no hacerlo.

—¿Atraparon al tipo?

Kelsey negó con la cabeza.

—Llevaba una máscara. No pude identificarlo.

Hubo silencio durante un minuto.

—¿Y cómo estás? —preguntó Rae por fin.

—Sigo con mi vida. Me estoy recuperando. Y me estaba yendo bien, de verdad. Hasta que entré en esa casa ayer y todo se me hizo tan real y tan cercano... —Kelsey miró el fuego en la chimenea—. Podría haberme pasado lo mismo y alguna otra persona estaría escribiendo sobre mi muerte.

—Sí, pero no fue así.

—No. Pero ¿por qué? ¿Por qué a Becca y no a mí? Esa es la pregunta que no me deja dormir. Y en la mitad de la noche comprendí que tengo que encontrar la forma de ayudar a esta chica. Tengo que darle un cierre.

—Parece también una buena manera de ayudarte a ti misma.

Kelsey levantó los hombros y bebió un trago de café.

—Puede ser.

Se oyó un golpe en la puerta y Kelsey vio a una pareja de pie en la acera.

—Ay, mierda —dijo Rae, echando una mirada al reloj en la pared—. Ya son las seis. Tengo que abrir el local y retirar los *scones* del horno.

—Siento haberte demorado.

—No me has demorado en absoluto. Gracias por la

158

compañía y por confiarme tu historia. Sigue luchando, Kelsey. Eres una chica fuerte, lo sé.

Kelsey sonrió y se dirigió a la puerta.

—Yo abro. No dejes que se te quemen los *scones*.

—Gracias —dijo Rae—. Y Kelsey, ven a visitarme en algún otro momento. Quiero enterarme de más cosas, o de lo que quieras contarme.

—Lo haré.

—Tal vez pueda ayudarte con el caso Eckersley.

—¿En serio? ¿De qué manera?

—¿Conoces al grupo de chismosos? ¿Los que se sientan a cotillear en la barra? ¿Los recuerdas de la otra mañana?

Kelsey asintió; recordaba el debate que se había llevado a cabo en la barra.

—Dicen que Becca tenía un diario.

Kelsey se detuvo y se volvió para mirar a Rae.

Rae sonrió.

—Investigaré un poco y veré qué puedo averiguar. Dame un par de días.

Desapareció dentro de la cocina. Kelsey destrabó la puerta y dejó entrar a la pareja, luego bajó por la calle Tomahawk hacia el lago para ver el amanecer.

CAPÍTULO 17

Becca Eckersley
Universidad George Washington
14 de marzo de 2011
Once meses antes de su muerte

EL SEMESTRE TRANSCURRIÓ LENTAMENTE; PASABAN largos días organizando horarios y buscando la mejor manera de evitarse entre ellos. Sin embargo, fue imposible eludir algunos encuentros incómodos. La última vez que habían hablado fue en la terraza de madera de la casa del lago, y tras un mes de intentos fallidos, Becca y Jack desistieron de intentar que Brad lo entendiera. Nada que pudieran decirle cambiaría su opinión sobre ellos. Por lo tanto, Becca y Jack lo evitaban todo lo posible. Cuando se veía obligado a regresar a su apartamento, Jack llegaba tarde por la noche. La puerta del dormitorio de Brad casi siempre estaba cerrada; en las pocas ocasiones en que Jack llegaba y encontraba a Brad en la sala, se repetía la escena: Brad se levantaba del sofá, apagaba el televisor y se encerraba en su dormitorio.

Becca le sugirió a Jack mudarse, pero él estaba atado al apartamento por el resto del semestre y la beca que tenía cubría todo menos casa y comida. Lo que sus padres le enviaban todos los meses alcanzaba para la mitad del alquiler, y él pagaba el resto con su trabajo en el campus. Becca le ofreció ayudarlo con su propio dinero, pero él no aceptó. Estaba dispuesto a soportar dos meses más y finalizar el último año en el apartamento. No fue difícil encontrar un lugar alternativo donde quedarse. Gail estaba feliz por ellos y no le molestaba que Jack pasara casi todas las noches en la habitación de Becca.

En marzo, Becca recibió la carta de admisión de la facultad de Derecho de la Universidad George Washington, así que ella y Jack lo celebraron con una linda cena. Dos semanas más tarde, Gail ingresó en el programa de Derecho de Stanford, y Becca y ella festejaron con unas cervezas en Bucky's y lloraron por lo lejos que estarían una de la otra. La carta de Harvard para Jack llegó un día más tarde y los tres brindaron en el apartamento de Becca. Colocaron las tres cartas de admisión una junto a la otra y levantaron sus copas para brindar por el futuro que les esperaba.

A Jack lo asaltaban dudas durante esos festejos. Las disimulaba con sonrisas falsas y una actitud de gran confianza. A medida que la primavera asomaba en la Costa Este, él temía que algo más también pudiera llegara a despertar en cualquier momento. Le resultaba sorprendente que tardara tanto tiempo. Estaba seguro de que ocurriría al volver de las vacaciones de Navidad y ni siquiera la disolución de la amistad más fuerte que había tenido en su vida lograba distraer su radar interno de lo estaba por venir.

Nadie supo cómo se filtró o quién lo hizo o de qué manera llegó a quienes no tendrían que haberse enterado. Pero para Jack no fue necesario que saliera un artículo en el periódico ni que un bloguero del campus detallara los sucesos que despertaron las sospechas de Milford Morton. Algo que debió ser solo para ellos cuatro se había diseminado entre algunos pocos a quienes Brad quería impresionar, y esos pocos lo habían compartido con otros más y otros tantos más, hasta que, finalmente, 74 de los 122 alumnos del último año que se habían presentado para el final de Derecho Empresarial del profesor Milford Morton contaban con una copia del examen robado.

El proverbial gato encerrado se escapó y corrió sin control por todo el campus. La investigación y los detalles que reveló se esparcieron como una mancha de tinta sobre una tela absorbente, tan oscura e intensa que solamente con un trabajo exhaustivo, y tal vez hasta con sanciones, resultaría posible borrar ese escandaloso grafiti de los muros de la universidad. Alguien tendría que cargar con la culpa, hacerse cargo y comprometer su futuro, a modo de ejemplo para los otros alumnos que solían tomar malas decisiones. Pero, sobre todo, para para demostrar al mundo académico que la Universidad George Washington era una institución de excelencia que no toleraba que se traicionaran sus valores de ese modo.

Los profesores sabían qué preguntas hacer y qué teclas pulsar para lograr que los estudiantes hablaran, en especial aquellos cuyos estudios de Derecho y futuros en la política corrían peligro. Ni hablar de los padres influyentes que esperaban evitar semejante bochorno. Jack comprendió entonces por qué el escándalo no se desató hasta el mes de marzo. A medida que llegaban las cartas de aceptación de las facultades de Derecho de las distintas universidades, se las utilizaba para ejercer presión sobre algunos alumnos y hacerlos hablar. Para cuando brotaron los tulipanes y el césped comenzó a recuperar su color verde, un sendero venenoso totalmente opuesto a ese renacer primaveral avanzó hasta llegar a la puerta de Brad y Jack. El rector de la universidad los llamó y pidió verlos por separado a las tres de esa misma tarde.

No se habían dirigido la palabra desde Navidad, pero la actual situación los obligó rápidamente a superar cualquier incomodidad.

—Mi padre me matará cuando esto se sepa —dijo Brad.

Él y Jack estaban sentados sobre el capó del destartalado Volvo de Jack, aparcado a orillas del río Potomac. Contemplaban el paso de un remolcador que transportaba arena lentamente desde Maine. Todavía hacía demasiado frío como para que hubiera embarcaciones deportivas y el agua se asemejaba a un lienzo en blanco que refulgía bajo el sol matinal de principios de marzo.

Brad hundió la cara en las manos.

—Hemos arruinado nuestras vidas.

Jack oyó desesperación en la voz de su amigo y pudo verla en sus ojos en los que se habían acumulado lágrimas, cuando por fin Brad levantó la vista.

—Esto es lo que diremos —anunció Jack con la mirada fija en el Potomac y en el remolcador que se movía por la superficie—. Yo entré en la oficina de Morton solo. Estaba solo cuando me llevé el examen y lo distribuí. Más de setenta chicos lo vieron, y tú fuiste uno de ellos. Nada más. No van a expulsar a setenta alumnos de la universidad en su último año, necesitan uno solo como chivo expiatorio.

Brad levantó las manos con lentitud.

—¿Qué estás diciendo?

—Yo me haré responsable de esto.

—No, eso no va a suceder.

Jack rio.

—Es que tengo que hacerlo. Si no soy yo, eres tú. Créeme, Brad, los chicos que hablaron dieron nuestros nombres con todas las letras. El director los hizo sentarse, les detalló las cartas de admisión o los ofrecimientos de ayuda financiera y luego él mismo les hizo una propuesta. ¿Qué crees, que se quedaron callados? Por favor. Nos traicionaron para salvar sus pellejos. No hay razón para que caigamos los dos.

El remolcador soltó un silbido largo y grave; a lo lejos, río abajo, un puente levadizo comenzó a moverse.

—Escúchame —dijo Jack—. Esto no tiene nada que ver

con Becca ni con lo que ocurrió en las vacaciones, ¿está claro? Lo cierto es que no tengo ningún proyecto prometedor por ahora. Soy un muchacho pobre de Wisconsin al que realmente no le importa una mierda si Harvard le retira la oferta. La necesitaba para mi currículum, no porque sienta un gran amor por la abogacía. Existen decenas de otras universidades que aceptarán encantadas a alguien que no fue aceptado en Harvard y, además, no tengo un padre psicótico a quien rendirle cuentas. Lo que quiero hacer algún día es escribir discursos y una mancha en mi expediente no va a impedírmelo. Podría impedirme llegar a ser senador, pero no el que escribe los discursos.

—Jack, yo fui a verte con la llave. Yo te pedí que me acompañaras a robar ese examen.

—Y yo soy una persona adulta que aceptó hacerlo. Me tentó la adrenalina de lo prohibido. Y cargaré con la culpa, Brad.

—Pero si ni siquiera utilizaste la copia. Al menos, eso dijo Becca. ¿Ni siquiera la aprovechaste y, aun así, quieres que te castiguen por robarla?

—No se trataba del examen, Brad. Se trataba de vivir una aventura. Y yo robé las malditas preguntas tanto como tú.

—No sé, Jack.

Pero Jack sí lo sabía. Su amigo aceptaría el ofrecimiento. Brad lo sabía, también. El resto era solo un juego, una manera de aceptarlo por la puerta trasera, sin quererlo en realidad, pero cediendo ante la firme insistencia.

—No sé qué decir —expresó Brad.

—Di que sí cuando la Universidad de Pennsylvania te acepte para la carrera de Derecho. O Harvard, aunque sé que Penn es tu primera opción. —Jack saltó del capó de su coche—. Y espero que vuelvas a decir que sí cuando tu viejo amigo Jackie-Jack te pida trabajo dentro de unos años. —Abrió la puerta del acompañante—. Vamos. Pongámonos de acuerdo en lo que diremos antes de ir a ver al director. —Subieron al coche; Jack tomó el volante y miró a Brad—. Sabes que dicen que lo que hunde a una persona no es el delito.

Brad sonrió.

—No, es el ocultamiento.

—¿Qué es eso? —preguntó Jack al ver sobre la mesa de la cocina un sobre rasgado y una carta. Se encontraban en el apartamento de Becca.

—De Cornell —dijo Becca.

—¿Sí? ¿No?

Becca asintió.

—¡No puedo creerlo! —exclamó Jack con entusiasmo—. ¿Por qué no me lo dijiste?

Ella se encogió de hombros.

—No lo sé. Estoy demasiado preocupada. La recibí hace un par de días, pero con toda esta presión por el asunto de Morton, no he sentido deseos de celebrar. Y ahora estás a punto de ir a ver al director y confesar algo que no fue tu idea. No me parece bien, Jack.

—En primer lugar, ya lo he decidido. Y en segundo… ¡mierda! ¡Te aceptaron en una universidad de la Ivy League!

Ella respiró hondo.

—Aun así, creo que me quedaré en la UGW. Ya estoy aquí, conozco el lugar, me siento cómoda. Y para ser sincera, si decido entrar en la firma de mi padre, no habrá diferencia entre haber estudiado Derecho aquí o en Cornell. Tal vez algún cliente altanero exija que solamente un graduado de una universidad de la Ivy League trabaje para él, pero es poco probable.

—¿De verdad? Mira, es bueno tener opciones.

—Además, ¿quién sabe, Jack? No tenemos ni idea de qué sucederá con todo esto. Hice trampa en un examen final, y si eso sale a la luz…, creo que no hace falta que lo diga. Por eso creo que no debes hacerlo, Jack. Sí, robaste el examen. Pero ni siquiera hiciste uso de él. ¿Por qué tienes que asumir toda la culpa?

—No existe otra solución, Becca. Brad no va a decir que fue el único culpable, ¿entiendes? No se maneja de ese modo. Y si ninguno de nosotros dos confiesa que fuimos nosotros, ¿sabes qué sucederá? La culpa comenzará a desparramarse. ¿Quién crees que caerá después de Brad y de mí?

Becca apartó la mirada.

—Yo —dijo.

—Correcto. Tú y luego Gail. ¿Quieres saber por qué? Porque todos los chicos que hicieron trampa saben que Brad y yo robamos el examen. Brad no supo mantener la boca cerrada. Y también saben que Gail y tú fueron las primeras en echarle un vistazo. Y si la universidad presiona a esos chicos, les contarán todo lo que saben al director y al presidente y a cualquier otra persona. Así que caigo yo o caemos todos nosotros.

—¿Y por qué no Brad?

Jack rio.

—Vamos, Becca, eso no va a suceder. —Se puso de pie—. Tengo que ver al director a las tres, así que mejor me voy. Felicitaciones por haber sido aceptada en Cornell.

Becca se levantó, abrazó a Jack por la cintura y apoyó la cabeza sobre su hombro.

—Buena suerte.

Él le besó la frente.

—De ahora en adelante quiero que me cuentes todas las cosas buenas que te sucedan, ¿de acuerdo?

Becca asintió y lloró en silencio sobre su pecho.

CAPÍTULO 18

Kelsey Castle
Summit Lake
11 de marzo de 2012
Día 7

En la semana transcurrida en Summit Lake, intrigada por la historia que perseguía y cautivada por la chica asesinada, Kelsey había descubierto un oasis en la aridez de sus propios problemas. Pero, desde que había recorrido la casa de los Eckersley, en su mente se repetía un bucle de recuerdos difusos e imágenes borrosas de la mañana en la que la habían atacado. Del hombre a quien no logró reconocer, un enmascarado al que no había podido identificar. Kelsey había pasado muchas horas del último mes tratando de ajustar el foco sobre esas imágenes, ordenándolas cronológicamente e intentando reconstruir los sucesos de aquel día. Era como si su mente tuviera un collar eléctrico, que solo le permitía avanzar hasta un cierto punto sin hacerse daño. Podía llegar hasta un momento determinado en su memoria y se atascaba allí. Sabía que en parte se debía a que no quería seguir avanzando. No deseaba ver los detalles de aquella mañana ni revivir el horror. Una parte de ella creía que podría enterrar esos recuerdos y dejar que se descompusieran. Otra parte sabía que no resultaría tan fácil.

Al estar del otro lado del delito —como víctima en lugar de investigadora—, detestaba el proceso, el procedimiento y la recolección de datos. Detestaba las preguntas de los detectives y sus connotaciones sobre qué llevaba puesto aquella mañana y con quién salía fuera de su trabajo y cómo se comportaba allí. Aunque nunca se mostraban directos ni daban voz a sus sospechas, Kelsey se daba cuenta de que los detectives querían saber si era una mujer promiscua que coqueteaba con colegas y se vestía de manera inapropiada. No tenían el valor de preguntarle si era posible que ella hubiera provocado la situación, pero, tras un par de días de interrogatorios, Kelsey comprendió lo que sugerían. Sintió alivio cuando la dejaron en paz y se dedicaron —en vano— a buscar al hombre sin cara, sin nombre y al que no tenían posibilidades de atrapar.

Entonces, Kelsey apagó el teléfono, trabó con cerrojo la puerta principal y no salió durante un mes. Durante las semanas en que no fue a trabajar y se desconectó del mundo, se entregó una tarde a la investigación de lo que le había sucedido. Leer material de referencia y grandes cantidades de información era su forma de trabajar como periodista, de modo que intentó hacer lo mismo en su vida personal. Compró libros de autoayuda sobre el proceso de sanación de mujeres que habían sido atacadas. Los leyó todos en tres días, en los que durmió poco y subsistió a base de café y comida china.

Tras ese atracón de lectura, se sintió reconfortada ante la idea de que todas las emociones que agitaban su mente y su cuerpo no eran únicas. Otras mujeres habían compartido su dolor. Los libros sugerían que se sentiría sola y aislada, y así había sido. Parte de eso se debía a que Penn Courtney le había prohibido ir a la oficina durante un mes, pero también a que ella se negaba a salir de su apartamento por temor a lo que la esperaba afuera. Sentir furia y rencor hacia los hombres, leyó, también formaría parte del proceso. Y si bien no había amargura en su corazón ni en su mente, Peter Ambrose había sido el primer hombre con el que había interactuado y el sueño extraño de unas noches atrás, en el que Peter corría por el muelle delante de la casa de los Eckersley, la hacía preguntarse si podía confiar en un hombre. Se permitió sentir esa emoción.

Los libros le dijeron que las noches resultarían especialmente difíciles. Las pesadillas recurrentes lo habían confirmado. Pero Kelsey se enorgullecía de sentir que, cuando no estaba durmiendo, las horas oscuras de la noche eran la parte preferida de su día. Las aprovechaba para ver viejas películas y terminar las novelas que estaba leyendo. Era un momento en el que sabía que el resto del mundo dormía, y se sentía serena y en paz pensando que no se estaba perdiendo de nada.

Los libros también le dijeron que sentiría miedo y que tal vez tardaría meses en volver a caminar por la acera hasta el coche o a correr por las calles. Algunas mujeres jamás volvían a hacerlo. Y era cierto: sentía miedo, no podía negarlo. Pero correr era su pasatiempo. Su pasión. Un tiempo personal en el que repasaba mentalmente casos y artículos. Cuando se atascaba con un tema, correr sola le permitía ordenar las ideas. Y cuando se sentía abrumada por una historia o demasiado involucrada en ella, los kilómetros simplemente la hacían alejarse de los pensamientos que la atosigaban. Borraba todo durante una hora o dos y volvía refrescada. En las semanas posteriores a la violación, no obstante, la idea de correr por cualquier parte —ni hablar del bosque donde se había producido el ataque— le resultó aterradora. Pero allí, en Summit Lake, Kelsey tomó una decisión. No permitiría que el miedo le arrebatara lo que tanto le gustaba. Se obligó a caminar por el pueblo y a correr por el bosque cerrado hasta la cascada. El horror de aquella mañana seguía dentro de ella, pero cada kilómetro que corría la alejaba un poco más de él.

Sobre todo, los libros le dijeron que experimentaría una sensación de pérdida. Casi como si alguien hubiera muerto, aseguraban los expertos. Y eso era esencial para el renacimiento por el que debería pasar para sanar por completo. Tal vez esa había sido la sensación que la había abrumado en la casa del lago la otra mañana.

Lo que aprendió de los libros de autoayuda fue que cada uno sana a su manera y a su propio ritmo. Algunas personas reflexionan más que otras sobre las cosas que les suceden y sopesan esos sucesos de maneras diferentes. Kelsey finalmente decidió que sería ella la que elegiría qué acontecimientos marcaban su vida y definían su personalidad. Aquel día atroz no sería uno de ellos. Tan simple como eso.

No quiso arrojar los libros a la basura, de manera que los dejó en el cesto de devoluciones de la biblioteca local y al día siguiente regresó a trabajar. Una semana más tarde, estaba en Summit Lake, siguiendo el rastro de Becca Eckersley, que había pasado por lo mismo que Kelsey, pero no había tenido la suerte de despertar en una cama de hospital al día siguiente. Kelsey creía en el destino y escuchaba la voz persistente en su cabeza que la guiaba y la ayudaba a encontrar su camino, por lo que sabía que estaba en Summit Lake por una razón más importante que su sanación. Por algo de mayor peso que el artículo de tres partes que la habían enviado a escribir.

Se hizo de noche y, a las ocho, el cielo se encendió de estrellas. Kelsey se cerró el cuello de la chaqueta para protegerse del viento del lago. Aguardó delante del Hotel Winchester y vio cómo se acercaba una camioneta deportiva negra. La ventanilla del lado del pasajero se abrió y distinguió a Peter Ambrose detrás del volante.

Se acercó al coche y apoyó los codos en el marco de la ventanilla.

—¿Estás seguro de que quieres hacerlo? —preguntó.

—Es tu historia, así que la protagonista serás tú. Pero estoy dispuesto a participar.

—¿Crees que te causará problemas?

—Si nos pescan, los dos tendremos problemas.

Kelsey miró hacia la calle Maple, luego abrió la puerta y subió. Instantes después, estaban en un sinuoso camino de montaña en las afueras de Summit Lake.

—Cuéntame otra vez de dónde obtuviste esta información —dijo Kelsey.

—Llamé a un amigo patólogo que trabaja para el condado. Está al tanto del caso Eckersley, aunque no de los detalles, aunque solo de que lo están manteniendo muy en secreto. A él y a otros patólogos y técnicos les ordenaron que no se involucraran en esta investigación y dejaran todo en manos de las autoridades estatales. Solamente la médica forense del condado de Buchanan tiene privilegios.

—¿Es la que escribió el informe parcial que me conseguiste hace unos días?

—Exacto. Mi amigo me dice que hay gato encerrado con este caso y que los rumores y suposiciones corren como reguero de pólvora.

—¿Qué dicen los rumores?

—Que están ocultando algo. La médica forense está a punto de renunciar por todo este ocultamiento, y eso ha generado problemas en la oficina del distrito. Todo el mundo está hablando del tema, así que cuando llamé a mi amigo se alegró de saber que alguien estaba investigando la historia.

—¿Y cómo nos va a ayudar?

—No nos va a ayudar, solo por si alguien te lo pregunta. Pero terminé obteniendo una tarjeta de acceso al edificio del condado y la contraseña del caso Eckersley. Tengo esperanzas de que, si podemos echar un vistazo, encontraremos el informe completo de la autopsia y podremos ver por qué hay tanto alboroto.

Anduvieron por caminos de montaña durante media hora hasta que llegaron a la ciudad de Eastgate, donde el Centro de

Gobierno del Distrito de Buchanan tenía su sede. Eran casi las nueve de la noche cuando entraron en el aparcamiento de un local de pizzas. Buscaron una mesa junto a la ventana y pidieron cervezas y una pizza de *pepperoni*.

Kelsey bebió un trago de cerveza.

—¿Por qué estás haciendo todo esto por mí? Podrías meterte en problemas serios.

—Me has despertado el interés por este caso. Si están ocultando algo, quiero ayudarte a descubrirlo. Además, por si no te has dado cuenta, me caes bien —dijo Peter mientras bebía su cerveza—. Pareces ser una buena persona con buenas intenciones.

—Gracias. Espero que esto no te cause problemas.

Peter sonrió.

—Tampoco es que estemos robando documentos secretos del Gobierno; queremos ver un informe de autopsia que debería ser de acceso público. Cuéntame qué has averiguado desde la última vez que hablamos.

—¿Por dónde empiezo? A ver qué te parece esto: Becca contrajo matrimonio justo antes de que la mataran.

—¿Con quién?

—Estoy en proceso de averiguarlo.

—¿No lo sabes?

—Todavía no.

—¿Pero acaso no hay registros?

—No puedo dar con ellos, lo que no tiene sentido. Pero confío en mi fuente, así que tendré que encontrar esa información.

La camarera se acercó con la pizza y sirvió una porción a cada uno.

—La teoría en la que me estoy enfocando es que Becca se casó en secreto y murió antes de presentar el certificado para su legalización, por lo que no existe registro del matrimonio.

—No hay registro, pero sí hay un sospechoso.

—Exacto, si es que puedo averiguar con quién se casó. —Kelsey comió un bocado de pizza—. Además, Becca tenía un diario y la vieron escribiendo en él, o al menos leyéndolo, el día en que la mataron.

—¿Algo como un diario íntimo?

—Sí.

—¿Y no menciona el nombre del sujeto con el que se casó?

—Seguramente, pero nadie parece saber dónde está. —Kelsey dejó la pizza—. Becca tenía el diario con ella dos horas antes de morir, cuando estaba estudiando en el café del pueblo. Pero el diario no aparece en el informe de las pruebas que se recolectaron en la escena del crimen y cuando estuve en la casa de los Eckersley revolviendo un poco, no lo vi.

—¿Dónde está, entonces?

Kelsey se encogió de hombros.

—Alguien se lo llevó. O lo encontraron las autoridades estatales y no lo registraron como prueba, o…

—¿O qué?

—O la persona que la mató se llevó el diario porque sabía que la incriminaría.

—Si lo encontró la policía estatal, ¿por qué lo ocultaría?

—No lo sé. Tal vez por el mismo motivo por el que estamos por entrar a escondidas en el edificio del Gobierno del condado para echar un vistazo a una autopsia que no quieren publicar.

—¿Qué ha dicho tu jefe de todo esto?

—Está interesado, pero no muy contento con mi forma de abordar el caso.

—Pero si dijiste que esto es justo lo que se publica en tu revista. ¿No debería estar babeando por haber dado con un homicidio y un posible ocultamiento?

—Sí, y lo está, créeme. Lo que no le gusta tanto es el momento en el que sucede todo. Me envió aquí para quitarme de en medio por un tiempo. Para que me distrajera durante un par de semanas. Al menos, eso creí. Tiene sentimientos encontrados sobre el hecho de que realmente me haya topado con algo turbio.

—¿En serio? —preguntó Peter—. Pero ¿por qué querría tu editor quitar de en medio a su periodista estrella?

Kelsey bebió un trago de cerveza y sin darse cuenta, cruzó los brazos y meneó la cabeza.

—Esa historia quedará para otra oportunidad.

—Pues me gustaría escucharla, porque yo también me puse a investigar y entiendo que no eres cualquiera. Tienes un libro sobre crímenes reales que está en la lista de los más vendidos y tus artículos para *Events* tienen muchísimos seguidores. ¿Por qué querría tu jefe distraerte con una historia de poca monta?

—Es largo de explicar. Digamos que me quería fuera de la oficina por un tiempo.

—¿Te llevas bien con él?

—Sí —le aseguró Kelsey—. Lo quiero.

Peter mordió un bocado de pizza y arqueó una ceja.

—Ay, no en ese sentido —dijo Kelsey—. Tiene setenta años. Lo quiero como a un padre. A veces lo detesto como a un padre, también.

Kelsey seguía con los brazos cruzados. Peter señaló la porción de pizza a medio comer.

—¿No te gusta?

—Estoy demasiado nerviosa.

Peter miró por la ventana en dirección al Centro de Gobierno que se elevaba al otro lado de la calle. El edificio estaba mayormente a oscuras, pero se veían algunas luces en el tercer piso. Dejó la pizza en el plato y se limpió la boca.

—¿Lista, entonces?

Kelsey asintió.

—Todo lo lista que podría estar.

—Vamos.

Peter pagó la cuenta y juntos cruzaron la calle; el coche quedó en el aparcamiento del restaurante. El predio del edificio del Gobierno estaba iluminado por luces halógenas cálidas; caminaron por la acera hasta llegar a la puerta principal. Peter extrajo la tarjeta magnética del bolsillo y la insertó en la rendija. La luz roja cambió a verde y él abrió la puerta. Kelsey respiró hondo y lo siguió dentro del edificio.

Pasaron junto a los elevadores y subieron por la escalera. Los tres pisos hicieron que a Kelsey se le acelerara el pulso más de lo que ya estaba. Peter abrió la puerta que daba al sector principal y la manija chirrió. Todo, desde sus pasos hasta el ruido de la manija, se veía intensificado en el silencio del edificio vacío.

—Bien —dijo Peter—. Me indicó que era el despacho 3C.

Avanzaron por el corredor. Una pared de cristal se elevaba a su izquierda, a través de la cual se veía el espacio de trabajo de una oficina gubernamental. Una amplia zona de recepción con sillas detrás de un mostrador a la altura del pecho. Más allá, cubículos con algunos monitores encendidos. Cuando llegaron a la oficina 3C, Peter volvió a insertar la tarjeta y esperó a escuchar el sonido de apertura. Kelsey echó un último vistazo al corredor y entró con él. La oficina 3C era un despacho individual con un único escritorio con computadora. Peter tocó el *mouse* y la máquina cobró vida. Tecleó la contraseña que le había dado su amigo para acceder al sistema y escribió: ECKERSLEY, BECCA.

Se oyó un sonido grave y apareció el mensaje: ENTRADA NO VÁLIDA.

Peter miró a Kelsey.

—Espera —dijo Kelsey—, prueba con esto.

Acercó el teclado hacia ella y escribió: ECKERSLEY, REBECCA ALICE

Se oyó un sonido agradable, más agudo. Luego apareció un mensaje que requería una contraseña. Peter la escribió de memoria e instantes después apareció en la pantalla el informe completo de la autopsia y de las pruebas toxicológicas de Becca.

—No lo imprimas —dijo Kelsey—. Eso dejaría rastros, decididamente. Es probable que con solo acceder al archivo hayamos encendido una luz roja en algún sitio. Léeme lo que dice y yo tomaré apuntes. Comienza.

Kelsey abrió la libreta. Peter leyó de la pantalla:

—"Causa oficial de la muerte: asfixia. Colapso de tráquea y laringe por trauma, lo que impidió que el oxígeno llegara a los pulmones. Este trauma fue causado por presión manual aplicada al cuello. Muy probablemente por las manos de un individuo. No se observan laceraciones en el cuello ni otras indicaciones de objetos ajustados como cinturones, cuerdas o lazos".

Peter esperó un instante mientras Kelsey escribía a toda velocidad.

—Continúa.

Peter leyó algunos detalles que ya habían visto en el informe parcial; Kelsey tomaba notas taquigráficas.

—Bien —dijo Peter—. Habla extensamente sobre el daño vaginal que confirma una violación. —Movió el cursor—. Aquí está. Página cuatro. Esto no lo hemos visto. Las pruebas tomadas del cuerpo y entregadas a la policía: semen, pelo (de la cabeza, facial y púbico), fibras (lana de abrigo o guantes), escamas de piel extraídas de debajo de siete uñas.

Peter seguía moviendo el cursor.

—"Las muestras de ADN tomadas de todas las pruebas coinciden, lo que indican que se trató de un solo atacante. Ver informe toxicológico". Espera. —Peter pulsó sobre otra ventana y se abrió el informe toxicológico—. Bien, por lo visto les tomaron muestras de ADN al padre de Becca, al hermano y a tres primos. No hubo coincidencia. —Leyó por lo bajo, pasando de una ventana a la otra—. Veamos, les tomaron muestras a unos obreros que habían estado trabajando en la casa: cinco hombres, ninguna coincidencia.

—O sea que no hubo ninguna coincidencia de ADN.

—En el informe toxicológico, no.

—¿Y no tomaron más muestras, al esposo, por ejemplo?

—Aquí no figura nada al respecto.

Desde el pasillo llegó el ruido del elevador y ambos se paralizaron. Habían dejado entreabierta la puerta de la oficina 3C; Kelsey aferró el brazo de Peter cuando escuchó que se abrían las puertas del elevador. Rápidamente, Peter se puso de pie, fue hasta la puerta y la cerró sin hacer ruido. Se quedó inmóvil y apoyó la oreja contra la madera. Kelsey fue hasta donde estaba él e hizo lo mismo. Sus caras estaban a escasos centímetros de distancia y ambos respiraban entrecortadamente. Intentaron controlar sus pulmones para poder escuchar. Finalmente oyeron una conversación ahogada y luego unos silbidos que instantes después se apagaron.

Peter apoyó el dedo contra los labios.

—Shhh.

Abrió ligeramente la puerta y asomó la cabeza al corredor. Kelsey hizo lo mismo, justo por debajo de él. Vieron el carro de limpieza en un extremo, del que asomaban palos de mopas; de los lados colgaban paños. Ambos retrocedieron dentro de la habitación.

—Date prisa —dijo Kelsey.

Peter corrió hacia la computadora y leyó rápidamente el resto de la autopsia.

—Hay más hallazgos internos. Muchos detalles sobre el hematoma subdural.

Recitó algunos datos sobre edema cerebral y patrones de sangre. Contenido estomacal que contribuía a establecer la hora del ataque. La ubicación del semen en el canal vaginal superior indicaba que Becca no se había levantado tras el ataque. Peter cambió de ventana y pasó al informe toxicológico. Leyó las notas finales y se detuvo.

—Vaya.

—¿Qué? —dijo Kelsey, levantando la mirada de su libreta.

—Aquí está el informe toxicológico y los exámenes de sangre que le realizaron a Becca.

—¿Qué contienen? No me digas que estaba drogada.

—No, ningún rastro de drogas en su organismo. Solo gonadotropina coriónica humana.

—¿Qué es eso?

—La hCG.

Kelsey parpadeó.

—¿La hormona del embarazo?

CAPÍTULO 19

Becca Eckersley
Universidad George Washington
7 de abril de 2011
Diez meses antes de su muerte

Todos los alumnos de la clase de Milford Morton tuvieron que repetir el examen. La decisión provocó protestas por parte de los estudiantes inocentes y unos pocos que se mostraron más beligerantes consiguieron librarse del compromiso sin que se supiera. Los docentes sabían que quienes más reclamaban y conseguían que sus padres se involucraran seguramente eran inocentes, mientras que aquellos que no protestaban demasiado y no habían hablado del asunto con sus padres, obviamente, eran culpables.

Jack obtuvo un aplazo y no se le permitió repetir el examen. Esa, también, fue una decisión estratégica de los profesores, quienes al revisar minuciosamente su expediente académico comprobaron que Jack había cursado más horas de las requeridas durante los primeros dos años de estudios; en consecuencia, un aplazo en el examen de Derecho Comercial de Milford Morton no le impediría reunir los requisitos para graduarse. Ese mismo aplazo, sin embargo, sería una mancha en su expediente y bajaría su promedio a un nivel mediocre, algo que podría complicar su vida luego de graduarse. Pero aún más importante era que demostraría que había sido castigado, permitiendo a la vez que la universidad no disminuyera la cantidad de estudiantes becados que se graduaban, lo que evitaría llamar la atención de grupos que se lanzarían al ataque de manera pública si se expulsaba a un chico pobre de Wisconsin meses antes de que se graduara, cuando todos sabían que la mayoría de los alumnos había copiado el examen.

Jack no sabía con exactitud qué consecuencias tendría este castigo sobre su admisión en Harvard y decidió no investigar la situación durante unos días después de recibir el veredicto. Cuando regresó de la biblioteca al anochecer, tres semanas después de la reunión con el presidente, encontró a Brad en la mesa de la cocina con un sobre abierto y una carta plegada en tres partes frente a él. Jack aminoró el paso al entrar. Comprendió lo que había sucedido en cuanto vio la expresión de Brad, pero no podía dejar de preguntar.

—¿Y?

Brad forzó una sonrisa.

—¡Rechazado! —La voz extraña con que lo dijo tenía como propósito ocultar su tristeza, pero logró el efecto contrario—. Como siempre en mi vida —murmuró para sí.

—¡Puta madre! ¿La Universidad de Pennsylvania?

Brad asintió.

—A la mierda con Penn —dijo Jack—. Tienes otras opciones todavía.

Brad frunció los labios y se puso de pie.

—No, Jackie-Jack. Era la última. Todas las otras de la Ivy League también me rechazaron. —Abrió grandes los ojos, fingiendo entusiasmo—. ¡Ah, pero logré ingresar en la Universidad de Maryland! No veo la hora de escuchar a mi padre diciendo "¡Qué bien, hijito!". Se sentirá muy orgulloso de que su hijo se eduque en la universidad estatal. Seré un éxito rotundo en sus putas fiestas de sociedad y delante de sus malditos amigos del poder judicial.

Jack preguntó en voz baja.

—¿Ninguna te aceptó?

—Es un día de orgullo para la familia Reynolds.

—¿Por qué no me lo contaste?

—Has estado un poquito desconectado, Jack. Becca también.

Jack no respondió al comentario. Ni mencionó que haberse inmolado por el grupo a causa de la aventura de ambos tal vez le costaría la posibilidad de ingresar becado en Harvard.

—Bueno, pues tómate un año sabático, consíguete una pasantía —dijo en cambio. Sus palabras quedaron flotando en el aire, intactas, inadvertidas—. Pensé que la Universidad de Maryland tenía una buena facultad de Derecho, y por eso habías solicitado ingresar allí.

—Era la opción segura y lo hice solamente porque mi orientador me obligó a presentar la solicitud. —Pasó el brazo por las correas de la mochila y miró a Jack—. En realidad, la facultad de Derecho es pésima y a mi padre le dará un infarto si estudio allí.

Jack se quedó mirando a Brad mientras salía despacio, sin siquiera cerrar la puerta. Escuchó que descendía mecánicamente por la escalera. Tomó el teléfono y marcó el número de Becca.

—Hola, la cosa está complicada por aquí.

—¿Qué sucede?

—Al parecer, a Brad no lo aceptó ninguna universidad de las que eligió, salvo Maryland. No se lo ha contado a nadie, a menos que tú y Gail estén enteradas.

—Conmigo hace dos meses que no habla, y estoy segura de que Gail tampoco sabe nada. —Hizo una pausa—. ¿Ninguna?

—Ninguna de las de la Ivy League.

—Y nosotros festejando nuestras admisiones.

—No parecía muy preocupado por la posibilidad de que anulen mi admisión. De cualquier manera, alguien tiene que hablar con él, está destruido.

—Voy hacia allí.

—Se ha ido.

—¿Adónde?

—No tengo idea. Se colgó la mochila al hombro y salió.

—Lo llamaré al móvil —dijo Becca—. Y, si no quiere hablarme, le pediré a Gail que lo llame.

—Mantenme al tanto.

Gail y Becca estaban sentadas de un lado y Jack, del otro. Sobre la mesa había hamburguesas y refrescos. Se trataba de una reunión estratégica para decidir cómo podían ayudar a su amigo; estaban seguros de que debía sentir que el mundo le había caído encima.

—Vayamos a tu apartamento y esperémoslo allí —propuso Gail—. En algún momento tendrá que regresar. No importa si es a medianoche o a las dos de la mañana. Nos quedaremos despiertos a esperarlo.

—No creo que le guste la emboscada —dijo Jack—. ¿Ha hablado contigo últimamente? —preguntó, dirigiéndose a Gail.

—Sí.

—¿No te tiene bloqueada como a nosotros?

Gail sonrió.

—No está enfadado conmigo, y hasta hoy, cada vez que lo he llamado me ha respondido. Últimamente lo he notado algo distante, y supuse que tendría que ver con…, pues ya saben, con ustedes. Pero ahora comprendo que es porque ha estado cargando con este asunto sin contárselo a nadie. —Gail revolvió la Coca-Cola—. Pensé que tenía un contacto en la Universidad de Pennsylvania, por su padre o alguien.

—Recuerdo haberlo escuchado decir algo al respecto —comentó Jack—. Supongo que no resultó.

—Intenta llamarlo otra vez —sugirió Becca.

—Le he enviado tres mensajes en una hora. Sabe que lo estoy buscando.

—Bueno —dijo Becca—. Esperamos en el apartamento y luego ¿qué?

—Luego ponemos toda esta mierda sobre la mesa —respondió Gail—. ¡Qué estupidez es todo esto! Hace unos meses éramos mejores amigos y ahora ya nadie habla con nadie.

—No todo es culpa nuestra —dijo Becca.

—No —coincidió Jack—. Pero en parte, sí lo es. Y Gail tiene razón, tenemos que sincerarnos y hablar sobre el tema. Después tenemos que apoyar a Brad; cree que su vida acaba de terminar. Y en gran parte se siente así por el imbécil de su padre, que lo presiona de forma insostenible. Y lo más loco es que Brad lo odia, pero a la vez no soporta la idea de defraudarlo. —Jack meneó la cabeza—. En fin, vayamos a esperarlo.

Pagaron la cuenta y salieron del restaurante. Caminaron hacia el apartamento de Jack; era una noche fresca de abril y el viento proveniente del Potomac traía aroma a cangrejo y a salmón. El teléfono que Jack llevaba en el bolsillo vibró con un mensaje de texto. Estaban al pie de la escalera que llevaba a su apartamento.

Las chicas comenzaron a subir mientras Jack extraía el móvil del bolsillo. El mensaje de texto era de Brad.

Tú me la quitaste, Jack.
Aunque creo que nunca fue realmente mía.

—¿Es de Brad? —preguntó Becca desde arriba de la escalera.

Jack vaciló un segundo y luego negó con la cabeza.

—No, es un mensaje grupal de un profesor por una tarea para la próxima semana.

Las chicas permanecieron en la cima de la escalera

mientras Jack releía el mensaje. Tras un minuto, comenzaron a inquietarse.

—Ey, Jackie —dijo Gail desde el descansillo frente al apartamento—. Date prisa, nos estamos congelando aquí.

Jack volvió a leer el texto una vez más antes guardar el teléfono en el bolsillo. Quería responderle algo a su amigo. Algunas palabras que reconocieran el dolor de Brad o su supuesta traición. Subió la escalera despacio, pensando en cómo responder. Introdujo la llave en la cerradura y abrió la puerta. En ese momento, una serie de imágenes fragmentadas vinieron a su mente, como en una película en blanco y negro. La expresión en los ojos de Brad al salir del apartamento. La carta con las malas noticias sobre la mesa. Sus palabras: "¡Rechazado! Como siempre en mi vida". Antes de que la puerta se abriera por completo, Jack supo lo que encontraría del otro lado. No sería posible responder al mensaje de su amigo.

Becca gritó. Jack se quedó inmóvil como una estatua en el umbral. En ningún momento miró la cara de Brad y, si lo hizo, su cerebro logró bloquear esa imagen enrojecida e hinchada de su memoria. Pero dos cosas quedaron grabadas para siempre en la mente de Jack: los pies de su amigo, inertes, girando lentamente a treinta centímetros de altura, y la silla volcada y quieta en el suelo.

PARTE III
HOLA, DETECTIVE

CAPÍTULO 20

Kelsey Castle
Summit Lake
12 de marzo de 2012
Día 8

Un lienzo algodonoso de nubes blancas como la nieve ondeaba y se extendía por sobre el lago, hacia el horizonte, como un techo para el mundo. En la distancia se había formado una abertura, como si desde el cielo se hubiera derramado solvente y hubiera abierto un agujero en las nubes; por allí brillaban vibrantes rayos amarillos de luz matinal que se posaban sobre la cascada y rebotaban sobre el granito. El agua resplandecía con tonos anaranjados. Kelsey contempló la misteriosa escena. La cascada matinal.

Se había despertado temprano; el embarazo de Becca había disparado su imaginación con todo tipo de posibilidades. Se le formaron tantas preguntas en la mente que nuevamente el sueño la eludió. En ese momento estaba al pie de la cascada con el ardor de una buena carrera en las piernas y todas las preguntas sobre Becca Eckersley ordenadas en su cabeza. Su mirada se posó en el nacimiento de la cascada, donde dos grandes rocas en la cima del acantilado flanqueaban el agua que pasaba entre ambas. La fuerza de la corriente seguramente habría erosionado la superficie de las rocas con el correr del tiempo, pensó Kelsey, hasta que en algún momento el arroyo creció y un pequeño chorro se abrió paso entre las piedras. Años después, la presión incesante abrió un hueco hasta que finalmente la parte más débil cedió y permitió que el arroyo cayera desde el borde del acantilado. Con el tiempo, el flujo imparable alisó la superficie rocosa para crear un canal por el que el agua corría libremente antes de caer por la montaña. La evolución de ese paisaje magnífico era asombrosa. Kelsey contempló la cascada y comprendió que, por más complejos que fueran, todos los misterios podían rastrearse hasta su origen.

Allí, en Summit Lake, se estaba acercando más al misterio; descubrir lo desconocido para revelar la verdad sobre la muerte de Becca Eckersley requería que Kelsey cubriera grandes huecos que no podía llenar sola. Los padres de la joven trabajaban para mantener ocultos los detalles del caso y Kelsey tenía confirmación de que Becca también guardaba secretos. Que se había casado era uno de ellos. Que estaba embarazada era otro, y claramente alcanzaba para explicar por qué no quería que sus padres se enteraran de su matrimonio.

Tras unos minutos, el resplandor anaranjado se apagó. El agua se arremolinaba, espumosa, debajo de la cascada y luego se tornaba serena y silenciosa a poca distancia de allí, donde la laguna reflejaba las nubes de algodón. La niebla cubría el musgo que crecía en la ladera de la montaña.

—Veo que te has convertido en admiradora de este espectáculo.

Kelsey se volvió y vio que Rae estaba detrás de ella. Tenía la cara roja tras haber corrido por el bosque cerrado.

Kelsey sonrió.

—Esto es realmente hermoso.

Antes de que pudiera terminar la frase, Rae la abrazó.

Kelsey permaneció inmóvil unos segundos, luego pasó lentamente los brazos alrededor de la cintura de Rae.

—¿Estás bien?

Rae la mantuvo abrazada largo rato antes de darle un último apretón y soltarla.

—Estoy perfectamente bien —dijo—. Pero debería haberte dado este abrazo la otra mañana. Es lo que hacen los amigos cuando se cuentan cosas personales, privadas, de las que no es fácil hablar. Se abrazan y se dan apoyo y me gustaría haberlo hecho la otra mañana, pero me tomaste por sorpresa cuando me contaste... lo que te había sucedido.

Kelsey tragó con fuerza; se sorprendió por lo conmovida que se sentía por el gesto de Rae. Tal vez se debía a que era la primera persona —además de una conversación breve e incómoda con Penn Courtney— que había reconocido su situación y le había brindado consuelo.

—Gracias —dijo. Tenía los ojos húmedos y parpadeó para contener las lágrimas—. Eres una buena persona, Rae. Y una buena amiga. Me alegro de verdad de haberte conocido.

Rae sonrió.

—Es mutuo. Ven, mojémonos los pies.

Kelsey siguió a Rae hasta la laguna y ambas se sentaron sobre grandes rocas que rodeaban el agua. Se quitaron las zapatillas de deporte y metieron los pies en el agua.

—¿Por qué está así de tibia? —preguntó Kelsey.

—Manantiales naturales. El agua brota de las profundidades, donde se calienta. Sin la cascada, la laguna estaría demasiado caliente. El agua de arriba está helada, se mezcla con el agua caliente y este es el resultado. La gente nada aquí todo el año, aun cuando nieva y brota vapor de la superficie. —Rae se inclinó hacia atrás para contemplar la cascada, aguardó unos segundos y continuó—: Vengo aquí a pie algunas veces después del horario más concurrido de la mañana. A recuperar el aliento y aclararme las ideas. Con el tiempo me he dado cuenta de que es un gran sitio donde ordenar mis sentimientos. Si pudiera mirarme a mí misma a veces, creo que tendría la misma cara que tienes tú ahora mismo.

—¿Qué cara tengo? —preguntó Kelsey.

—Cara de preocupación —respondió Rae—. Esos grandes ojos oscuros que tienes están llenos de muchas cosas. Sigo convencida de que tienes problemas de chicos.

Kelsey meneó la cabeza.

—Siento decepcionarte. Y una vez que llegamos a una cierta edad, ya no los llamamos "chicos".

—¿Qué debería decir? ¿Problemas de varones adultos?

Kelsey sonrió.

—No lo sé. ¿Problemas de hombres?

—Perfecto —dijo Rae—. Tienes cara de tener problemas de "hombres". Suéltalo.

—¿Que suelte qué? —dijo Kelsey, riendo—. No hay nada para soltar.

—El médico este, ¿lo has visto últimamente?

—Sí —respondió Kelsey—. Anoche, de hecho.

—¡Lo sabía!

—¿Qué sabías? —Kelsey seguía riendo—. Me está ayudando con el artículo sobre Becca Eckersley. Tiene fuentes en el pueblo.

Rae se quedó mirándola con las cejas levantadas y una sonrisa contenida.

—¿Por qué me miras así?

—Me doy cuenta de que crees que soy una veinteañera que llama "chicos" a los hombres y se despierta antes del amanecer para hornear donas. Pero soy muy intuitiva.

—No lo dudo.

—¿Qué pasa entre ustedes, entonces?

Kelsey abrió mucho los ojos.

—No hay nada entre nosotros. Solo entramos de noche en edificios públicos para leer informes de autopsias, no estamos saliendo. —Kelsey señaló a Rae—. Y eso es secreto, a propósito. Lo de que entramos sin permiso. No puedes contárselo a nadie.

—¿Pero te agrada?

—¿Qué?

—¡Lo sabía!

Kelsey meneó la cabeza.

—¿Qué es lo que sabías?

—Nunca tienes que responder a una pregunta de sí o no con otra pregunta. Te delata inmediatamente.

Tras una pausa, Kelsey dijo:

—Me llamó y me ofreció ayudarme con algo en lo que estaba atascada. Anoche fuimos a Eastgate y nos colamos en el Centro de Gobierno del Condado de Buchanan para buscar el informe de la autopsia de Becca. —Kelsey hizo una pausa—. Me conmovió que estuviera tan dispuesto a ayudarme. Nada más.

—¿Has pensado en él esta mañana?

Kelsey se encogió de hombros.

—Sí.

Rae abrió los brazos.

—Ahí lo tienes. Estás teniendo problemas de hombres. Si no, ¿por qué estarías pensando en él? Y no es que sea algo malo, tampoco. Es divertido.

Kelsey entornó los ojos ante la habilidad de la muchacha para arrastrarla hasta un punto en el que no le quedaba otra opción que estar de acuerdo.

—Sigue soltando —dijo Rae—. ¿Encontraron algo? En la autopsia.

—Mucho.

—¿Cómo qué?

Kelsey miró el agua que caía, luego a Rae.

—¿Somos amigas?

—Por supuesto.

—Guardarías un secreto si te lo pidiera, ¿verdad?

—Me lo llevaría a la tumba.

—Entonces, voy a pedírtelo.

Rae asintió.

Kelsey revolvió el agua con los pies y luego miró a Rae.

—Becca estaba embarazada cuando murió.

—¡Mentira!

Kelsey asintió.

—Abarrotada de hCG, una hormona que se produce durante el embarazo. Y cuando hablé con Millie Mays, el otro día, me dijo que Becca le había confesado a Livvy que se había casado en secreto con un tipo con quien salía. Así que tenemos un matrimonio del que nadie estaba enterado, un embarazo secreto y una chica muerta.

Rae levantó lentamente la barbilla.

—Y piensas que el hombre con quien se casó la mató.

—Pues lleva la delantera en la carrera de sospechosos, sí.

—¿Quién es?

—No tengo la menor idea. Así que eso me deja ante una encrucijada en el camino. Tengo que hablar con gente que conocía a Becca. Puesto que su familia no me va a contar nada y no puedo acceder a su cuenta de Facebook ni a sus correos electrónicos, tendré que ir a Washington y comenzar a hacer preguntas, buscar algunos amigos que estén dispuestos a hablar…

—¿O?

—O encontrar el diario personal de Becca. —Kelsey hizo una pausa—. ¿Has hecho algún progreso con eso, por casualidad?

—Puede ser —dijo Rae—. Hablé con Millie. Está muy mayor y a veces parece que estuviera perdiendo la cabeza, pero sabe más de lo que dice sobre la noche que mataron a Becca. Le conté que el grupo de chismosos está que arde con el asunto de que Becca tenía un diario. Que no hablan de otra cosa. Le pregunté si ella sabía algo al respecto. Si Livvy le había mencionado un diario.

—¿Y?

—Solo se encogió de hombros, lo que significa que sabe todo sobre el asunto. Le conté que la policía no encontró el diario en la casa y ¿sabes qué me dijo?

Kelsey arqueó las cejas.

—"¿Y cómo iban a encontrarlo?" Eso me dijo. ¿Cómo iban a encontrarlo? Lo dijo delante de mis narices y luego se levantó y fue a preparar té dulce.

Kelsey se movió sobre la roca.

—¿Y eso qué significa?

—No estoy segura, pero me suena a que la anciana sabe dónde está el diario.

—¿En serio? ¿Cómo accedemos a él?

Rae sonrió.

—Estoy trabajando en eso.

Sacaron los pies del agua y se colocaron los calcetines.

—¿Te apetece un café? —preguntó Rae.

—Estoy sudada y sucia —repuso Kelsey.

—Un té helado, entonces.

—Genial.

Trotaron de regreso por el bosque y recuperaron el aliento caminando por la calle Maple hasta el café. Dentro, Kelsey ocupó un sitio en la barra mientras que Rae preparaba las bebidas. Junto a Kelsey, el grupo de chismosos estaba en su apogeo. Cuando ella se sentó, la pelirroja estaba discutiendo con la mujer obesa. Pero las interrumpió el hombre cuarentón, que levantó un dedo para acallar al grupo. Luego señaló a Kelsey.

—¿No eres Kelsey Castle?

Todo el grupo, que esa mañana estaba formado por seis personas, se volvió y la miró con curiosidad y asombro como si fuera una estrella de cine.

Antes de que Kelsey pudiera responder, el hombre dijo:

—Estás aquí por Becca, ¿verdad? —Miró a sus compañeros—. Les dije estaba aquí. ¡Qué locura! ¿Nuestro pueblito ha atraído la atención de la revista *Events*?

—Bueno, bueno —dijo Rae desde detrás de la barra, mientras colocaba el té helado delante de Kelsey—. No hostiguen a mis otros clientes.

—Rae, ¿sabías que Kelsey Castle estaba en el pueblo y no nos contaste? —preguntó el cuarentón.

—Para ser un grupo de detectives, no son demasiado observadores. Hace una semana que Kelsey está aquí y ha venido casi todas las mañanas.

—¿Sabes quién fue? —preguntó la mujer obesa, como una niña que suplica un postre.

Kelsey sonrió.

—Creo que sé tanto como ustedes.

—¿Por qué la policía no da ninguna información? —preguntó la pelirroja, cerrando los ojos.

—No lo sé, a mí tampoco me han informado nada.

—¿Cuándo se publicará tu artículo? —preguntó el hombre.

—Tampoco lo sé. Por ahora no tengo nada sobre lo que escribir.

—Pero no te crees todo ese cuento del desconocido que la atacó sin motivo, ¿verdad? —insistió el hombre.

—Tanto como ustedes, supongo.

El hombre miró a su grupo y asintió.

—Les dije que había demasiada intervención del azar. —Miró a Kelsey—. Entonces fue…, es decir, piensas que fue alguien a quien Becca conocía, ¿verdad? ¿Tal vez alguien con quien tenía una relación estrecha?

Kelsey sonrió otra vez.

—Todavía no sé qué pienso. No he avanzado demasiado.

—Esto es lo que pensamos nosotros —dijo el hombre, y

miró a la mujer obesa, que estaba en un extremo de la barra—, al menos lo que pensamos la mayoría. Becca se involucró con alguien, como un abogado de la empresa de su padre o algún otro abogado de alto perfil. Tal vez para conseguir avanzar más tarde en su carrera, o tal vez porque simplemente se enamoraron. El romance se convirtió en algo… ya sabes, ilícito, secreto, escandaloso. Da igual. Con el tiempo, uno de ellos quiso terminarlo. El otro, no. —El cuarentón aplaudió una vez—. ¡Chan! ¡Ahí tienes el motivo!

Kelsey frunció el labio inferior.

—Una teoría interesante. Han estado trabajando en esto, ¿verdad?

—Todas las mañanas —dijo Rae—. No se detienen nunca.

—Ay, vamos —dijo el hombre—. Becca era joven, bella e inteligente. Tiene que tratarse de un crimen pasional, ¿o no?

—Es posible —dijo Kelsey—. Consíganme algunos sospechosos para entrevistar o algo importante que investigar y los incluiré en mi artículo.

—¿En serio? —dijo la mujer obesa, abriendo mucho los ojos.

—¿Le contaste lo del diario? —le preguntó el hombre a Rae. Se acarició la barba con la mano y sonrió como si supiera un secreto.

—No le he contado a Kelsey *ninguna* de vuestras teorías. Bastante bien se las arregla con su trabajo sin necesitar la colaboración del grupo de chismosos.

—No es una teoría —le aseguró el hombre a Kelsey—. Se lo he escuchado a más de uno. Becca tenía un diario personal y apuesto a que está en manos de la policía ahora mismo. Seguramente por eso han guardado tanto sigilo respecto del caso. Deben de estar tildando una por una a las personas que aparecen en el diario, hasta que encuentren al asesino, pero no quieren que nadie descubra su juego. Para no alertar a los sospechosos.

—Muy bien —dijo Rae—. Sigan trabajando en esa línea. Creo que están muy cerca de la verdad. Nosotras tomaremos nuestro té junto al fuego.

—Encantada de conocerlos —dijo Kelsey.

—Si necesitas declaraciones o algo así, solo pídelas —dijo la mujer obesa—. Puedes citar a cualquiera de nosotros.

—Lo haré —respondió Kelsey antes de refugiarse con Rae en los sillones mullidos junto al fuego.

—Me disculpo por eso —dijo Rae—. Lo he escuchado todas las mañanas durante las últimas semanas. Las teorías se vuelven más y más alocadas y cambian por completo según lo que sale publicado en el periódico.

—Me encanta —dijo Kelsey—. Forman un grupo de conspiranoicos.

Rae sonrió.

—Así es Summit Lake. Antes de Becca, era algo sobre que el agua estaba contaminada y los funcionarios lo sabían, pero no querían gastar dinero en corregirlo. Cáncer, ocultamientos y juicios. Siempre algo.

—Las mañanas de cotilleo son iguales en los cafés de todo el mundo, ¿no? —Kelsey bebió un trago. Bajó la voz—. Suéltalo tú, ahora. Parecen estar en lo cierto sobre el diario. No lo puedo creer. Han descubierto algo útil. Y, si un grupo de chismosos se acerca a la verdad, seguramente la policía esté todavía más cerca. Tenemos que urdir un plan para encontrar el diario de Becca antes de que lo hagan otros.

Rae sonrió.

—Te lo dije. Estoy trabajando en eso.

CAPÍTULO 21

Becca Eckersley
Universidad George Washington
13 de mayo de 2011
Nueve meses antes de su muerte

EL CAMPUS COMENZÓ A LLENARSE el jueves. El viernes por la tarde, el tránsito se tornó intenso, a medida que los padres llegaban al campus y colmaban los senderos de la Universidad George Washington para presenciar la graduación de sus hijos. Se rumoreaba que había agentes del servicio secreto en la universidad debido a que el vicepresidente daría el discurso de graduación el sábado. Era un momento de emoción para los futuros graduados, quienes parecían haber olvidado al compañero que se había ahorcado hacía un mes. Para la mayoría de ellos era una simple estadística, pero para Becca y Jack era un acontecimiento mayúsculo y muy concreto. Un hecho en el que ambos estaban involucrados; cada uno sentía que había contribuido de algún modo a que ocurriera. Y, como los tocaba tan de cerca, les resultaba imposible ignorarlo o dejar que se diluyera en el pasado.

Brad Reynolds se había ahorcado el 7 de abril, cinco semanas antes de la ceremonia de graduación de la UGW y la vida de todos cambió desde aquel momento. Le envió el mensaje de texto a Jack justo antes de patear la silla que tenía bajo los pies y estuvo suspendido durante sesenta y tres segundos hasta que Becca abrió la puerta de la cocina y vio que su amigo colgaba de las vigas.

Las semanas anteriores a la graduación fueron de silencio y aislamiento para Becca y Jack, que pasaron casi todo el tiempo juntos. Les resultaba difícil quedarse en el apartamento de Jack. Cada vez que llegaban allí veían los pies de Brad girando sobre el suelo de la cocina. Dormir allí era directamente imposible.

A mediados de abril, Jack recibió una llamada de la oficina de admisiones de la facultad de Derecho de Harvard. Cuatro días después llegó la carta formal y Jack la colocó con solemnidad junto a la de aceptación que había recibido hacía unos meses. Becca apoyó la cabeza sobre el hombro de Jack y secó sus propias lágrimas mientras lo abrazaba. Él no mostraba ninguna emoción. Así era como manejaba las situaciones; Becca ya lo sabía. Pero, a pesar de que Jack parecía anestesiado ante la noticia y desconectado de la realidad de que no ingresaría a estudiar Derecho en Harvard ni en ninguna otra universidad en el otoño siguiente, Becca estaba segura de que en algún momento acusaría el golpe.

—Bueno —dijo Jack—, algún chico en lista de espera acaba de recibir la mejor noticia de su vida.

Becca escuchó con atención la teoría de Jack sobre cómo funcionaba la vida: la desgracia de una persona era el sueño hecho realidad de otra, ya fuera en relación con entrar en la facultad de Derecho o con enamorar a la chica de sus sueños. Ella lo escuchaba, pero no creía en su actitud displicente. Aunque Jack siempre había insistido en que no ejercería como abogado, ella sabía que estaba muy herido por la noticia y por eso aceptó acompañarlo sin vacilar.

Becca terminó de armar la maleta el viernes por la noche. La ceremonia de graduación se llevaría a cabo a la mañana siguiente. Sus padres ya habían estado el fin de semana anterior para trasladar sus cosas hasta Greensboro para el verano. Poco antes de las diez de la noche, Becca entró en el apartamento de Jack.

—¿Estás segura de que quieres faltar a la ceremonia? —dijo Jack.

Becca asintió.

—No soportaría los murmullos y las miradas cuando anuncien nuestros nombres.

—No creo que nadie murmure ni nos mire, pero, de todas maneras, no me gustaría comprobarlo. ¿Tus padres están de acuerdo?

Becca asintió.

—No estaban contentos, pero vinieron la semana pasada a recoger mis cosas, así que se han hecho a la idea. Comprenden que todo esto ha sido duro y que estamos buscando la forma de procesarlo.

—¿No pensabas que este año sería diferente?

—Es una pregunta retórica, ¿no?

—Puede ser —admitió Jack, sentado en la cama de su apartamento vacío—. Cuando miro hacia atrás veo que todo estaba perfecto hasta que robamos ese maldito examen, y desde aquel momento, nada ha sido igual. O sea, piensa en la vida de Brad desde que robamos ese examen.

—Jack, nosotros a Brad no le hicimos nada, ¿entiendes? Brad se lo hizo a sí mismo. Suena frío y horrible, y lo echo de menos como a un hermano. Pero ni tú ni yo somos responsables de lo que le sucedió. Para protegernos a todos, tú aceptaste la responsabilidad por algo que él hizo, así que eso debería de absolverte de toda culpa. Te quedaste sin Harvard, lo que creo que es mucho peor que no haber podido ingresar. Y ya sé que era algo entre ustedes, por eso no quise involucrarme, pero pienso que fue una actitud de mierda que Brad permitiera que cargaras con la culpa de ese examen.

Jack buscó su teléfono en el bolsillo y revisó los mensajes.

—Me envió esto justo antes.

Le entregó el móvil.

Tú me la quitaste, Jack.
Aunque creo que nunca fue realmente mía.

Becca se quedó mirando el teléfono, leyendo y releyendo el mensaje con los labios.

—Dios mío, Jack. —Se sentó en la cama—. ¿Por qué no me lo contaste?

—¿Qué había para contar? Ya sabías que él estaba furioso porque nos veíamos a escondidas. Y esto solo se suma al hecho de que pensara que de algún modo yo te separé de él.

—Me resulta algo… escalofriante. Me hace ver a Brad de otra manera. —Meneó la cabeza—. No sé, solo quiero encontrar la forma de superar todo esto.

—Te entiendo —dijo Jack. Se incorporó y tomó su bolso de lona—. ¿Lista?

—Vamos —asintió ella.

Jack bajó la escalera con los dos bolsos que contenían todo lo que poseía en la vida y los cargó en el maletero del coche. Arrojó la maleta de Becca al asiento trasero e hizo una última recorrida por el apartamento. Cargó el televisor en brazos y dejó todo lo que no tuviera cabida en su Volvo.

El mes anterior, los padres de Brad habían estado en el apartamento para recoger las pertenencias de su hijo; solo quedaban los recuerdos y un dormitorio vacío. Becca y Jack, con el televisor en brazos, hicieron una pausa en la puerta al salir y a Becca se le llenaron los ojos de lágrimas. Los dos levantaron la mirada hacia la viga que cruzaba toda la cocina. En las últimas cinco semanas habían imaginado muchas situaciones que podrían haber cambiado el rumbo de las cosas. Jack podría haber perdido el vuelo cuando Brad le confesó su amor por Becca y haber acompañado a su amigo cuando más lo necesitaba. Becca podría haberle contado todo a Brad en alguna de sus charlas nocturnas y haber desactivado la bomba que iba a explotar en su mente. Podrían haber dicho la verdad desde el principio, cuando Gail y Brad regresaron para comenzar ese último año. Jack podría haberle quitado la llave a Brad y haberle dicho que robar un examen era una estupidez, y juntos podrían haber sopesado con seriedad las consecuencias de que los descubrieran. Tal vez todo eso habría evitado que el año terminara de ese modo. O tal vez nada habría cambiado.

Finalmente, Becca y Jack bajaron por la escalera, dejando la puerta del apartamento abierta de par en par. Jack colocó el televisor en el asiento trasero, subieron y esperaron a que el viejo Volvo arrancara. El motor por fin reaccionó y salieron lentamente del aparcamiento.

Dos horas más tarde, la ciudad de Washington era una imagen ausente en el espejo retrovisor y delante de ellos se extendía la carretera, oscura como su vida; iluminada por las luces del Volvo solo en un corto tramo, negra y desconocida más allá de lo inmediato. Condujeron sin cansarse durante la noche, conversando poco, hasta que el sol iluminó los espejos y convirtió el coche en una larga sombra que se deslizaba delante de ellos por la carretera. Aproximadamente a la hora en que anunciaban sus nombres en la ceremonia de graduación, cruzaron el río Mississippi.

Dos días después de dejar Washington, Becca y Jack llegaron a Wyoming. Compraron una tienda, alquilaron un espacio para acampar en la reserva de Yellowstone y se instalaron en el campamento de Bay Bridge, donde armaron su tienda y durmieron durante doce horas seguidas. Pasaron dos días caminando por senderos bajo un cielo azul. La primera noche Becca y Jack se sentaron a contemplar las llamas anaranjadas del fuego, pensando en Brad y en cómo había terminado todo.

Hablaron hasta que cayó el sol y la oscuridad cubrió el valle. Se acostaron en la tienda y se acurrucaron uno junto al otro en la bolsa de dormir. Más allá de todo lo que estaba fuera de su control, y de lo que no podían cambiar, ambos llegaron a la conclusión de que lo peor que habían hecho fue enamorarse y no haberlo contado. Podrían vivir con ello.

Becca comenzaría su primer año de Derecho en la Universidad George Washington en el otoño, conocería gente y haría nuevos amigos. Estudiar Derecho estaba descartado para Jack y su futuro era incierto. Ya se había corrido la voz de que había robado el examen y Harvard lo había rechazado, lo que no auguraba nada bueno para sus perspectivas de conseguir trabajo en la ciudad de Washington. Aunque no había pensado demasiado en ello, pues la culpa y los remordimientos no se lo habían permitido, allí, bajo las estrellas del Parque Nacional de Yellowstone, Jack pudo considerar cómo había cambiado su vida en unas pocas semanas. Y, cuando se permitió pensar en su futuro, se dio cuenta de que haber cargado con la culpa del examen robado podía haber afectado su vida mucho más de lo que había calculado en un principio.

La noche se tornó fría; Becca y Jack se cubrieron la cabeza con la bolsa de dormir y se quedaron dormidos.

CAPÍTULO 22

Kelsey Castle
Summit Lake
13 de marzo de 2012
Día 9

—ME DIJO USTED QUE AVERIGUARA por qué su secreto era un secreto, así que lo hice —dijo Kelsey, sentada con el comandante Ferguson en un pequeño sitio para desayunar sobre el lago—. Sé por qué se casó Becca.

Estaban junto a la barra, tomando café amargo; el comandante picoteaba una dona rancia.

—La escucho.

—Estaba embarazada.

El comandante dejó la dona, paseó la mirada por la cafetería para asegurarse de que nadie les estuviera prestando atención y dijo:

—¿Y de dónde obtuvo esta teoría?

—No es una teoría —respondió Kelsey en un susurro—. Según Michelle Maddox, la médica forense del condado que realizó la autopsia, es un hecho. Encontraron presencia de hCG, la hormona que se produce durante el embarazo, en la sangre de Becca. —Kelsey extrajo una hoja impresa del bolso y la desplegó sobre la barra delante del comandante Ferguson. Era una página del informe de la autopsia que describía el examen interno y el feto femenino de aproximadamente cinco meses de gestación que había descubierto la doctora Maddox.

—Mierda —dijo el comandante Ferguson; levantó el papel y leyó el texto con ojos entornados.

Miró a Kelsey con los párpados pesados y el rostro congestionado de un hombre que bebía y fumaba demasiado.

—¿Debería tomarme la molestia de preguntarle cómo consiguió un informe de autopsia que yo todavía no he visto?

Kelsey bebió su café.

—No, no debería hacerlo.

El comandante meneó ligeramente la cabeza y reprimió una sonrisa. Tras unos instantes, su cara se relajó y se tornó inexpresiva mientras sopesaba esa nueva información.

—Bien, entonces, tras quedar embarazada, ¿enseguida se casó con el sujeto en cuestión?

—Es posible. Podría explicar por qué la familia está tratando de ocultar todo. Un padre distinguido, con un bufete de abogados famoso y que piensa postularse para juez no quiere que se sepa que a su hija soltera y embarazada la violaron.

—Pero me acaba de decir que estaba casada.

—Sí, pero en secreto. Lo que tal vez sea peor para un abogado exitoso es que su hija se haya casado en secreto. Pero necesito ayuda. Estas son todas piezas importantes del rompecabezas, pero solas no me llevan a saber quién entró por la fuerza en la casa de los Eckersley aquella noche.

—Bien —dijo el comandante, haciendo girar su taza de café sobre la barra—, en primer lugar, debe recordar que nadie entró por la fuerza en esa casa. No hubo indicios de que forzaran la entrada, lo que significa que una reciente graduada y actual estudiante de Derecho era tan ignorante que no sabía que no hay que abrirle la puerta a un desconocido cuando está sola en la casa de vacaciones de sus padres, o que conocía a la persona y le permitió entrar libremente en la casa.

—De acuerdo —dijo Kelsey—. Entonces Becca desconecta la alarma y le abre la puerta. ¿A quién? Estaba casada y embarazada, pero ¿quién demonios la mató?

—Se me ocurren un par de cosas —dijo el comandante Ferguson; bebió un trago de café y luego volvió a mirar a su alrededor. La cafetería estaba casi vacía—. Puede que su fuente se haya equivocado respecto del matrimonio. O puede que Becca Eckersley se haya equivocado respecto de las intenciones del sujeto. Tal vez ella deseaba casarse y pensaba que el que la había dejado embarazada también lo deseaba. Se lo cuenta a todos, o al menos se lo cuenta a esa fuente que se lo contó a usted. ¿Cuál es el único problema? Que el tipo no quiere casarse con ella. Tampoco quiere un hijo. Y hay una sola forma de resolver ese problema.

Kelsey levantó la barbilla. Había imaginado una situación similar, aunque no la había puesto en palabras tan directas. Era una buena teoría, pero le faltaban personajes. Además, estaban abordando la situación al revés. Primero se buscaba un sospechoso y luego el motivo, no a la inversa.

El comandante Ferguson soltó una de sus risotadas como relinchos al verla debatirse entre las posibilidades.

—Nadie dijo que esto iba a ser fácil de desenredar. Pero, a medida que avance con el caso, quiero que recuerde algo.

—¿Qué cosa?

—Según mi experiencia, a las personas que le hacen algo así a una bella joven se las puede dividir en dos categorías: la primera es alguien que detestaba a la víctima.

—Lo he pensado —respondió Kelsey—. Y hasta ahora no he dado con nadie que pueda haber odiado a Kelsey. La chica no tenía enemigos.

—Así que eso nos deja con la única otra categoría de persona que podría hacer una cosa así.

—¿Y cuál es?

—Alguien que la amaba.

Más tarde esa noche, tras su encuentro con el comandante Ferguson, Kelsey se puso a escribir en la computadora, sentada en la suite del Hotel Winchester. Se encontraba delante de la pequeña mesa de comedor que estaba cubierta de papeles relacionados con el caso Eckersley. Sobre una silla había una pizarra decorada con fotos de la casa de los Eckersley y gráficos que Kelsey había hecho a mano y detallaban los movimientos de Becca el día de su muerte: desde el campus de la universidad por la mañana, a través de las montañas hasta Summit Lake, luego al Café de Millie y finalmente a la casa del lago. En cada sitio había anotado las horas para tener la información clara en la mente.

Repasó el expediente que le había dado el comandante Ferguson. Al cabo de una hora, las otras sillas terminaron cubiertas de montañas de papeles ordenados según un sistema que resultaba coherente solo para ella. Encontró información sobre viajes de Becca: un detalle de sus movimientos en los seis meses anteriores a su muerte. Becca había comenzado a estudiar Derecho en agosto, seis meses antes de morir, y la policía tenía información de solamente tres viajes hechos fuera de la ciudad de Washington. El primero había sido en noviembre, cuando fue a Greensboro, probablemente para el Día de Acción de Gracias. Otro mostraba registros de un viaje en avión a Green Bay, en el estado de Wisconsin, para Navidad. El último viaje fuera de Washington había sido a Summit Lake, el día que la mataron.

Kelsey comenzó por Greensboro; cruzó la información de los recibos de la tarjeta de crédito y los cajeros automáticos con la dirección de la casa de los Eckersley. No quedaban dudas de que Becca había viajado allí a festejar el Día de Acción de Gracias. De allí pasó al viaje a Green Bay. ¿Qué había en

Green Bay que llevara a Becca allí para Navidad? Un hombre, concluyó. ¿Qué otra cosa alejaría a una estudiante de veintidós años de su familia durante las vacaciones de Navidad?

Pasó otra hora revisando los registros telefónicos de Becca, buscando llamadas realizadas a Wisconsin. Ninguna. Aunque durante tres días alrededor de Navidad descubrió una llamada por día a la casa de los Eckersley en Greensboro, tomada por una torre en Green Bay. Estaba cerca, pero necesitaba un nombre o un número telefónico o una dirección, algo que rastrear.

En la computadora, buscó la lista de primer año de Derecho en la universidad: casi cien nombres. Borró todas las mujeres y quedó con cincuenta y dos estudiantes varones que cursaban Derecho con Becca Eckersley. Una investigación minuciosa le informó que solamente tres de ellos provenían de Wisconsin, y ninguno de Green Bay. Trabajó durante otras tres horas e investigó a los otros estudiantes del segundo y tercer año de Derecho. Ninguno era de Green Bay. Hasta leyó los perfiles de los abogados del bufete de William Eckersley, siguiendo por un momento la teoría del grupo de chismosos que aseguraba que Becca había estado involucrada con algún colega de su padre. Ninguno era oriundo de Wisconsin.

Hizo a un lado sus notas sobre la facultad de Derecho y siguió leyendo el expediente del comandante Ferguson. Durante el verano en que terminó sus estudios de grado, antes de ingresar en Derecho, Becca había viajado en un avión privado perteneciente a Milt Ward, un senador de Maryland. Kelsey se humedeció el dedo con la lengua y hojeó las notas. Milt Ward había salido en todos los medios.

—¿Por qué un senador de Maryland te llevaba de viaje en su avión privado?

Intuyendo que había descubierto algo, tomó otro fajo de papeles y comenzó a investigar. Pero un golpecito a la puerta interrumpió su trabajo. Miró el reloj. Las 23.18.

A través de la mirilla vio a un hombre con traje y con la corbata floja y torcida.

—Señorita Castle —dijo el hombre, y volvió a golpear—. Soy el detective Madison. Vi luz y supuse que estaba despierta.

Kelsey abrió la puerta hasta donde la cadena lo permitía.

—¿Sí?

—Qué bien —dijo el detective—. Está levantada. ¿Podemos hablar?

—¿Sobre qué?

—Becca Eckersley.

—¿Puedo ver sus credenciales?

—Por supuesto.

El detective se quitó la placa de la cadera y se la alcanzó por entre la puerta y el marco. También le ofreció su licencia de conducir.

—No tengo problemas en conversar abajo en la recepción si se siente más cómoda allí.

Kelsey estudió la placa y se dio cuenta de que era auténtica. Había hablado con el comandante Ferguson sobre este hombre. Madison era uno de los detectives estatales que le habían quitado el caso a la policía de Summit Lake.

—¿Qué es tan importante como para que golpee a mi puerta a las once de la noche?

—Ha habido una novedad relevante.

Kelsey cerró la puerta y desenganchó la cadena.

—Aquí tiene —dijo cuando volvió a abrir la puerta y le entregó la placa y la licencia—. ¿Algo sobre Becca?

—¿Puedo pasar?

—Sí, claro —respondió Kelsey—. Está todo patas arriba.

El detective Madison entró en la suite y paseó la mirada por el material de investigación que cubría la mesa y las sillas.

—Veo que ha estado realmente ocupada.

—Estoy aquí por trabajo.

—Eso escuché. —Se dirigió a la mesa y pasó el dedo por sobre unas páginas.

—Por favor, no toque mis cosas, detective —dijo Kelsey—. A menos que tenga una orden de allanamiento, claro.

—No, no la tengo —respondió el detective. Se volvió hacia ella—. ¿Qué es lo que está haciendo, exactamente?

—Escribo un artículo sobre Becca Eckersley.

Él miró la mesa y las sillas abarrotadas de papeles.

—¿Un artículo o un libro?

Kelsey se mantuvo impávida.

—Un artículo.

—¿Por qué tanta investigación para un simple artículo?

—La historia de Becca es complicada.

—En eso tiene razón.

—¿Cuál es la novedad que lo ha traído aquí tan tarde?

El detective sonrió.

—Le agradecería si dejara de husmear en sitios donde no le corresponde husmear.

—Soy periodista y estoy escribiendo una historia, detective Madison. Husmear es mi trabajo. Y, dado que ustedes no revelan ninguna información sobre el caso, he tenido que atar cabos poco a poco.

—Ate todos los cabos que quiera, pero si quebranta la ley, pagará el precio.

—Hacer preguntas en Summit Lake no es quebrantar la ley.

—Estoy de acuerdo. Pero entrar en un edificio público sí lo es.

Kelsey no vaciló.

—¿Quién entró en un edificio público?

El detective Madison volvió a sonreír.

—Estoy trabajando en eso, créame. Las cámaras de vigilancia muestran que la otra noche dos individuos con una tarjeta de acceso robada entraron en el Centro de Gobierno del Condado de Buchanan. La misma tarjeta se utilizó después para ingresar en un despacho privado y acceder a documentos clasificados.

Esta vez fue Kelsey la que sonrió.

—¿Clasificados? ¿No me diga que el Condado de Buchanan, metido aquí en las montañas, es parte de un programa nuclear secreto?

—Muy graciosa. ¿Dónde estaba hace dos noches?

—Detective, por favor, no venga a mi habitación de hotel a tratar de intimidarme.

—Simplemente le estoy haciendo una pregunta.

—Que sugiere que de algún modo entré en este edificio del que habla.

—¿Y lo hizo?

—Si quiere interrogarme, arrésteme y hágalo en la comisaría de policía.

El detective Madison frunció pensativamente el labio inferior.

—¿Cuándo regresa a Miami?

—Cuando termine el artículo.

—Ah —El detective se rio y meneó la cabeza—. No creo que llegue a ese momento. Una vez que sepa con certeza que la que aparece en la grabación de seguridad es usted, la arrestaré, si es que sigue en Summit Lake. Y también arrestaré a la persona que estaba con usted. ¿Me ha entendido?

—En realidad, no, porque no tengo idea de lo que está hablando.

El detective señaló detrás de su hombro con un pulgar.

—Y vi que parte de su material de investigación lleva el sello del Departamento de Policía de Summit Lake. ¿Eso también lo robó?

Kelsey no respondió.

—No —dijo el detective—. Apuesto a que no tuvo que hacerlo. Stan Ferguson seguramente se lo dio porque no ha sido otra cosa que un dolor de huevos desde que se le requirió que diera un paso a un lado. Filtrar información a los medios sobre una investigación en curso es algo que no se hace. No, no. —El detective meneó la cabeza mientras se dirigía a la puerta—. Que pase una buena noche, señorita Castle.

Cerró la puerta al salir y Kelsey corrió hasta la mirilla para ver cómo se alejaba por el pasillo y entraba en el elevador. Tomó el celular y llamó a Penn Courtney. Atendió el contestador y le dejó un mensaje para que la llamara. También le envió un mensaje de texto y dejó el mismo mensaje en el contestador de su casa. Tomó su abrigo de camino hacia la puerta. Caminó a toda prisa hasta el café, que sabía que estaría cerrado a esa hora. Levantó la mirada hasta el primer piso. Las ventanas estaban a oscuras. Kelsey dio la vuelta, subió la escalera y llamó a la puerta con suavidad. Al no obtener respuesta, golpeó con más fuerza. Finalmente, la luz de la cocina se encendió. Las cortinas se movieron y la puerta se abrió.

—¿Qué sucede? —preguntó Rae.

—Necesito tu ayuda.

—Pasa —dijo Rae. Enfundada en un pantalón de pijama, una camiseta sin mangas y pantuflas, Rae atravesó la cocina—. ¿Qué ocurre?

—El detective a cargo de la investigación del caso Eckersley acaba de hacerme una visita.

Con ojos soñolientos, Rae miró el reloj de la pared.

—¿Qué hora es?

—Casi medianoche.

—¿Por qué estaba la policía en tu habitación de hotel a medianoche?

—Porque creo que estoy en problemas. El tipo se llama Madison y quería saber por qué estaba haciendo tantas averiguaciones.

—Pues dile que estás escribiendo un artículo. Es perfectamente legal.

—Claro. Salvo que la otra noche entré de manera ilegal en un edificio público con Peter y accedimos a un informe de autopsia que no era público.

—Pensé que eso era secreto.

—Sí, bueno, no tanto, parece —dijo Kelsey—. Me grabó la cámara de seguridad delante del edificio.

—Ay, mierda.

—Exacto.

—Los mejores periodistas son los peores delincuentes, ¿no es así el dicho?

Kelsey meneó la cabeza.

—Bien; no enloquezcas todavía. ¿Qué quiere el tipo?

—Que me largue de Summit Lake.

—¿Cómo vas con el artículo sobre Becca?

—Bastante avanzada. —Hubo un largo silencio en el que Kelsey se encogió de hombros—. Al menos tengo varias ideas que no concuerdan con nada de lo que está investigando la policía. Solo necesito algo de tiempo para armar todo. El comandante Ferguson dice que los estatales sostienen la teoría de que un desconocido que vagaba por el pueblo aquella noche entró por azar en la casa de los Eckersley.

—Y tú no estás de acuerdo, obviamente.

—De ningún modo. A Becca la mató alguien que ella conocía.

—¿Quién?

—No lo sé. Estoy a punto de averiguarlo, pero no tengo los recursos que necesito. En circunstancias normales, hablaría con la familia para obtener una fotografía de su vida. Para entender a esta chica. Averiguaría quiénes eran sus amigos, con quién salía. Pero no tengo posibilidades de hablar con la familia.

—¿Y qué me dices de sus amigos?

—No sé quiénes eran sus amigos. No tengo acceso a su correo electrónico y han cerrado su cuenta de Facebook. Lo requirió el fiscal de distrito y no tengo forma de acceder a ella.

Podría ir a Washington y husmear en la universidad hasta que alguien me cuente algo útil, pero me da la sensación, por la visita del detective Madison, de que ir a husmear a Washington no va a ser una opción.

—Entonces, ¿cuál es tu plan?

Kelsey respiró hondo.

—Tú y yo vamos a casa de Millie y conseguimos ese diario personal.

Rae rio.

—No nos adelantemos.

—Pero eso es lo que piensas, ¿no? Que Millie tiene el diario.

—Lo he pensado, sí, pero no tengo la certeza de que sea realmente así.

—Entonces, averigüémoslo. Necesito saber cómo era la vida de Becca para luego poder armar las piezas y elaborar la teoría de quién la mató. No puedo hablar con su familia ni tengo tiempo de rastrear a sus amigos. Ahora mismo, el diario de Becca es mi única esperanza. De otro modo, pierdo la historia. —Kelsey miró a Rae y se acercó ligeramente a ella—. Necesito que me ayudes con esto.

Rae meneó la cabeza y levantó la mirada hacia el techo mientras pensaba.

—De acuerdo. Pero si es cierto que Millie tiene el diario y se lo ha ocultado a la policía hasta ahora, no nos lo entregará a nosotras.

—Claro que no. Entonces, ¿cuál es el plan?

Rae sonrió.

—No tengo un plan. Esto fue idea tuya.

—Basta. Sabes muy bien que pensamos igual.

Rae asintió lentamente.

—Es cierto.

—Entonces, ¿cómo hacemos para conseguir ese diario? —preguntó Kelsey.

—Nos ponemos creativas.

CAPÍTULO 23

Becca Eckersley
Parque Nacional de Yellowstone
19 de mayo de 2011
Nueve meses antes de su muerte

EL LLAMADO DEL SENADOR, QUE despertó a Jack y a Becca temprano el jueves por la mañana, no les salvó la vida —no eran tan dramáticos—, pero sí se la cambió por completo. El tono de llamada del móvil fue un sonido antinatural aquella mañana; quebró el silencio y la quietud de Yellowstone. Jack rodó en la bolsa de dormir, empujó el brazo que Becca tenía apoyado sobre su pecho y se incorporó para buscar el teléfono dentro de su bolso. No reconoció el número.

—¿Hola?

—¿Jack? —dijo una voz con agradable acento sureño.

—¿Sí? —Jack se sentó, carraspeó y se acercó el móvil cargado de estática a su oreja.

—Jack, soy el senador Milt Ward. Trabajé contigo el año pasado en el programa de pasantes de la Universidad George Washington.

Jack enderezó la espalda.

—Sí, señor, ¿cómo está usted?

—Necesitado de una voz joven. Como sabrás, voy a postularme en noviembre y preciso ayuda para mi campaña.

—Señor, no estoy seguro de haber escuchado bien.

—Te estoy ofreciendo un trabajo, hijo. Quiero que pongas palabras en mi boca junto con otros redactores de discursos.

Hubo un silencio sepulcral durante unos segundos; luego, el senador dijo:

—Hijo, ¿sigues ahí?

—Sí, señor.

—Te acabo de ofrecer trabajo, Jack.

—Sí, señor. Será un honor.

—Bien, te daré el número de mi directora de campaña, que te pondrá al tanto de cómo son las cosas por aquí. Y me gustaría que cenáramos juntos mañana.

—Ejem, señor... En este momento me encuentro en el oeste y no podré estar allí mañana. Estoy en el Parque Yellowstone y no tengo forma de salir de aquí durante unos días.

—¿La semana que viene estaría bien para ti?

—Sí, señor.

—Te pasaré el número de Shirley Wilson. Ella hará los arreglos para que puedas llegar hasta aquí.

—Vine en coche hasta aquí, señor. Una vez que salga del parque, me llevará un par de días llegar a Washington.

—Shirley se encargará de todo. Te enviaré mi avión, tardarás menos que en coche y necesitamos reunirnos lo más pronto posible. Nos veremos en unos días.

—Senador..., yo..., ejem... Tengo que decirle que... —Jack hizo una pausa, pensando en si era conveniente revelar tanto. Becca se había incorporado para escuchar la conversación—. Yo tuve... —Buscó las palabras apropiadas— Tuve algunos problemas en la universidad antes de marcharme... —No hubo respuesta del otro lado, de manera que Jack continuó hablando—. Con un examen robado...

214

—He oído decir que el profesor Morton es un rompepelotas, hijo. Yo también habría robado ese examen si hubiera tenido la oportunidad. —El senador rio—. Te hemos investigado exhaustivamente, Jack. Sé más sobre ti de lo que sabes tú. Y no hay nada que no me guste. Robar un examen para aprobarlo porque no estabas a la altura de la clase es una cosa. Robarlo y no hacer uso de él es algo muy distinto.

—¿Cómo sabe usted que no lo usé?

—Tengo oídos en los lugares indicados, Jack. Toma nota de este número.

Jack escribió el número de la directora de campaña del senador Ward sobre su mano.

—Nos vemos la semana que viene, hijo.

Jack colgó y miró a Becca.

—¿Esto acaba de suceder de verdad?

—¡Cuéntame!

—El senador Ward, de mi pasantía del verano pasado.

—¿Sí?

—Se postula para presidente.

—¿Y?

—Quiere que escriba para él.

CAPÍTULO 24

Kelsey Castle
Summit Lake
14 de marzo de 2012
Día 10

KELSEY CAMINABA POR LA CALLE Maple comiendo un plátano. Era una mañana sin nubes, con cierta calidez en el aire y aroma a primavera. Kelsey tenía que advertir al comandante Ferguson de los problemas que se avecinaban. Dobló por la avenida Minnehaha y subió los escalones del viejo edificio de la comisaría de policía. No había nadie en la recepción, de manera que se dirigió directamente al despacho del comandante. Lo encontró de rodillas detrás del escritorio, revolviendo la última gaveta. Sobre el escritorio había una gran caja de cartón.

—¿Comandante…?

Él asomó la cabeza por encima del escritorio.

—Señorita Castle, buenos días.

—Perdón por venir sin previo aviso, pero necesito hablar con usted.

Él le hizo un ademán para que se acercara.

—Venga, ayúdeme, que tengo problemas con esta rodilla.

Kelsey rodeó el escritorio y lo ayudó a incorporarse.

—¿Qué está haciendo? —Vio que el despacho estaba desordenado. Había papeles desparramados detrás del escritorio y en las paredes se veían clavos donde antes había habido cuadros. Mientras paseaba la mirada por la oficina, Kelsey comprendió—. ¿Está vaciando su despacho?

El comandante sonrió.

—Ya es hora.

—¿A causa de Madison?

—A causa de muchas cosas.

—Madison vino anoche a mi habitación del hotel para decirme que regrese a Miami. Vio el material de mi investigación y algunas páginas tenían el sello de Summit Lake.

El comandante volvió a sonreír y negó con la cabeza.

—No importa cómo se haya enterado. A decir verdad —señaló el desorden del despacho—, tampoco me estoy yendo por eso. Mi retiro era inevitable. Me quedé todo lo que pude, pero es hora de jubilarme. Esperaba poder quedarme lo suficiente como para averiguar qué le pasó a Becca Eckersley, pero el destino quiso que no fuera así.

—¿O sea que Madison lo está echando?

—Por favor. Un chiquilín que se afeita tres veces por semana no tiene autoridad para empujarme a ninguna parte. El fiscal de distrito, sin embargo, sí la tiene. Su oficina me solicitó que me tomara un descanso, y lo haré con gusto.

—Ay, comandante, qué mal me siento.

—Jovencita, no se culpe por mis problemas. Esto estaba escrito hace tiempo ya, y finalmente lo he aceptado. —Arrojó algunos artículos dentro de la caja que estaba sobre el escritorio—. Pero hágame un favor, ¿quiere? No deje que la echen de aquí como hacen conmigo. Yo tengo que preocuparme por la política y la jubilación. Usted sigue reglas diferentes. Sé que está muy cerca de resolver este caso, así que no se detenga hasta haber descubierto todo, ¿entendido?

—Sí, señor.

El comandante Ferguson sonrió. Paseó la mirada por el despacho.

—Pues creo que ya está todo. Lo demás puede quedarse; dejaré que los muchachos decidan qué hacer con el resto de las cosas.

—¿Quién ocupará su lugar?

—El Departamento de Policía de Summit Lake estará en buenas manos, independientemente de a quién le den el puesto. ¿Me ayuda a llevar las cosas al coche?

—Sí, claro.

Kelsey llevó una caja y la dejó en la camioneta de Ferguson.

El comandante se limpió las manos y levantó la mirada hacia el antiguo edificio donde había transcurrido toda su carrera.

—Punto final.

—¿Adónde irá?

—He trabajado durante cuarenta y tres años sin estar ausente ni un solo día por enfermedad. Sé que es difícil de creer por mi aspecto, pero es cierto. Me tomaré las cosas con calma por un tiempo.

—¿Dónde?

—Dios dirá. Pero estoy listo, eso es seguro. —Metió la mano en el bolsillo y extrajo un paquete de cigarrillos—. Hágame un favor —dijo, y le entregó el paquete a Kelsey.

Ella levantó las cejas al aceptarlo.

—Arrójelos a la basura.

—Con gusto —respondió.

Ferguson subió a la camioneta y cerró la puerta. Dejó el codo colgando por la ventanilla abierta.

—Tenga cuidado, señorita Castle. Madison va a por usted, así que termine rápido su trabajo y márchese de aquí. —Le entregó una tarjeta—. Aquí tiene el número de mi móvil. Llámeme si necesita algo. Solo le falta encontrar un par de piezas para que todo quede en su sitio. —Encendió el motor y puso el coche en movimiento—. Buena suerte.

Kelsey lo saludó con la mano. Ferguson condujo calle abajo y giró hacia Maple. El motor diésel ronroneó unos segundos hasta que el sonido se desvaneció y él desapareció.

CAPÍTULO 25

Becca Eckersley
Universidad George Washington
4 de agosto de 2011
Seis meses antes de su muerte

UN DÍA HÚMEDO DE PRINCIPIOS de agosto, tres meses después de su aventura en Yellowstone, Becca se instaló en su nuevo apartamento en el barrio de Foggy Bottom, al oeste del campus de la facultad de Derecho de la Universidad George Washington. Era, casualmente, el mismo vecindario donde Jack se había afincado al comienzo del verano, y sus respectivas casas estaban a unos doscientos metros de distancia.

El curso de orientación para los alumnos del primer año de Derecho comenzaría el 16 de agosto y las clases se iniciarían el 22, por lo que tenían dos semanas libres antes de que los horarios de Becca se complicaran. Jack ya se encontraba trabajando muchas horas al día para la campaña de Milt Ward, pero obtuvo un fin de semana libre para poder ayudar a Becca a instalarse. Viajaba de manera intermitente, pero las siguientes dos semanas permanecería en la ciudad de Washington D.C., ya que el trabajo más arduo comenzaba a finales del otoño, cuando preparaban el caucus, la asamblea partidista de Iowa, que se llevaba a cabo en enero.

El sábado por la mañana, una vez que terminaron el desayuno y el recorrido por el campus de la facultad de Derecho, los padres de Becca se marcharon. Becca y Jack, tomados de la cintura, saludaron a los Eckersley mientras su coche se alejaba. De la mano, caminaron de regreso al campus, imaginando el año que los esperaba.

—Vas a pasar mucho tiempo allí —dijo Jack, señalando la biblioteca.

—¡Qué extraño me resultará estudiar sin ti! Estaba tan acostumbrada a tenerte en el escritorio frente a mí. Tendré que hacerlo sola o buscar un chico con quien estudiar.

Jack sonrió.

—Diría que eres un alma solitaria.

—Creo que no tendré tiempo para novios. Acabo de recibir el programa del primer año de Derecho y parece intenso.

—Te creo. La idea de pasarme horas estudiando es demasiado para mí en este momento.

—Eso es porque Harvard te ha dejado fuera y ahora eres el as de los redactores de discursos, a tan solo tres meses del último examen escrito de tu vida.

—Redactor de discursos, sí. Pero estoy lejos de ser un as. Más bien un peón novato a la entera disposición de un tal Bill Meyers, que es el que escribe casi todo. Salvo cuando, a veces, vuelve a escribir lo que redacté yo.

—Tienes un salario y la seguridad de un empleo; dime, ¿hay alguien en su partido que pueda ser un contrincante válido en las primarias?

—Por el momento, no. Pero según los resultados de Iowa en enero, así será el resto de la campaña. Además, Iowa ha generado algunas sorpresas a lo largo de los años. Pero si Ward gana la nominación como candidato por su partido, tendré que trabajar día y noche hasta las elecciones de noviembre. Veo que los dos estaremos ocupados. Solo que a mí me pagarán por mi trabajo, y no a la inversa.

—Deja de restregármelo. —Becca lo tomó del brazo y se alejaron de la biblioteca de Derecho. Salieron del campus en dirección a Foggy Bottom—. Vayamos al Diecinueve a por unas cervezas como en los viejos tiempos —dijo ella.

Jack negó con la cabeza.

—Busquemos otro lugar. Tú y yo necesitamos un sitio nuevo. El Diecinueve me recuerda a los años de estudios de grado.

Caminaron por la calle Providence y hallaron un bar llamado O'Reilly's. Se sentaron a una mesa alta junto a la ventana, pidieron unas cervezas Guinness y dieron comienzo a una nueva tradición. Las dos semanas previas al comienzo de las clases en la facultad de Derecho le resultaban especiales a Becca Eckersley. Por primera vez, sin contar el breve encuentro en el Parque Yellowstone, podía demostrar abiertamente su amor por Jack. El año anterior caminaban juntos sin tomarse de las manos y se despedían con un beso únicamente en los pasillos desiertos de algunos edificios del campus cuando tenían la certeza de que estaban completamente solos. Tras un verano en el que se habían visto poco, ya que Jack trabajaba en la campaña del senador Ward y Becca se hallaba en Carolina del Norte, encontrarse significaba una etapa distinta en sus vidas. Se veían para cenar sin temer que alguien los descubriera y pasaban las noches juntos sin necesidad de escabullirse a la mañana siguiente.

El domingo previo al comienzo de las clases del primer año de Derecho —el final "no oficial" del verano— se sentaron en la mesa de la ventana de O'Reilly's por cuarta vez en dos semanas. Decidieron que ese sería su nuevo lugar. La comida era buena y Becca comenzaba a tolerar la cerveza Guinness. Se escuchaba música pop, y "Los 40 Principales" se oían a un volumen que les permitía conversar. Había algunos estudiantes de carreras de grado, pero en su mayoría asistían jóvenes profesionales que llenaban las mesas y pasaban tiempo en el bar.

Cuando les trajeron la pizza de pimientos verdes y aceitunas que habían pedido, la atacaron con apetito.

—Estuve pensando en cómo vamos a vivir aquí —dijo Becca, tras morder un bocado de pizza. Vestía una blusa blanca sin mangas que dejaba ver sus brazos bronceados y tonificados. Sus ojos tenían un brillo seductor que Jack notó inmediatamente.

—¿Sí?

—Me parece una tontería que tengamos dos apartamentos si todas las noches te quedas a dormir en el mío.

Jack masticaba su pizza.

—¿Qué estás tratando de decir, Eckersley?

—Deberíamos vivir juntos.

—¡Ni en broma!

Becca abrió la boca con cara de sorpresa.

—¿Por qué?

—Veamos, ¿por dónde empiezo? En primer lugar, los dos firmamos un contrato por doce meses de alquiler, del cual no podemos escapar. En segundo lugar, todo esto es genial —dijo Jack, señalándose a sí mismo, luego a la pizza y también a Becca—. Salir a comer, quedarnos hasta tarde y dormir juntos. Pero las clases comienzan mañana y pronto estarás estudiando como loca. Yo comenzaré a trabajar de nuevo y cuando eso ocurra ambos estaremos felices de tener cada uno nuestro lugar. —Levantó la mirada, como pensando un último punto—. Ah, sí. Y no olvidemos que tu padre me arrancaría el corazón si viviéramos juntos, lo que es un elemento bastante disuasorio.

Becca bebió un poco de cerveza.

—Muy bien. Conservaremos cada uno nuestro apartamento por ahora y volveremos a hablar de esto el año que viene, antes de firmar cualquier contrato.

—Trato hecho.

Tras terminar las cervezas y la pizza, regresaron al apartamento de Becca. Una vez dentro, Becca se dirigió al dormitorio para cambiarse de ropa y Jack abrió su computadora portátil para revisar el correo electrónico. Había algunos mensajes de sus superiores solicitándole que redactara algo para la semana entrante. Leyó los detalles y luego revisó los itinerarios y horarios de viajes inminentes.

—La semana que viene debo ir en avión a California con Ward. Viajo el martes y estaré de vuelta el viernes. —Miraba el itinerario en la pantalla sin ver a Becca, que había salido de la habitación. Al no recibir una respuesta, levantó la mirada. Ella posaba en la puerta del dormitorio, vistiendo solamente unas bragas bikini. La luz se reflejaba sobre sus muslos firmes y su piel suave y bronceada.

—Acabo de hablar con mi padre —dijo ella sin abandonar la pose—. Y coincide contigo en el tema de la convivencia. Agregó que el preferiría que tú no vinieras a mi apartamento pasadas las diez de la noche en días de clase, que es justamente lo que está sucediendo ahora. —Dio media vuelta y con actitud seductora entró en el dormitorio—. Cierra con llave al salir.

Jack meneó la cabeza, con la imagen de ese cuerpo desnudo grabada a fuego en su mente. No estaba seguro de si las chicas sureñas, en general, conseguían siempre todo lo que querían o si solo lo hacía Becca Eckersley en particular. De cualquier manera, cerró la computadora y entró rápidamente en la habitación; Becca se había quitado las bragas y fingió sobresaltarse.

—Mi padre te pidió que te fueras.

—Entendido.

—Ah, no sabía si te había quedado claro —dijo Becca, de pie junto a la cama, desnuda.

Jack se acercó y colocó las manos sobre su cintura delgada. La besó mientras ella le desabotonaba la camisa. Se desplomaron sobre la cama.

CAPÍTULO 26

KELSEY NO QUERÍA CORRER EL riesgo de que la pasaran a recoger por el Winchester, por temor a que el detective Madison estuviera vigilando entre las sombras y los siguiera. Sabía que se estaba comportando de manera paranoica. También sabía que lo que mantenía lejos los problemas era ese mismo comportamiento paranoico.

Se ajustó el abrigo de cuero contra el cuerpo y salió por la puerta posterior del Winchester; tomó por una calle lateral que llevaba a la orilla del lago Summit. El sol casi había desaparecido y el cielo estaba iluminado de azul. A medida que se hundía detrás de las montañas, el sol coloreaba las nubes finas de morado y violáceo y daba al lago un brillo rosado. Kelsey tomó el teléfono y, mientras caminaba, llamó a Penn Courtney. Hacía más de una semana que estaba en Summit Lake, y habían transcurrido dos desde que había aceptado investigar la historia de Becca Eckersley. Penn respondió enseguida y, mientras seguía andando, Kelsey lo puso al tanto de los acontecimientos más recientes. No se mostró complacido con los problemas en los que ella se había metido, pero Kelsey sabía que el atractivo de un ocultamiento y la idea de que la revista *Events* tuviera la primicia lo mantendrían tranquilo de momento.

El verdadero propósito del viaje de Kelsey a Summit Lake estaba claro: era un tiempo para que sanara y se recuperara. Para que se tomara un tiempo y estuviera tranquila. Nunca hubo dudas al respecto. Y tras unas protestas iniciales, Kelsey se mostró muy dispuesta a pasar un mes de descanso con la excusa de perseguir un caso. El problema era que cuando se puso a husmear en busca de una historia que creía inexistente, la encontró. Y ya estaba metida hasta el cuello, posiblemente en problemas, y a punto de empeorar aún más las cosas. Cuando Penn le pidió detalles, se mostró evasiva respecto de su plan. Él le solicitó algo sustancial —un borrador o un resumen— y Kelsey prometió que le enviaría algo pronto.

—Esta noche —dijo Penn.

—Lo intentaré.

—¿Intentarlo? Acabo de ponerte una fecha límite. Quiero ver lo que tienes.

—Esta noche estoy ocupada, Penn. Te enviaré algo mañana. Te lo prometo.

—Más vale que sea bueno.

—Confía en mí —dijo Kelsey mientras seguía caminando—. Me mantendré en contacto.

—Antes de cortar, recuerda una cosa —dijo Penn

—¿Cuál?

—Te he cubierto todos los gastos de este viaje.

—Sí, tú querías que fuera así —dijo Kelsey.

—Bien, lo reconozco. Pero quiero que entiendas esto. El dinero para la fianza no estaba incluido, así que no me llames a las dos de la mañana si este plan que tienes sale mal.

—Tampoco exageremos.

—Lo digo en serio, Kelsey.

—Sí, lo sé. Te contaré todo cuando sepa más.

—Una última cosa.

Kelsey esperó.

—¿Sí?

—Eres lo mejor que tengo, y… cuídate, ¿de acuerdo?

—Siempre. Gracias, Penn.

Guardó el teléfono en el bolso cuando se acercaba a la esquina de la avenida Spokane. Miró el reloj: las 17.53. Estaba a punto de sentarse en una banca cuando se acercó la camioneta deportiva. La ventanilla del pasajero se abrió.

—No podemos seguir viéndonos de este modo —bromeó Peter.

Kelsey meneó la cabeza y esbozó una sonrisa nerviosa. Abrió la puerta y subió al vehículo.

—¿Estás seguro de que quieres hacer esto?

—En realidad, no, porque no sé bien en qué me he metido. ¿Por qué no podía pasar a recogerte por el hotel?

—Salgamos de aquí y te lo explicaré.

Condujeron unos quince minutos hacia las montañas y se detuvieron en un mirador panorámico. La enormidad del lago se abría delante de ellos y las casas de Summit Lake anidaban debajo, relucientes en la creciente oscuridad.

—¿Ha ido alguien a hablar contigo? —preguntó Kelsey cuando se detuvieron.

—¿Alguien como quién? —quiso saber Peter.

—¿La policía? Para preguntarte sobre la entrada ilegal a un edificio público la otra noche.

—No. ¿Por qué? ¿Qué sucede?

—Uno de los detectives del caso Eckersley vino a visitarme anoche. Me dijo que me dejara de husmear y regresara a Miami.

—¿En serio? No creo que tenga autoridad para echarte del pueblo.

—En circunstancias normales, estaría de acuerdo contigo. Pero comenzó a hacerme preguntas sobre documentos robados del edificio del condado y sobre dónde me encontraba aquella noche.

—¿Qué le dijiste?

—Fingí que no tenía idea de lo que hablaba, pero no creo que haya sido una actuación estelar. Me dijo que están revisando grabaciones de las cámaras de seguridad que muestran a dos personas entrando en el edificio tras el horario de cierre, con una tarjeta de acceso robada.

—Epa...

—Sí, tenemos problemas. Quería ponerte al tanto. Tal vez quieras mencionarle a tu amigo que te consiguió la tarjeta que es posible que también le caigan encima a él.

—Así que con todo esto que puede caernos encima, como dices, ¿te pareció una buena idea volver a entrar ilegalmente en otro sitio?

Kelsey sonrió ante el tono sarcástico de Peter.

—No, una buena idea, no, pero es la única oportunidad que tengo de terminar lo que he comenzado aquí.

—¿Qué tiene de especial este caso? —quiso saber Peter—. ¿Por qué es tan importante para ti?

Kelsey miraba por el parabrisas el sendero morado que resplandecía sobre el lago Summit. Dentro de su corazón sentía empatía hacia Becca, que al igual que ella, había sufrido un ataque brutal. Que nadie pagara el precio de ese crimen era algo a lo que Kelsey no podía darle la espalda. Anhelaba cerrar el caso y no podía marcharse de Summit Lake sin haberlo logrado.

—No lo sé —dijo por fin—. Pero sé demasiado sobre esta chica como para marcharme y dejar todas las preguntas flotando en el aire. —Se encogió de hombros—. El problema es que no sé lo suficiente como para encontrar las respuestas.

—Razón por la cual me pediste que te ayudara a entrar sin permiso en la casa de una mujer esta noche.

—Correcto. Sé que te estás arriesgando por mí otra vez, cosa que no tienes por qué hacer. No me atrevo a hacerlo sola. Y ruego que no te metas en problemas por lo que hicimos la otra noche.

Peter sonrió.

—Pues… bien vales algunos problemas.

Sonó el móvil de Kelsey. Ella bajó la mirada y leyó el mensaje.

—Bien. Rae ya la ha sacado de la casa, se dirigen a cenar. Tenemos aproximadamente una hora, una hora y media como máximo.

—Vamos —dijo Peter; retrocedió y comenzó a descender por el camino de montaña—. ¿Dónde vive esta anciana?

Diez minutos después llegaron a la casa de Millie. Peter aparcó en la entrada y apagó las luces. Permanecieron en la oscuridad, observando la casa, iluminada solamente por dos farolas en el porche y una lámpara encendida en la sala.

—Bien —dijo Peter—, ¿tienes la llave?

—No es tan complicado —respondió Kelsey—. Vamos.

Caminaron despacio por el sendero de la entrada tras asegurarse de que ningún vecino estaba mirando. Cuando llegaron al a puerta, Kelsey simplemente giró la manija y empujó.

—No lo puedo creer —dijo Peter.

—Rae me dijo que se aseguraría de que la puerta quedara abierta. —Kelsey le entregó una pequeña linterna—. Vamos.

Entraron y cerraron la puerta.

—Nada de luces, por si los vecinos la han visto salir. Una casa con todo encendido despertará sospechas.

—Comprendido —dijo Peter—. Recuérdame qué es lo que estoy buscando.

—Un diario personal.

—Descríbemelo.

—Eso es todo. Comencemos por la planta alta.

En el dormitorio de Millie pasaron quince minutos revisando las gavetas del tocador, de las mesas de noche, mirando debajo del colchón y en las cajas que estaban dentro del armario empotrado.

—Si encuentro algo inapropiado —dijo Peter mientras abría la gaveta de la mesa de noche—, te juro por Dios que gritaré.

Kelsey rio.

—Tiene más de ochenta años.

—Entonces, gritaré más fuerte.

—Date prisa —rio Kelsey, mientras entraba en el vestidor.

—Nada por aquí —dijo Peter por fin.

—Igual —afirmó Kelsey cuando salió del vestidor un instante después—. Por aquí tampoco.

Se dirigieron al segundo dormitorio y repitieron la rutina, tomándose el trabajo de dejar todo lo que tocaban o levantaban en la posición exacta en la que lo habían encontrado. Transcurrieron otros quince minutos. Revisaron el armario del pasillo. Nada.

Habían estado en la casa media hora cuando bajaron la escalera a la planta baja y registraron el armario del comedor. Kelsey pensó que habían encontrado algo cuando vio un libro encuadernado en el gabinete inferior, pero resultó ser el álbum de fotografías de la boda de Millie. Pasaron unos diez minutos más en el comedor y otros diez revisando infructuosamente la sala.

Kelsey comenzó a sudar y se le humedecieron las manos. Hacía casi una hora que buscaban. Pasaron a la cocina e iluminaron armarios, estantes, productos de cocina y contenedores de plástico. Finalmente, Kelsey apoyó la linterna sobre la mesa; el haz de luz se inmovilizó, iluminando las losas detrás del horno. Soltó un suspiro derrotado. Sin el diario, estaba atascada. Un plan para buscar a Livvy Houston y preguntarle sobre el diario comenzó a formarse en su mente, pero sabía que resultaría difícil. Primero tendría que encontrar a Livvy y luego convencerla para que hablara. No tenía certeza de lograrlo. Y, aun si Livvy accedía a encontrarse con ella, existía la posibilidad de que no supiera nada. Todo esto, claro, suponiendo que el detective Madison no hubiera ido a ver a Livvy ya. Kelsey se pasó una mano por la cara y meneó la cabeza.

Peter se acercó a ella.

—Oye.

Levantó la mirada hacia él.

—Lo siento. Me gustaría poder encontrártelo.

Kelsey asintió y cerró los ojos.

Peter se acercó más y la rodeó con los brazos. Ella apoyó la mejilla sobre su pecho y se sorprendió cuando le devolvió el abrazo y entrelazó los dedos detrás de su espalda. Pensó por un instante en los libros de autoayuda que decían que quizá no toleraría el contacto con un hombre durante algún tiempo, pero se sentía bien en brazos de Peter. Se sentía segura también.

—Ojalá pudiera ayudarte más —le susurró Peter al oído.

—Está bien. Sé que era algo incierto. Necesitaba algo que me permitiera avanzar con la historia, que me diera la información que no encuentro por mis propios medios. Lo único que me quedaba era el diario de Becca.

—Algunos secretos están mejor guardados —dijo Peter.

Ella se movió y lo miró a los ojos. Sus caras estaban muy cerca una de la otra. En la penumbra de la cocina de la casa de Millie, la mirada de Peter era comprometida y genuina. Olía a loción para después de afeitar. Kelsey posó los ojos en sus labios y pensó en cómo se sentiría si lo besara, si estaba segura de que podría manejar la situación, si ese era el sitio indicado para hacerlo o si debían huir de allí.

Mientras todo eso pasaba por la mente de Kelsey, Peter ladeó un poco la cabeza y su cara descendió hacia la de ella.

Kelsey parpadeó varias veces y sus ojos se agrandaron. Llevó las manos a la cara de él y sonrió:

—Dilo de nuevo.

Peter meneó la cabeza.

—¿Qué cosa?

—Lo que acabas de decir.

—¿Qué me gustaría poder ayudarte más?

—No, no, después de eso.

Peter lo pensó un instante.

—¿Que algunos secretos están mejor guardados?

—¡Sí!

Con las manos todavía sobre la cara de Peter, Kelsey dejó caer la cabeza hacia atrás y rio. Recordó cuando había estado en esa misma cocina unos días antes, cuando había conversado con Millie, bebido té dulce y había escuchado a la anciana revelar cosas sobre la noche en la que habían matado a Becca. Sobre la noche en la que su hija, Livvy Houston, había estado con Becca en el café y había hablado con ella solo unas horas antes de su muerte. Algo de esa conversación se le había quedado en la mente, algo que no había podido definir hasta que escuchó a Peter decirlo.

Contempló la linterna, que estaba apoyada sobre la mesa e iluminaba la encimera y la pared detrás de la cocina. El haz de luz había capturado una fila de libros. Kelsey reconoció uno de ellos como la carpeta de recetas secretas de Millie.

Recordó cuando Millie había estado de pie allí, preparando el té dulce.

"¿La receta está disponible para el público?", había preguntado.

"No, querida. Esta carpeta es un material confidencial. Si dejo que se sepa lo que contiene, mis fórmulas quedarían todas reveladas. Tengo ochenta y seis años. Solo me quedan mis secretos".

Kelsey se liberó de los brazos de Peter, tomó la linterna y fue directamente a buscar la carpeta. La extrajo de la fila y la apoyó sobre la encimera. Abrió la tapa, hojeó docenas de recetas plastificadas hasta que no quedaron más páginas para voltear. Y allí estaba. En el bolsillo posterior de la carpeta, había un pequeño diario personal de tapa dura. Escrito con caligrafía de muchacha joven se leía: "Becca Eckersley".

CAPÍTULO 27

Becca Eckersley
Universidad George Washington
12 de octubre de 2011
Cuatro meses antes de su muerte

Solo con el correr del tiempo se convirtió en algo maravilloso. Al principio simplemente se sintió aturdida e incrédula.

Las clases del primer año de Derecho comenzaron un día agobiante de fines de agosto, en el que la humedad flotaba en el aire y se adhería a su cara cada vez que Becca salía de los edificios refrigerados del campus. El mes de septiembre fue más compasivo, y, para cuando llegó octubre, los días sofocantes desaparecieron y ya todos comenzaron a pensar en los inviernos fríos y brutales que la ciudad de Washington conocía tan bien. Becca dedicaba entre doce y quince horas diarias a asistir a clases y a estudiar. Jack había estado de viaje, o bien en su trabajo en la oficina del senador Ward durante casi todo septiembre. Ella no pensó en contarle sobre los vómitos, porque solo ocurrían por la madrugada, y solían desaparecer cuando comenzaba su día. La primera semana pensó que se trataba de una gripe, pero cuando se aproximó el día catorce comenzó a sospechar. Sus estudios, en especial Procedimiento

Civil y Contratos, la tenían tan ocupada que no recordaba cuándo había tenido el período el mes anterior, pero era indudable que tenía un atraso.

Al volver de clases, compró una prueba de embarazo en la farmacia de la esquina. En ese momento se encontraba sentada sobre la tapa del excusado a la espera del resultado. Cuando lo tuvo frente a sus ojos, realizó una segunda prueba. Pasados esos cinco minutos adicionales, vio cómo se derrumbaban frente a ella su vida pequeña y perfecta y los diez años siguientes, planeados y dispuestos como un conjunto de fichas de dominó. Trató de comunicarse con Jack, pero saltó el contestador y dejó un mensaje desesperado en el que le pedía que le devolviera la llamada. Cinco minutos más tarde le envió un mensaje de texto; finalmente subió a su coche y se dirigió a la oficina de Jack en el centro de la ciudad.

Ella ya había estado allí antes con él y lo había acompañado en la recorrida cuando el senador Ward trataba de convencerlo para que trabajara en su campaña. Esta era su primera visita en horario de trabajo y la primera desde que Jack era un auténtico empleado de la campaña "Milt Ward presidente". El despacho oficial del senador Ward se encontraba en el edificio de oficinas Dirksen para miembros del Senado, y allí era donde Jack pasaba la mayor parte del tiempo cuando no se encontraba de viaje. Becca aparcó en el espacio reservado para empleados, a unos metros de Constitutional Avenue, y entró en las oficinas.

—Hola —le dijo a la secretaria con toda la tranquilidad que pudo. Preguntó por Jack—. Soy su... —Se detuvo un instante para encontrar la palabra justa. ¿Una amiga? ¿La novia? Daba igual, porque no era su esposa, cosa que se convertiría en un verdadero infierno cuando llegara el momento de hablar de ese asunto con sus padres—. Necesito hablar con él —aclaró por fin.

—Estaba con el senador Ward en el Capitolio esta mañana

temprano, pero permíteme ver dónde se encuentra ahora. Ah, ya estás de vuelta —dijo la secretaria por el teléfono—. Aquí hay una señorita que desea verte. —Cubrió la bocina del teléfono con la mano y miró a Becca con expresión interrogante.

—Becca… Eckersley.

—Becca Eckersley —dijo la secretaria pausadamente—. Bien. —Colgó el teléfono—. Pasa por seguridad, luego dirígete al fondo del pasillo. Gira a la izquierda y luego la segunda puerta a la derecha.

Becca sonrió y pasó por los detectores. Enseguida echó a andar por el pasillo. Antes de que hubiera podido llegar al fondo, apareció Jack con una gran sonrisa; llevaba la corbata que ella misma le había obsequiado cuando aceptó formalmente el puesto.

—¿Puedes creer que llevo puesta esta corbata la primera vez que vienes a la oficina?

Becca simuló una sonrisa.

—Te queda bien. Tenemos que hablar.

El levantó las cejas.

—De acuerdo, vayamos a mi oficina.

Giraron a la izquierda y llegaron al despacho de Jack. Sobre el escritorio se veía únicamente su computadora portátil rodeada por un semicírculo de papeles. Jack cerró la puerta y le ofreció una silla a Becca.

—¿Qué sucede?

Ella inspiró profundamente.

—Estoy embarazada.

Jack mantuvo los labios apretados y arrugó el entrecejo.

—Lo sé —dijo Becca.

—A ver —empezó Jack—. La reacción obvia es preguntar cómo pudo suceder, pero comenzaré diciendo: ¿estás segura?

—Realicé el test de embarazo dos veces.

—Pero yo ni siquiera sabía que lo sospechabas.

—Yo tampoco, hasta hoy. No me sentía bien, y, con lo

ocupada que he estado con las clases y el estudio, pensé que se trataba de una gripe.

—Muy bien —dijo Jack sentado detrás del escritorio. Unos segundos después agregó—: Ay, Dios. No perdamos la cabeza.

—Pero ese es el problema: ¡son muchas las razones para perder la cabeza! Estoy en el primer año de Derecho. Eso, para comenzar. O sea, ¿cómo se puede terminar la carrera con un bebé? Y luego están mis padres. ¡Ay, puta madre, Jack! ¡No puedo imaginarme contándoselo a mi padre! Y, para terminar, quedamos tú y yo, y lo que significa esto para ambos, para cada uno y para nuestro futuro. —Becca estaba al borde del llanto.

—Tranquila —dijo Jack—. Sí, hay mucho en que pensar. Aun si estuviéramos casados y no estuvieras estudiando, habría mucho en que pensar. Antes que nada, si hacemos la cuenta, ¿cuándo nacería? ¿En verano?

Becca asintió. Ya lo había calculado.

—No estoy muy segura, pero probablemente en mayo o junio.

—O sea que no afectaría tu primer año de estudios, excepto por lo obvio. Pero estarías en condiciones de terminar el año. Luego podríamos contratar a alguien para que nos ayude o podríamos pensar en tomarnos un año libre; si hablamos con las personas indicadas, un año libre es una posibilidad. Estoy seguro de que Milt conoce a alguien.

Becca miraba por la ventana mientras Jack hablaba. Había querido hablar con él por muchas razones, pero la más importante era que siempre la tranquilizaba cuando estaba frente a algo que la abrumaba. Hasta el momento todo lo que Jack había dicho era cierto, y por primera vez esa mañana pensó que de todas maneras algún día podría llegar a ser abogada.

—En segundo lugar —continuó Jack—. Estaré a tu lado cuando hables con tus padres, así que esperaremos juntos ese momento. Por último, esto a nosotros no nos perjudica en absoluto. Al menos, desde mi punto de vista.

Ella sabía que lo amaba, lo supo el verano anterior cuando se declararon su amor por primera vez, y lo confirmó a lo largo del último año cuando su relación se hizo más profunda. Se sintió segura de sus sentimientos cuando viajaron a Yellowstone luego de saltearse la ceremonia de graduación y pasaron juntos esa semana bajo el cielo azul de Wyoming. Pero, ese día, en ese momento, Becca lo amó todavía más por ser tan hombre y por no pensar nunca en otra cosa que no fuera atravesar juntos esa situación.

—Eso sí, tenemos otro problema —dijo Jack.

—¿Cuál? —preguntó Becca.

—Tenemos que encontrar la forma de casarnos y que sea lo más rápido posible.

CAPÍTULO 28

Kelsey Castle
Summit Lake
15 de marzo de 2012
Día 11

EL SOL ERA UNA BOLA anaranjada justo por encima del horizonte, cuyos bordes se veían afilados en una hora tan temprana; el reflejo se desparramaba como mermelada sobre Summit Lake. La luz asomaba entre las cortinas de la ventana de la sala de Peter y caía suavemente sobre la cara de Kelsey. Ella trató de abrir los ojos, pero la luz era demasiado intensa. Sentía dolor en el cuello por la posición incómoda en la que estaba y, cuando se incorporó, se dio cuenta de en dónde se encontraba. Peter dormía a su lado, con el brazo flexionado detrás de la nuca de Kelsey y la pierna apoyada sobre la mesa de café.

La noche anterior, tras encontrar el diario de Becca dentro de la carpeta de recetas de Millie, habían regresado a casa de Peter. Juntos lo habían leído de la primera página a la última y se habían enterado de los nombres de los amigos de Becca y de la dinámica de sus relaciones. Becca estaba enamorada de Jack y Kelsey sospechaba que había un problema en su relación con el mejor amigo de Jack, Brad. Kelsey leyó la pulcra letra cursiva durante tres horas; tomó apuntes y fue armando los detalles en su mente hasta que se le cerraron los ojos y el diario cayó sobre su pecho. Peter estaba sentado a su lado y ambos se quedaron dormidos.

De mañana ya, con el resplandor del sol en los ojos, Kelsey se incorporó. Había estado durmiendo con la cabeza sobre el pecho de Peter; ambos estaban tendidos en el sofá de la sala. Sin prestar atención al dolor de cuello, miró a su alrededor.

—Disculpa. —Se frotó la cara—. Me quedé dormida.

—Yo también —dijo Peter con voz seca y áspera—. ¡Ay! —se quejó mientras quitaba la pierna de la mesa de café.

Kelsey se puso de pie y se pasó una mano por el pelo.

—¿Qué hora es?

Peter miró su reloj.

—Apenas pasadas las seis.

—Debo de haber caído desmayada anoche.

—Yo también. Suele suceder después de una inyección de adrenalina como la que tuvimos.

—¿Puedo... puedo pasar al baño?

—Por supuesto —respondió Peter. Señaló la puerta que estaba al final del pasillo—. Hay un paquete de cepillos de dientes en la primera gaveta, puedes tomar uno.

—Gracias. —Kelsey se dirigió al baño y cerró la puerta—. ¡Santo Dios! —exclamó cuando vio su imagen en el espejo. El lado izquierdo de su cabeza era un nido de pelo enmarañado y su mejilla estaba cubierta por un mapa rojo de arrugas, con una marcada depresión donde había estado el botón del bolsillo de la camisa de Peter.

Se lavó la cara, se cepilló los dientes y se pasó un peine por el pelo. Su mente jugaba al juego de tirar la cuerda en direcciones opuestas: una parte deseaba recordar el casi beso que había compartido con Peter; la otra, más analítica, quería regresar al diario de Becca y estudiar el elenco de personajes que figuraban en él.

Salió del baño tras unos minutos, con aspecto más pulcro. Llevaba el pelo atado en una coleta y en la boca sentía el sabor mentolado de la pasta de dientes. Peter se dirigió al baño, y ambos sonrieron, algo incómodos, cuando intercambiaron lugares. Peter cerró la puerta; Kelsey meneó la cabeza.

—¿Qué estoy haciendo, por Dios? —se preguntó.

Peter asomó la cabeza por la puerta del baño.

—¿Cómo dices?

Ella le hizo un ademán con la mano para que regresara dentro.

—Nada.

Se dirigió al sofá y hojeó el diario de Becca. Instantes más tarde, Peter salió del baño, también con aspecto más presentable.

—¿Quieres ir a desayunar? —preguntó.

—Sí, claro. —Kelsey sonrió.

Fuera, el cielo absorbía como una esponja los colores del amanecer. Los brotes de los árboles parecían haberse convertido en hojas durante la noche. El aire estaba limpio y fresco y la temperatura comenzaba a ascender a medida que se elevaba el sol. La mañana olía a hogares de leña y pinos. La primavera había llegado a Summit Lake.

Caminaron por la calle Maple y giraron por la avenida Nokomis, donde encontraron un sitio para desayunar. Pidieron crepas y huevos. La incomodidad de haberse despertado uno junto al otro se disipó rápidamente mientras tomaban café y recordaban la aventura de la noche anterior.

—Me quedé dormido en la parte en que Becca iba a pasar la Navidad a su casa con Jack.

—Lo terminé —dijo Kelsey.

—¿Y?

—Becca era una chica interesante, no hay dudas. Queda claro que estaba enamorada de Jack y ahora sabemos que se casó con él tras descubrir que estaba embarazada. Pero había otros hombres en su vida.

—Brad, cierto. ¿Un amigo de la universidad?

—Sí, y leyendo entre líneas imagino que tal vez Brad imaginaba que su relación con Becca era más que platónica. Pero eso no es todo. También mencionaba a otros hombres. Un profesor con el que tuvo una relación en secreto.

—¿Se acostaba con él?

—No, por lo menos no dice eso en el diario. Pero lo menciona muchas veces, así que es un candidato que vale la pena rastrear. Y también hay un ex novio por allí. Un chico del bachillerato que estaba en Harvard e iba a menudo a la Universidad George Washington. También me gustaría hablar con él.

—¿Y el esposo, Jack? ¿No deberías hablar con él primero?

—Hablar con él, sí, sin duda. Pero no antes que con los otros. Quiero averiguar quiénes eran estos otros hombres y ver si pueden aportar información sobre Becca y la relación que tenían con ella. Luego quiero ver qué saben de Jack. Una vez que tenga todo eso, pasaré a hacerle una visita.

—¿No crees que la policía ya se habrá puesto en contacto con todos ellos?

—No sé cuánta información tiene la policía. Según el comandante Ferguson, los investigadores estatales insisten en la teoría de que fue un asalto que salió mal.

—Pero esa teoría tiene que estar construida sobre alguna base. Alguna prueba que hayan encontrado.

—El bolso de Becca había desaparecido. Nada más. Por lo menos, eso es todo lo que sabe el comandante Ferguson sobre el motivo por el que insisten en que fue un asalto.

—¿Y tú no les crees?

—De ninguna manera. Con ayuda del comandante Ferguson, deduzco que la persona que mató a Becca no solo la conocía, sino que tal vez tenía una estrecha relación con ella.

—¿Alguien que estaba enamorado de ella?

—Es posible. Pero lo primero que voy a hacer es buscar a estos sujetos y hablar con ellos. Tengo que darme prisa.

—¿Por dónde comenzamos, entonces? Quiero ayudarte.

—¿Estás seguro?

—Segurísimo. Con lo que necesites.

—La visita que me hizo el detective Madison la otra noche me ha dejado con la impresión de que no tenemos mucho tiempo. Lo primero que debemos hacer es identificar a las personas que Becca menciona en el diario. Releí la información de anoche y no encuentro un solo apellido de ninguno de sus amigos. Así que comencemos por allí. —Kelsey buscó sus notas—. Jack vive en Green Bay, Brad en Maryland. O al menos son oriundos de esos sitios. Quién sabe dónde estarán ahora. Entiendo que la compañera de apartamento, Gail, vive en Florida, pero estudia en Stanford.

Kelsey tomó una servilleta y escribió con letras mayúsculas: JACK Y GAIL. Deslizó la servilleta por encima de la mesa.

—Si quieres ayudar —dijo, mirando a Peter a los ojos— y no te inquietan los problemas en los que podemos habernos metido por entrar en el edificio del condado, entonces, te pediría que averigües quién es Gail y la llames. Averigua qué sabe sobre Becca y Jack. Consígueme el apellido de Jack y cualquier información que Gail esté dispuesta a darte. Si te resulta fácil conversar con ella, si estableces una buena relación, cuéntale mi teoría sobre lo que pudo haber pasado entre Becca y Jack y fíjate cómo reacciona.

Peter puso la mano sobre la servilleta y comenzó a acercarla hacia él. Kelsey cubrió la mano de él con la suya y detuvo el avance de la servilleta.

—Peter, si te preocupa meterte en un lío por esto, entonces, ahora es el momento de dejarlo. Estoy segura de que puedes escudarte tras algún tipo de inmunidad médica por haber mirado esa autopsia y haber entrado en el edificio. En este preciso momento, seguramente tienes menos problemas que yo. Si quieres dejar las cosas como están, lo entiendo.

Peter le sostuvo la mirada y liberó su mano y la servilleta de los dedos de Kelsey.

—Buscaré a la compañera de Becca y hablaré con ella. Te haré saber lo que averigüe.

—Gracias.

—De nada. ¿Y cuál es tu plan? ¿Localizar a los otros hombres de su vida?

—Exacto.

—Pues comencemos —dijo Peter—. Tenemos trabajo que hacer.

CAPÍTULO 29

Becca Eckersley
Universidad George Washington
21 de diciembre de 2011
Dos meses antes de su muerte

El plan era esperar hasta el segundo trimestre para hablar con los padres de ambos, con la excusa de asegurarse de que el embarazo no tuviera ninguna complicación y que el bebé estuviera sano. En verdad, eso les daba un poco de tiempo para acomodarse. Tendrían dos meses para resolver varias cosas y preparar el terreno para que todo eso no pareciera una locura. Si las cosas marchaban según su endeble estrategia, Jack y Becca se sentarían a la mesa del Día de Acción de Gracias en Greensboro y les comunicarían a los Eckersley que serían abuelos.

Jack se esforzaba mucho para mantener la calma, pero Becca dudaba de su constante optimismo sobre que, una vez que se asentara la polvareda que levantaría la noticia, todo saldría bien con sus padres y ellos se sentirían felices. Ella visualizaba la escena en el momento de arrojar la bomba y, por mucho que lo intentara, le resultaba difícil ver a su padre emocionado ante la realidad de tener una hija de veintidós años, embarazada y soltera. Su padre era un hombre poderoso en Carolina del Norte. Era influyente y prestigioso. Tenía intenciones de transferirles el bufete al hermano de Becca y a otros socios para iniciar su carrera judicial. Ella sabía que una transición de esa magnitud requería de antecedentes impecables. No solo de su padre, sino de toda la familia. Una hija embarazada, soltera, que abandona los estudios de Derecho no iba a ayudar a que su padre lograra el nombramiento.

Ese último pensamiento los condujo a presentarse en el juzgado de Washington. Becca tenía claro que organizar una boda formal, en su situación, sería algo imposible. Por ese motivo, contrajeron matrimonio ante un juez de paz en una ceremonia íntima. No fue como lo habían planeado ni como habrían imaginado el curso de su vida. Pero si algo habían aprendido Jack y ella el año anterior era que el camino de la existencia tenía muchos desvíos y que, en ocasiones, un recorrido más largo termina transformándose en un atajo.

Una vez que el juez los hubo declarado marido y mujer, se besaron y se sentaron detrás de un escritorio en la oficina de procesamiento para llenar formularios. Se les informó que debían completar el trámite de su certificado de matrimonio y les entregaron una copia con las instrucciones correspondientes.

Pasaron una sola noche en el hotel Four Seasons de Washington, donde celebraron con una cena costosa y una buena botella de vino de la que Becca robó pequeños tragos. El sábado fue tranquilo para los dos en el apartamento de Becca; el domingo Jack tomaría un vuelo a Nueva York y ella comenzaría a estudiar para un examen. Habían iniciado el fin de semana como novios y lo finalizaron como marido y mujer.

En las semanas siguientes se acostumbraron a la rutina de ser una pareja casada en secreto con un bebé en camino de cuya existencia nadie estaba enterado. Y cuando finalmente llegó el Día de Acción de Gracias, fecha acordada para hablar con los padres de Becca, los invadió el desasosiego. Ninguno de los dos pudo encontrar la manera de abordar el tema, por lo que las dos noches en casa de los Eckersley en Greensboro transcurrieron entre ansiedades y susurros. Regresaron a Washington el sábado siguiente a la cena de Acción de Gracias. Jack tenía su agenda completa hasta Navidad y luego una semana libre, que coincidía en parte con el receso de Becca. Planeaban viajar a Green Bay para que ella conociera a los padres de él. La presentación de Becca como su esposa y el anuncio a sus padres de que pronto serían abuelos le aseguraban a Jack que esa sería una Navidad inolvidable.

Becca completó su semana con exámenes finales de Procedimiento Civil y Contratos y se sintió inmensamente aliviada. Envió un mensaje de texto a Jack en cuanto estuvo libre.

¡Acabo de terminar! Celebraré por mi cuenta en O'Reilly's. Brindaré por ti.

Era media tarde y O'Reilly's estaba bastante lleno de estudiantes de Derecho y gente de negocios que terminaban la semana y también el semestre. Jack estaba de viaje con el senador Ward y no regresaría hasta la Nochebuena, para la que faltaban dos días.

El médico había completado los cálculos y había determinado que el bebé había sido concebido a principios del año lectivo, a finales del verano, cuando estuvieron juntos y se olvidaron del mundo. La fecha probable de parto se estableció oficialmente para el 18 de mayo, dos semanas después de los finales. No era lo ideal, pero podría haber sido peor, más aún si el nacimiento se adelantaba y le impedía presentarse a los exámenes. No obstante, Becca se sentía optimista de que el bebé nacería en una ventana estrecha de tiempo que le permitiría finalizar sus cursos y organizarse como para poder retomar los estudios en el otoño. Evaluaron las opciones de tomarse un año libre y retomar más adelante en horario completo o cambiar a media jornada y graduarse más tarde de lo esperado. En cualquier caso, con cuatro meses de embarazo, Becca tenía opciones.

Al observarse detenidamente frente al espejo del baño, vio que su vientre no delataba la presencia de un bebé en su interior, ni siquiera de perfil. De momento, mantuvo el secreto para sí. Con excepción de unos pocos compañeros de estudio, Becca no se había hecho amigos cercanos durante el primer semestre de clases, y con Gail en el otro extremo del país, no temía que nadie descubriera su secreto antes de que ella decidiera revelarlo.

En O'Reilly's pidió una ensalada y una Sprite; sentía que sus hombros se habían liberado del peso del semestre. Contaba con dos semanas para relajarse. Sacó el iPhone del bolso y revisó los emails con la ilusión de ver alguno de Gail. Habían prometido escribirse cuando terminaran sus exámenes. Cuando se disponía a abrir la bandeja de entrada, alguien arrastró una banqueta hasta la mesa y se sentó con ella.

Becca levantó la mirada, sorprendida primero y luego feliz de ver a su viejo amigo Thom Jorgensen, su antiguo profesor de lógica, que había dejado la Universidad George Washington por un trabajo en Cornell.

—¡Thom! ¿Qué haces aquí?

—Hola, Becca Eckersley —dijo él.

—¡Pero, mírate! —Becca se pasó la mano por la cara—. Te has convertido en un miembro de la Ivy League. Me sorprende que permitan a los profesores llevar barba. Pensé que era solo para los estudiantes.

Thom Jorgensen sonrió.

—De hecho, nos alientan a dejárnosla crecer. ¿Qué opinas? Becca frunció los labios.

—Muy guapo. ¿Qué tal el trabajo nuevo?

—Bien, podría ser mejor.

—¿Mejor? ¿No te contentas con estar en la cima de la cadena alimentaria?

—No, no. El trabajo es increíble, la universidad es de primera y nunca había formado parte de una institución de tanta excelencia.

Becca entornó los ojos.

—Entonces, ¿cuál es el problema?

Thom se encogió de hombros.

—Todavía no entiendo por qué rechazaste ingresar en Cornell.

Ella se quedó muda durante unos segundos.

—¿Cómo supiste que lo rechacé?

—Becca, moví muchos hilos para que te aceptaran en el programa de Derecho. Me jugué el pellejo como nunca antes lo había hecho y en una posición en la que todavía no piso fuerte. Les dije a todas las personas con poder de decisión que tú serías una excelente incorporación. Y me devuelves el favor diciendo que no.

—Thom, no sabía que habías hecho todo eso por mí. La UGW fue la primera en aceptarme y es la universidad a la que asistió mi padre. Nunca consideré ir a otro lugar, a menos que la UGW me rechazara.

—¿Qué quedó de lo que hablamos sobre poder pasar más tiempo juntos finalmente?

—Bueno —dijo Becca—, creo que habríamos estado en la misma situación si yo hubiera sido estudiante en la universidad donde trabajas.

—Pero ¿por qué no he tenido noticias tuyas?

—Estuve ocupada con mis estudios y, además, vivimos a cientos de kilómetros de distancia.

—Comprendo: soy el idiota que malinterpretó nuestra amistad.

—No, no fue una mala interpretación. Por mera logística, se hace difícil juntarnos a tomar un café si vivimos en distintos estados.

—Me habría gustado que consideraras Cornell más en serio. Es una gran oportunidad y estaríamos más cerca.

Becca miró a su antiguo profesor; se sentía confundida y triste por él. Antes de que ella pudiera responder, entró una mujer y se encaminó directamente hacia ellos.

—¡Eres un hijo de puta!

Thom Jorgensen levantó la mirada y luego cerró los ojos.

—Por Dios, Elaine, ¿qué haces?

—¿Qué hago? No, ya no tienes derecho a preguntarme. —Se dirigió a Becca—. ¿Cuántos años tienes?

Becca levantó las palmas de las manos.

—¿Quién es usted?

—Ay, perdona, soy Elaine Jorgensen, la esposa de Thom.

Becca miró a Thom.

—¡¿Qué demonios…?!

—Elaine —dijo Thom—, vayamos afuera.

—Claro, ahora que te he descubierto, por fin quieres hablar.

—Escuche —dijo Becca—. Nunca me dijo que estuviera casado y no hay nada entre nosotros. Hace un año que no lo veo, desde que se marchó de aquí.

—Pero ahora te encuentras cómodamente almorzando con mi esposo.

—No, estaba almorzando sola y su esposo me interrumpió.

—Thom —dijo Elaine—. Levántate. Nos vamos.

El profesor Jorgensen se puso de pie como un perro que obedece la orden del amo.

Elaine miró a Becca y la señaló con el dedo directo a la cara.

—No te acerques a mi esposo.

Tomó a Thom por el brazo y lo empujó por la puerta.

Becca tragó saliva y, sin mover la cabeza, miró a su alrededor y vio que todos la miraban. Poco a poco, la gente volvió a concentrarse en comer y beber.

—¡Mierda, Eckersley! Tú sí que sabes montar una escena.

Becca miró por encima de su hombro y vio a Richard Walker, su novio del bachillerato, de pie junto a ella.

—¿Primero un campesino del interior y ahora un baboso que engaña a su mujer?

Seguía alterada y le temblaban las manos, pero Becca se puso de pie con rapidez y abrazó a Richard. Lo había visto por última vez un año atrás, cuando ella y Jack pasaron Navidad juntos en Summit Lake.

—Yo también me alegro de verte —dijo Richard, abrazándola con fuerza—. ¿Qué sucede?

Becca meneó la cabeza y retiró los brazos de los hombros de él.

—Ay, solo estoy un poco alterada, nada más.

—¿Por el profesor Bolas Tristes? —Richard señaló la puerta—. ¿Qué le pasa? ¿Necesitas que le dé un puñetazo?

—Es un antiguo profesor mío que era un poco demandante. Nunca supe que estaba casado y ahora... —Becca meneó nuevamente la cabeza—. Su mujer está convencida de que tenemos una relación.

Richard frunció la cara en una mueca.

—¡Tu universidad se ha desbarrancado! ¡Primero, ignorantes de Wisconsin, y ahora, profesores acosadores? —Richard ladeó la cabeza—. ¿O sea que no te acuestas con él?

Becca le dio una palmada en el hombro.

—No, todo esto es muy incómodo. Acompáñame mientras almuerzo. ¿Qué estás haciendo por aquí?

—Terminé con los finales. Me voy a casa dos semanas. Tú también, ¿no es así?

—Mañana, sí.

Se sentaron.

—Hace un tiempo que no nos vemos —dijo Richard.

—Sí, mucho tiempo.

Se hizo un silencio.

—¿Te sigues viendo con ese tipo?

Becca asintió de nuevo.

—Qué mal.

—Ya basta.

—¿Va en serio?

—Sí.

Richard permaneció mirándola durante un minuto.

—¿En serio, como quien dice "Contigo hasta el fin del mundo"?

Becca lo miró directo a los ojos.

—Sí, Richard, con él hasta el fin del mundo.

Richard respiró hondo.

—Tendría que haberme esforzado más —dijo.

—¿De qué hablas?

—Para recuperarte; te visité un par de veces durante el primer año, pero en aquel entonces era demasiado tonto como para darme cuenta de lo que me perdía. Debería haberme esforzado más. Tal vez, tú y yo estaríamos celebrando juntos ahora el final de los exámenes.

Ella movió el índice en un gesto que los abarcaba a ambos.

—Lo estamos haciendo.

—Solo por casualidad.

Becca sonrió.

—Lo que necesito ahora es un amigo. No quiero sermones ni llanto.

—¡Guau! —dijo Richard—. Serás una excelente abogada: careces de toda sensibilidad.

Ella le tocó la mano para disculparse.

—De acuerdo —dijo él—. Amigos, entonces. Cuéntame lo horrible que fue tu primer semestre.

CAPÍTULO 30

Kelsey Castle
Summit Lake
15 de marzo de 2012
Día 11

Tras abandonar el restaurante, Kelsey y Peter partieron en direcciones opuestas. Peter regresó a su casa para comenzar a investigar a la compañera de apartamento de Becca, mientras que Kelsey se dirigió al Winchester con la esperanza de ducharse y vestirse con ropa limpia antes de dar inicio al siguiente tramo del recorrido Eckersley. Con el bolso colgado del hombro y el diario de Becca a salvo en su interior, Kelsey caminó bordeando el lago hasta que llegó a la avenida Tahoma, donde giró al oeste hacia la calle Maple y la entrada del Hotel Winchester. Tras recorrer unos cincuenta metros, se detuvo. Más adelante, en la entrada circular del hotel, se veían tres coches de la policía estatal con las luces rojas y azules encendidas. Un oficial estaba delante de la puerta, hablando por la radio que llevaba adosada al hombro; ocasionalmente, miraba hacia las ventanas de los pisos más altos.

Kelsey se detuvo en la entrada de una galería de arte e inspiró hondo. Espió hacia fuera y luego se recordó que ocultarse en las sombras despertaba más sospechas que caminar por la calle. Recuperó la compostura, salió de la entrada de la galería y echó a andar en dirección contraria al hotel, hacia el lago y hacia el sur por la calle Shore. Con el corazón al galope, mantuvo la mirada fija en la torre de la iglesia de San Patricio mientras caminaba. Pasó la hilera de casas sobre pilotes. Cuando llegó a la avenida Tomahawk, giró a la derecha y caminó hasta la esquina de Maple. Enfrente estaba el Café de Millie. Pasaron algunos vehículos antes de que pudiera cruzar. Miró a la derecha y vio los coches policiales delante del Winchester. Abrió la puerta y divisó a Rae detrás del mostrador. De inmediato, al ver la mirada rápida y el leve movimiento de cabeza que le hizo Rae, se dio cuenta de que algo no estaba bien. Antes de que pudiera retroceder por la puerta, sin embargo, el detective Madison apareció desde la parte posterior del café.

—Pensándolo bien, detective… —dijo Rae, justo cuando él emergió del pasillo donde estaban ubicados los lavabos. Fue suficiente para distraer su atención de la puerta principal donde estaba Kelsey—. Creo que sé de quién habla. ¿Una chica de cabello castaño? Muy bonita. ¿Con ojos color caramelo, puede ser? ¿Que escribe para una revista?

—Sí, es ella —dijo Madison; apoyó los codos sobre la barra y quedó de espaldas a la puerta del café—. ¿La ha visto por aquí?

—Sí —respondió Rae, y se pasó una mano por el pelo—. Vino un par de veces a tomar café.

—¿Ha venido hace poco?

—Hace un par de días. Permítame convidarlo con un café. Cortesía de la casa.

—Se lo agradezco.

El detective Madison extrajo el móvil del bolsillo de su chaqueta y revisó su correo electrónico. Mientras él tenía los ojos fijos en el teléfono, Rae miró a Kelsey e hizo una señal con el pulgar para indicarle que se dirigiera al piso superior.

—Aquí tiene, detective.

—Gracias. ¿Habló usted con ella cuando estuvo aquí?

Kelsey retrocedió despacio, dio media vuelta y salió por la puerta justo cuando una pareja entraba en el café. Una vez fuera, reconoció el coche sin identificación que estaba aparcado en la esquina. Se dirigió rápidamente al callejón detrás del café y giró en el instante en que un coche patrulla salía desde Maple y avanzaba lentamente por Tomahawk.

—¿Qué demonios…? —murmuró Kelsey. Miró hacia el callejón y la escalera que llevaba al apartamento de Rae. Subió los escalones de dos en dos, giró la manija y entró en el apartamento segundos antes de que el coche patrulla doblara la esquina y comenzara a avanzar lentamente por la calle.

Apoyó el bolso sobre la mesa de la cocina y se dejó caer en un sillón. No podía regresar al hotel; seguramente habrían requisado su coche de alquiler y estaba segura de que la casa de Peter estaría infestada de policías a esas alturas. Buscó el móvil y lo llamó; cortó al ver que la llamada pasaba a buzón de voz. Le envió un mensaje de texto advirtiéndole que la policía estaba fuera de su hotel, que Madison la estaba buscando y que seguramente los detectives estatales le harían una visita muy pronto. Luego se sentó a la mesa de la cocina de Rae, extrajo su MacBook del bolso y comenzó a escribir. La policía no quería que se conociera la historia de Becca Eckersley, de eso no quedaban dudas. O, por lo menos, no querían que una reportera la contara.

Kelsey se imaginó en el teléfono de la comisaría, pidiéndole a Penn el dinero para la fianza que él había asegurado que no le daría. No estaba segura de si lograría salir de Summit Lake, pero todo lo que sabía sobre Becca llegaría a la revista, costara lo que costase. En una hora, escribió dos mil palabras para su artículo. Sin contar las frases y los párrafos cortos que había garabateado en su libreta en los últimos diez días, las páginas que redactó en el apartamento de Rae eran las primeras que escribía sobre el caso Eckersley. La escritura carecía de todo estilo; el texto consistía, en gran parte, en viñetas. Comenzó con el asesinato en sí, repasando la información que había recabado del comandante Ferguson y de los registros médicos; luego cubrió detalles del pasado de Becca y sus años en la Universidad George Washington. Se lanzó hacia el futuro, decidida a que quedara por escrito que Becca muy probablemente había contraído matrimonio y estaba, sin duda, embarazada en el momento de su muerte. Incluyó todos los detalles que recordaba de la autopsia y el informe toxicológico; luego anotó los nombres de los amigos de Becca de la universidad y también los de los otros hombres que orbitaban a su alrededor.

Sus esfuerzos produjeron diez páginas de información desordenada, pero al menos era un comienzo y algo con lo que Penn podría proseguir si ella no lograba continuar con la historia. Adjuntó el texto a un correo electrónico y se lo envió a Penn justo cuando oyó el ruido de pasos en la escalera exterior.

Rae abrió la puerta y la cerró de inmediato. Corrió las cortinas y espió hacia la calle para asegurarse de que nadie la hubiera seguido. Luego se volvió hacia Kelsey:

—¡Madre mía, amiga! Parece que has removido el avispero equivocado.

CAPÍTULO 31

Becca Eckersley
Universidad George Washington
31 de diciembre de 2011
Un mes antes de su muerte

BECCA Y JACK REGRESARON DE Green Bay el día después de Navidad. Su estancia allí transcurrió sin que revelaran su gran secreto, como habían planeado. Jack presentó a Becca como su novia, no su esposa, y el embarazo permaneció oculto. El asunto del casamiento y del bebé a pocos meses de nacer había derivado en un ocultamiento tan grande que cada día se tornaba más difícil revelarlo. A Becca la ponía nerviosa tener que dar detalles tan íntimos a los padres de Jack la primera vez que los conocía, sin siquiera haber hablado antes con su madre. La Navidad llegó, pasó, y ambas familias continuaban sin saber la verdad.

Había pasado más de una semana desde su encuentro con Thom Jorgensen y Becca sentía tal mezcla de emociones que no se atrevió a compartirlo con Jack. Tampoco incluyó en el relato de su festejo en O'Reilly's la hora entera que Richard Walker había dedicado a reconfortarla. Decidió quitar a Thom y a Richard de su cabeza para pasar cinco días tranquilos con Jack en Summit Lake antes de que él retomara sus viajes después de Año Nuevo. Las primarias se iniciaban con la asamblea de Iowa en enero, y podían ser intensas y prolongarse hasta el verano, si bien ya se sabía que Milt Ward no tendría que pelear demasiado para ser elegido candidato presidencial una vez que hubiera pasado el Supermartes de marzo, que era el día en el que se celebraban las elecciones primarias en más cantidad de estados. Incluso después de que finalizaran las primarias, Jack tendría que continuar de gira durante más de un mes. Era necesario visitar todos los estados, aun aquellos que no estaban en juego, concurrir a los mítines y pronunciar discursos. Jack contaría ocasionalmente con una o dos noches libres, pero pasar una semana entera juntos sería imposible por algún tiempo.

Los padres de Becca le entregaron a su hija las llaves de la casa del lago antes de partir hacia Venice, en el estado de Florida, por una semana. El señor y la señora Eckersley tenían la intención de esquiar en Summit Lake después de Año Nuevo, pero tuvieron que cambiar de planes a causa de un cliente de Florida que necesitaba atención inmediata.

Los días en Summit Lake, desde la Navidad hasta el Año Nuevo, transcurrieron en calma para Becca. Ella y Jack solo salían para cenar o ir al cine y regresaban con prisa a la casa; encendían el fuego y se deslizaban bajo las gruesas mantas de algodón del sofá. Había caído una fuerte nevada en Navidad y las aceras y las calles estaban sucias con sal y aguanieve. Las montañas se mostraban tentadoras por la gran cantidad de nieve en polvo que había sobre caído sobre ellas, y Becca hablaba a Jack sobre las bondades de esquiar allí. Como ella no estaba en condiciones de hacerlo, se contentaba con dejar de lado los libros durante un par de semanas, feliz de permanecer sentada y relajada mientras Jack escribía en la computadora y le pedía que revisara sus trabajos. En la víspera de Año Nuevo, almorzaron tarde en el pueblo y evitaron las aglomeraciones. Alquilaron tres películas y pasaron la noche en el sofá junto al fuego. Cinco minutos antes de que dieran las doce, encendieron el televisor para mirar la cuenta regresiva en Times Square y vieron cómo miles de personas se congelaban en las calles de Nueva York. Jack estaba tendido de lado sobre el sofá y Becca, de espaldas, con la cabeza bajo el brazo izquierdo de él. Jack la besó mientras de fondo se escuchaba la canción Auld Lang Syne.

—Quiero que sepas que, aunque nada de esto estaba en nuestros planes, para mí solamente hemos adelantado el futuro —dijo Jack—. Planeaba casarme contigo algún día y también pensábamos tener hijos en algún momento. Solo sucede antes de lo esperado. No me arrepiento de nada, me emociona saber que este año seremos padres y estoy orgulloso de ser tu esposo.

—Ay, Jack —dijo Becca con lágrimas en los ojos—. Tú sí que sabes cómo hacer que una chica embarazada se sienta especial.

—Te amo —dijo él.

—Lo sé. Y voy a echarte terriblemente de menos cuando te vayas.

—Solo será hasta mediados de febrero y, mientras tanto, regresaré esporádicamente. Por una o dos noches, pero estaré en casa.

—Dime la verdad, ¿de acuerdo?

—Sí, claro.

—¿Piensas que un bebé podría perjudicar tu carrera?

—¿De qué manera podría nuestro bebé perjudicar mi carrera?

—Tu jefe será candidato a presidente y te necesitará a su lado. ¿Y si sucede de verdad? ¿Y si Milt Ward triunfa en las elecciones dentro de un año? Ambos hemos escuchado las historias de terror de los que trabajan para el presidente. La cantidad de horas que trabajan hace que los abogados recién egresados que consiguen empleo en los bufetes de Nueva York parezcan vagos.

—De acuerdo, sí, trabajaré muchas horas. Si necesito tiempo libre, lo pediré.

—Vamos, Jack. Todo el mundo querrá pasar más tiempo con su familia, pero tú tendrás un niño pequeño y trabajarás veinte horas diarias.

—No creo que vaya a ser tan grave.

—Aun así, ¿cómo harás? Tendrás que ver al bebé, y yo necesitaré ayuda. No puedo hacer todo sola.

—Te ayudaré.

—¿Pero no te causará complicaciones en el trabajo?

—Puede ser. No lo sé aún. Pero pienso ver a mi hijo.

—A eso me refiero. ¿Y si por tomarte tiempo para tu familia pierdes tu puesto en el equipo de Milt?

—Él no es así. Milt es un hombre de familia, lo entenderá.

—¿Y si no lo hace?

—Algo se me ocurrirá.

Becca respiró hondo.

—Sé que este trabajo es tu sueño. No quiero ser yo quien te lo estropee.

—No estropearás nada. Tú eres parte de mi sueño. Ahora escúchame bien: comienza un nuevo año y tenemos muchísimas cosas lindas en el horizonte.

La besó. Miraron la fiesta de Nueva York durante unos minutos más y luego volvieron a su película. Se durmieron juntos sobre el sofá. Comenzaba un año nuevo.

CAPÍTULO 32

Kelsey Castle
Summit Lake
15 de marzo de 2012
Día 11

—El pueblo está infestado de policías estatales —dijo Rae, y cruzó la cocina. Se dirigió a una ventana del apartamento y miró abajo hacia la calle Maple—. O sea, están por todas partes. Hay otro coche aparcado en la acera de enfrente.

—¿Todo esto es por mí? —preguntó Kelsey.

—Y por tu amigo el médico.

—¿Qué te dijo el detective Madison en el café?

—No mucho. Le pregunté por qué te buscaba y me dijo que era un asunto policial. Quería saber si conocía al doctor Ambrose.

—¿Qué le dijiste?

—Que no, porque en realidad no lo conozco, solo he oído hablar de él. Así que no le he mentido a la policía, ¿verdad? —Rae se quedó pensando un momento—. ¿Dónde está tu coche?

—En el Winchester.

—Seguramente lo habrán encontrado ya, así que saben

que sigues aquí. No te puedes ir a pie de la montaña. Y en este pueblo no hay muchos sitios donde esconderse.

Kelsey abrió las palmas de las manos.

—Estoy escribiendo un artículo para una revista, ¿qué demonios les pasa? —Kelsey fue hasta la ventana donde estaba Rae y juntas observaron desde detrás de las cortinas la actividad en la calle. Los policías uniformados recorrían la calle Maple, entrando y saliendo de los comercios—. Ojalá se hubieran tomado este mismo trabajo cuando mataron a Becca. Tal vez ya habrían descubierto algo, a estas alturas.

—A propósito, ¿encontraste el diario?

Kelsey había olvidado que tenía el diario en el bolso. Asintió.

—En la carpeta de recetas de Millie.

—Es lógico. ¿Leíste algo?

—Sí, lo leí todo. Anoche, antes de quedarme dormida.

—¿Dónde? Anoche, tras dejar a Millie en su casa y quedarme a tomar té dulce en la cocina para asegurarme de que no hubieras dejado un desorden que ameritara que ella llamara a la policía, fui al Winchester, pero no respondías.

—Ah, no, fui a casa de Peter y... pasé la noche allí.

—¿En serio?

—Me quedé dormida sobre el sofá.

—¿Algo más?

—¿Tengo a la policía buscándome en cada esquina del pueblo y tú te interesas por mi vida amorosa?

—Me intereso por la vida amorosa de todo el mundo. No podrías creer lo que me cuenta la gente cuando se toma un café.

Kelsey la miró y meneó la cabeza.

—De momento, me interesa que ninguno de ustedes dos vaya a parar a la cárcel. —Kelsey le dio la espalda a Rae para volver a mirar por la ventana del frente—. Tengo que averiguar si se encuentra bien.

—Llámalo.

—No responde. —Cerró las cortinas—. ¿Cómo haré para salir de aquí?

—Entraste sin permiso en un edificio. Eso no amerita cadena perpetua. Apuesto a que ni siquiera es un delito punible con cárcel.

—Entonces ¿por qué está toda la policía aquí? —preguntó Kelsey, haciendo un ademán hacia la ventana.

—Por Becca, seguramente. Como sospechabas, su padre quiere controlar la información que surja del crimen. No quiere que la controles tú. ¿Qué descubriste en el diario?

—Los nombres de los amigos de Becca. Incluso el del chico con el que se casó. Y los de un par de otros hombres que formaban parte de su vida.

—¿En qué sentido?

—Resulta que era muy sociable. Creo que manipulaba un poco a los hombres. Es difícil saberlo solo por el diario. Pero tenía relaciones con varios hombres en el momento de su muerte.

—Entiendo por qué el padre no querría que eso se supiera. ¿Cuál es el plan, entonces?

—El diario no contiene apellidos, así que tengo que hacer bastante trabajo de investigación para identificar a los hombres que estaban en la vida de Becca. Peter está rastreando a su antigua compañera de apartamento para ver qué sabe sobre ella y el chico con el que se casó. Yo iba a empezar a investigar a los otros hombres. —Kelsey volvió a observar la actividad policial por la ventana—. No sé si tendré tiempo de encontrarlos a todos.

—No digas disparates. No llegaste hasta aquí para darte por vencida ahora —la alentó Rae—. Aquí tenemos dos computadoras, acceso a internet y café. Es lo único que se necesita para rastrear a un grupo de universitarios y muchachos de fraternidades.

Kelsey sonrió. Tomó su MacBook y se dirigió al dormitorio con Rae, que se sentó delante de su computadora. Kelsey se sentó junto a ella, con su portátil. Colocó el diario de Becca sobre el escritorio, entre ambas, y buscó sus apuntes.

—Tres hombres: Brad, Richard, Thom. Amigo de la universidad, novio del bachillerato, profesor de la UGW.

Rae comenzó a teclear.

—Comencemos a hurgar. Yo me quedo con Brad. Tú encárgate del profesor.

CAPÍTULO 33

Becca Eckersley
Universidad George Washington
15 de febrero de 2012
Dos días antes de su muerte

ENERO EN LA CAPITAL DE la nación fue gélido; el viento del Potomac hacía castañetear los dientes y obligaba a la gente a buscar resguardo. El primer mes del año marcó, además, el inicio de la temporada de elecciones: Milt Ward arrasó en Iowa y se apoderó de las primarias como si fuera su derecho legítimo. Al tener un presidente en ejercicio, las primarias no tenían tanta importancia para el otro partido y, a medida que avanzaba el mes de enero y se acercaba el Supermartes, el día en el que la mayor cantidad de estados llevarían a cabo las elecciones primarias, los comentaristas políticos comenzaron a comparar las ideas del actual presidente con las de Milt Ward. Todos coincidían en que el enfrentamiento sería feroz en noviembre. Ward aparecía en todos los programas de noticias por cable y Jack le contaba a Becca por teléfono cuáles eran los discursos que él había escrito para el senador. Eran tiempos apasionantes.

A comienzos de febrero, Becca se hallaba desbordada por

el ritmo de las clases y el cansancio que sentía al final del día, producto del embarazo. Aprendió que debía terminar de trabajar entre las siete y las ocho de la noche, porque sus ojos no se mantenían abiertos ni un minuto más. Se quedaba dormida tantas veces en el sillón con los apuntes desparramados y el libro sobre el pecho, que era imposible pensar que más allá de esa hora pudiera comprender lo que leía. En consecuencia, todas las noches, tras guardar los libros, se acostaba alrededor de las ocho y media y se dormía profundamente.

El segundo martes de febrero, el único contrincante de Milt Ward que tenía posibilidades abandonó la campaña. Desde un mes antes del Supermartes, Becca había estado siguiendo la campaña de Milt Ward en su recorrido por todo el país en busca de votos. Al terminar esa jornada su nominación resultó indiscutible. Ocurría de manera temprana y era algo nunca visto. El país vibraba con la noticia y el partido celebraba a su candidato. Jack la llamó pasadas las diez de la noche para darle la noticia oficial. Hablaron brevemente antes de que él tuviera que ponerse a redactar el discurso de aceptación. Jack le recordó a Becca que estaba escribiendo los discursos de un hombre que competía por la presidencia y que era un candidato potencial a ocupar la Casa Blanca a fin de año. Era un momento histórico y lo compartieron a cientos de kilómetros de distancia.

Al día siguiente, Becca estaba recostada en la camilla de su médica, mientras el técnico le realizaba una ecografía.

—Es un bebé fuerte —dijo el técnico—; más grande de lo normal para un embarazo de veintitrés semanas.

—¿En serio? —dijo Becca—. ¿Eso es bueno o malo?

—Ni una cosa ni la otra —dijo el técnico—. Tiene buen ritmo cardíaco y se ve todo perfecto. Un poquito más grande de lo habitual. Quizás haya una diferencia de un par de semanas en la fecha probable de parto. Nada importante.

—Un par de semanas es importante. Necesito que este

niño no salga de allí dentro hasta por lo menos el cuatro de mayo. —Becca vio que el técnico entornaba los párpados—. Estudio Derecho y tengo que terminar con los exámenes antes de que entre en escena el bebé.

El técnico sonrió mientras anotaba la información del estudio en un gráfico. Sin mirar a Becca dijo:

—Si tuviera que apostar, diría que este niño no va a esperar hasta mediados de mayo. Pero puedes hablar de ello con la doctora. Enseguida estará aquí y te podrá dar una mejor idea sobre la fecha.

Una hora más tarde, enfundada en el abrigo de lana y con una bufanda alrededor del cuello y la cara, Becca se encaminó a su coche. La doctora había confirmado que todo estaba normal y que el bebé solo era un poco grande para veintitrés semanas de gestación. Aun así, adelantó la fecha una semana, basándose en los exámenes de ese día, y le dio detalles sobre una posible inducción en caso de no tener señales de trabajo de parto para principios de mayo.

Becca no podía imaginar cómo completaría su primer año de Derecho si el bebé nacía en la semana de exámenes finales. Había llegado el momento de hablar con sus padres. De hecho, habían esperado demasiado, más de lo debido, y, con una semana de adelanto en la fecha de parto, era hora de sincerarse. Cada vez era más probable que, para terminar el año de estudios —sobre todo, por cómo se desarrollaba la campaña y porque Jack no dejaría de viajar—, Becca tuviera que contar con el apoyo de su madre.

Puso en marcha el motor del coche y encendió la calefacción. Marcó el número de Jack y este atendió de inmediato.

—¿Qué dijo la doctora?

—Tenemos un bebé muy saludable que llegará una semana antes de lo previsto.

—¿Por qué?

—Está muy sano, pero es más grande de lo esperado. La

doctora Shepherd tuvo que ajustar la fecha y la adelantó una semana. Y si el bebé no quiere nacer para esa fecha, ella me inducirá el parto si sigue creciendo a este ritmo. El parto podría ser peligroso porque soy pequeña y el bebé es grande. O sea que voy a parir justo en la fecha de los exámenes finales. Jack, no sé cómo lo vamos a hacer.

—Bueno —dijo él—. Encontraremos la forma de organizarnos.

—Tengo que decírselo a mis padres. No sé qué estábamos pensando. Se van a terminar enterando, por lo que quiero ser yo la que les cuente. Lo del bebé y lo de nuestro matrimonio. Todo. Sé que siempre dices que esperemos, pero ya no quiero esperar más.

—Tienes razón. Somos unos idiotas por haber esperado tanto.

—¿Qué estamos haciendo, Jack? Tú estás viajando por todo el país. Yo casi no puedo mantener el ritmo de este semestre, cargamos con este enorme secreto y ni siquiera hemos completado el trámite para registrar el matrimonio.

—Sí —admitió Jack—. Perdona, pero aquí esto es una locura. En una o dos semanas estaré más tranquilo.

—Siento como que…, no lo sé. ¿No te parece irreal todo esto? Nadie sabe que nos hemos casado ni que estamos esperando un bebé. Pienso que está mal, como si quisiéramos ocultarlo para siempre. Soy consciente de que esto perjudicará mis estudios universitarios y también es probable que interfiera en tu trabajo, pero tenemos que hacer algo. Tenemos que empezar a poner en primer plano al bebé en lugar de tratar de esquivarlo continuamente.

—Becca oía la respiración de Jack en el teléfono. Mientras él cavilaba, pudo escuchar que se frotaba la cara cubierta de barba por trabajar sin respiro—. ¡Jack! Dime algo, creo que voy a enloquecer.

—Sí, sí. Estoy pensando. Tienes razón, Becca.

—Escucha —dijo ella—. Necesito salir de aquí por un tiempo. La semana que viene tengo un examen y no he podido estudiar porque no puedo pasar de las ocho sin quedarme dormida. Les preguntaré a mis padres si puedo usar la casa del lago para estudiar todo el fin de semana allí.

—¡Qué buena idea! —dijo Jack—. Vete para Summit Lake. Yo te veré allí el sábado.

—¿Cómo?

—Hablaré con Ward. Le diré que necesito un tiempo. Así de simple. Él lo entenderá. Y si no lo hace, renunciaré. Pase lo que pase, nos veremos este fin de semana para pensar juntos. Aclararemos bien las cosas entre nosotros y nos tomaremos un día de la semana próxima para ir a Greensboro y hablar con tus padres.

—Esta vez será en serio.

—Absolutamente.

—Se van a enfadar.

—Puede ser —dijo Jack—. Tienen todo el derecho a enfadarse. Somos unos idiotas. Pero ¿sabes una cosa? Lo superarán, porque dentro de unos meses tendrán un nieto al que adorarán y después de un tiempo todos nos repondremos de lo mal que manejamos esta situación. Deja que hable con Ward y te llamaré. No les cuentes nada a tus padres sin mí.

—De acuerdo.

—¿Me lo prometes? —dijo Jack.

Se hizo un silencio.

—Prométeme que no les dirás una palabra a tus padres antes de que nos encontremos.

—Te lo prometo —dijo Becca por fin—. No hablaré con mis padres.

—Te amo.

—Yo también —dijo ella.

Cortó la llamada y se apoyó el teléfono en la frente, imaginando la situación de estar sentada en la sala con sus padres, contándoles que se había casado en secreto, que pronto serían abuelos y que quizá no estaría en condiciones de terminar sus estudios. Meneó la cabeza y se secó las lágrimas. Cuando el coche alcanzó una temperatura agradable, se dirigió a su apartamento en Foggy Bottom. Con el bolso colgado del hombro y un paquete de patatas fritas en la mano, bajó del coche. Eran casi las seis de la tarde y los días fríos de invierno cubrían de oscuridad la ciudad antes de las cinco. Cruzó trotando el aparcamiento bajo el resplandor amarillo de una luz halógena mientras un viento desagradable le frenaba la marcha. Con los dedos congelados, introdujo la llave en la cerradura con dificultad. La prisa desesperada con la que había corrido desde el coche y había forcejeado con el cerrojo le provocaba una sensación de urgencia y de miedo. Sentía algo más, también... tenía la escalofriante sensación de que había alguien más allí. Todo eso la abrumó en los pocos segundos que tardó en abrir la puerta, que cerró inmediatamente tras ella; volvió a colocar el cerrojo en cuanto la puerta entró en contacto con el marco. Dejó caer el bolso en el suelo de la cocina y arrojó las patatas fritas sobre la mesa. Se pasó las manos sobre las mejillas heladas y se secó las lágrimas que la noche fría le había provocado. Temblaba a causa del pánico que había sentido al forcejear con el cerrojo.

—Estás perdiendo la cabeza —se dijo en voz alta.

Espió por la mirilla hacia la oscuridad de la noche.

Necesitaba a Jack. Era eso. Necesitaba su pensamiento racional para superar el miedo de intentar rendir los exámenes finales con un bebé, necesitaba la seguridad que él tenía, capaz de vencer cualquier obstáculo. Encontró consuelo en la idea de que pasarían juntos el fin de semana.

Dos horas antes de que la fatiga le quitara motivación para todo lo que no fuera irse a la cama, todavía tenía que leer tres capítulos de Derecho Constitucional y ponerse al día con Responsabilidad Extracontractual. Se dio una ducha para reanimarse y recuperar el calor. El pánico que la había inundado se diluyó a medida que el agua caliente le corría sobre el cuerpo.

Sola en el baño, con los ojos cerrados y el rugir del agua en los oídos, no oyó en ningún momento que alguien giraba la manija desde fuera. El cerrojo se mantuvo firme y, tras tres intentos, la puerta quedó en silencio.

CAPÍTULO 34

Kelsey Castle
Summit Lake
15 de marzo de 2012
Día 11

—Listo —anunció Kelsey—. ¡Lo tengo! —Tecleaba eficientemente sobre la MacBook, con la mirada fija en la pantalla.

—Dímelo —dijo Rae. Ella también estaba trabajando y mirando la pantalla de su computadora.

—Brad Reynolds. Vive en Maryland. Al menos, allí viven sus padres. El padre es un abogado importante, especializado en Responsabilidad Extracontractual. Brad asistió a la Universidad George Washington, y estaba en la lista de inscriptos de primer año con Becca. Pero de todos los Brads que hemos investigado, este es probablemente el que aparece en el diario. Encontré un programa de pasantías del que participó Becca en su segundo año. Brad Reynolds estaba en el mismo programa. También vivió en el mismo edificio que Becca durante el primer año. No figura en Facebook, pero tiene que ser él.

—¿Dónde está actualmente? —preguntó Rae.

—No tengo ni idea. Pero encontré una dirección y un teléfono de Maryland. Comenzaré por allí.

—Bien —dijo Rae—. Tengo dos cosas para ti. El profesor es Thom Jorgensen. Ex profesor de Lógica y Pensamiento Crítico en la UGW. Becca fue alumna suya en el segundo año y obtuvo un diez. Ahora trabaja en Cornell. Se cambió durante el último año de Becca. El número de teléfono es fácil de conseguir. Podemos dar con él a través de la universidad.

—Muy fácil —dijo Kelsey.

—Pero hay un inconveniente —dijo Rae.

—¿Cuál?

—¿Dices que él y Becca tenían una relación?

—De algún tipo, sí. Lo menciona bastante en el diario, sobre todo al principio. ¿Por qué?

—El profesor Jorgensen está casado y tiene dos hijos. Entonces, si estaba involucrado con Becca…

Kelsey se quedó mirándola y escribió en su libreta.

—Bien. ¿Qué más?

—El novio del bachillerato… estoy casi segura de que es Richard Walker. Fue a la escuela Northwest Gilford y es de la misma edad que Becca. Cursó estudios de grado en Harvard y ahora estudia Derecho, también en Harvard, cosa que dijiste que Becca mencionaba en su diario. Una publicación antigua de Facebook lo muestra en la fiesta de graduación de la escuela con Becca. Es él.

—¿Información de contacto? —preguntó Kelsey.

Rae regresó a la computadora.

—No debería ser difícil. Podemos conseguir su teléfono a través de Harvard. Lo buscaré.

Kelsey tomó el teléfono.

—Comenzaré con Brad Reynolds. —Marcó el número de la familia Reynolds en Maryland y se llevó el teléfono a la oreja.

—Escucha esto —dijo Rae, que seguía tecleando en su computadora—. La familia de Richard Walker tiene una casa de vacaciones aquí en las montañas.

Kelsey dejó caer el teléfono momentáneamente y entornó los ojos.

—¿Aquí? ¿En las montañas de Summit Lake?

—Ajá —respondió Rae con una sonrisa—. O sea que no tendremos que ir lejos para encontrarlo. Además…

—Eso lo sitúa en la zona la noche en que murió Becca.

—Es posible.

Una voz débil captó la atención de Kelsey, y se dio cuenta de que alguien había respondido al llamado en casa de los Reynolds. Rápidamente, se llevó el teléfono nuevamente a la oreja.

—Hola, ¿señor Reynolds? Sí, mi nombre es Kelsey Castle. Soy reportera para la revista *Events*, y estoy escribiendo un artículo sobre Becca Eckersley, que fue asesinada hace unas semanas… Ajá, sí… Sé que iba a la universidad con su hijo, Brad, y pensé que podría hablar con él para recabar información sobre Becca.

Hubo silencio durante varios segundos mientras Kelsey escuchaba al señor Reynolds.

—Ah —dijo Kelsey por fin, mirando a Rae—. Lamento escuchar eso.

PARTE IV
TRES GOLPES A LA PUERTA

CAPÍTULO 35

Becca Eckersley
Summit Lake
17 de febrero de 2012
El día de su muerte

BECCA FALTÓ A SU CLASE del viernes por la mañana y ni se preocupó por la sesión de estudio de la tarde. Había cargado el coche la noche anterior con todo aquello que no pudiera congelarse y a las ocho de la mañana emprendió el viaje. Serían cinco horas hasta las montañas y una más hasta Summit Lake. Habló con Jack antes de salir. Milt Ward le había ofrecido todo el tiempo que necesitara y Jack pensaba comprar un pasaje de avión para el sábado por la mañana, por lo que llegaría a Summit Lake ya entrada la tarde. Pidió cuatro días libres, calculados cuidadosamente para incluir dos en Summit Lake —el sábado y el domingo—, uno en Greensboro para la tan demorada charla con los padres de Becca y uno más para regresar a Washington antes de retomar la gira con el senador Ward. Ese fue el plan que le propuso a Becca y ella lo aceptó con mucha ilusión.

Becca llamó a sus padres por el camino para hacerles saber cómo iba el viaje y prometió llamarlos otra vez al llegar.

Debido a las paradas adicionales necesarias para ir al baño, el viaje duró siete horas. Eran casi las tres de la tarde cuando detuvo el coche en la pequeña entrada frente a la casa del lago.

Arrastró la maleta y la dejó en el dormitorio, luego corrió fuera para traer las provisiones que había comprado la noche anterior. Una vez que se hubo instalado en la casa y fijó el termostato en una temperatura agradable, se puso su abrigo grueso, se colgó la mochila del hombro y se dirigió a su lugar favorito. Para cuando regresara, la casa estaría cálida y acogedora.

Puso la alarma, cerró la puerta con llave y echó a andar hacia el pueblo. El Café de Millie estaba a dos calles de distancia. Livvy Houston era amiga de la familia y, con el paso de los años, Becca se había encariñado con el local, el café y en especial con el té dulce, receta secreta que Livvy había heredado de su madre. Era viernes por la tarde y el lugar se hallaba bastante vacío. Becca encontró una mesa cerca de la ventana, no muy lejos del calor de la chimenea. Un café con leche la mantendría despierta, pero como hacía cuatro meses que no consumía cafeína, prefirió pedir el té dulce, aunque era tan azucarado que sin duda podría competir con el café. Abrió sus libros y sus notas y media hora después se hallaba inmersa en el Derecho Constitucional y en la complejidad de varios fallos de la Corte Suprema. Cuanto más leía, más apuntes tomaba. Comenzó a extraer material de estudio de su bolso y muy pronto la pequeña mesa del Café de Millie se convirtió en un desorden de papeles. Hasta en la silla junto a ella había páginas con las esquinas dobladas y un libro de investigación de tapas blandas.

Becca trabajó durante dos horas y consumió un par de tés dulces, entre múltiples idas al baño, antes de reclinarse finalmente en la silla y estirar las piernas. Necesitaba un descanso. Buscó en el bolso un pequeño diario de tapas duras. No siempre había escrito con asiduidad en un diario. Los pensamientos, los deseos y los miedos que anotaba allí eran privados y no los compartía con nadie. Ni siquiera con Gail, y por cierto no los publicaba en blogs como los que solía leer. Becca no hacía una crónica de su vida, a diferencia de otras chicas que utilizaban internet para compartir sus escritos. Pero a partir del primer año de la universidad se volvió más constante y comenzó a escribir todos los días o día por medio. Algunas anotaciones eran largas descripciones de su vida y de sus sentimientos, otras eran breves ocurrencias sobre el amor y la vida de una estudiante universitaria. Esa tarde, en el Café de Millie, hizo una crónica de los últimos días vividos: escribió sobre la reciente visita a la doctora, sobre el temor de que el parto se adelantara y sobre la manera en la que Jack había logrado calmarla como siempre lo hacía. Escribió sobre su viaje inesperado a Summit Lake y sobre el fin de semana que esperaba pasar con el hombre que amaba. Ya había completado dos páginas cuando Livvy hizo su aparición desde la parte trasera del café.

—Hola, Becca—dijo Livvy.

Becca levantó la mirada del diario y esbozó una gran sonrisa. Se puso de pie y abrazó a su antigua niñera.

—¿Qué te trae por aquí? —preguntó Livvy y se sentó a la mesa frente a ella.

—El estudio, lamentablemente. —Becca también se sentó—. Tengo un examen importante la semana próxima y necesitaba escapar para poder estudiar tranquila.

Por temor a que Livvy preguntara por su diario, lo deslizó bajo la mesa y lo colocó sobre la silla vacía que estaba a su lado.

—¿Tus padres están contigo?

—No, mi padre tiene un juicio la semana que viene, así que ha estado súper ocupado. Me dijeron que tendría toda la casa para mí.

—O sea que tienes una casa grande y tranquila donde estudiar ¿y terminas viniendo aquí?

Becca sonrió.

—Amo este lugar. Es perfecto para estudiar. Pero ya me vuelvo a casa, casi he terminado.

—¿Qué tal la universidad?

—Bien. —Becca asintió—. Bueno, ya sabes cómo es el Derecho. Algunas cosas son interesantes y otras, muy aburridas.

Livvy señaló los papeles sobre la mesa.

—¿Y esto?

Becca se encogió de hombros.

—Derecho Constitucional. Es pasable, pero no es lo que más me gusta. Creo que es por eso que estoy aquí. Para asegurarme de entenderlo bien.

—Hablé con tu madre la semana pasada y me contó que estás saliendo con un joven brillante y muy educado, que trabaja para un senador.

Becca sonrió. Su madre y Livvy eran grandes amigas. Recordaba haber pasado muchas horas en casa de los Houston durante su infancia. Ella y Jenny Houston se llevaban un año de diferencia y habían sido muy amigas en la escuela primaria. Pero siempre se había sentido muy cercana a Livvy. Ambas tenían una relación especial, que Becca suponía había comenzado el día en que, a los diez años, se orinó en los pantalones cuando visitaron el zoológico con la familia Houston. El paseo duraba casi una hora, y cuando Becca le informó a Livvy sobre la inminente emergencia, ya no había tiempo para llegar a un baño. Livvy manejó una experiencia potencialmente humillante con gran celeridad: llevó a Becca hasta el aparcamiento, la vistió con un par de vaqueros extra que tenía en la camioneta familiar y escondió las pruebas hasta que estuvieron lavadas y dobladas al día siguiente, logrando no solamente que los demás niños no se enteraran sino también que Becca no tuviera que contárselo a sus padres.

Los pequeños ocultamientos continuaron hasta la adolescencia de Becca. Livvy reparó una farola sin que los Eckersley se enteraran y levantó los contenedores de basura después de que Becca les pasó por encima con el coche cuando estaba aprendiendo a girar en la curva pronunciada de la entrada de la casa. Habló con ella tras encontrar latas vacías de cerveza en la habitación de Jenny cuando Becca había pasado la noche allí, pero no les dijo nada a sus padres. Por lo tanto, no era extraño que tras treinta minutos de conversación con Livvy, Becca se sintiera muy cómoda revelándole algunos detalles sobre Jack. Todos los secretos de su vida aguardaban, silenciosos, dentro del diario que tenía junto a ella, y Becca se sintió tentada de abrirlo en la página uno y comenzar a leerlo. Ansiaba contarle a alguien sobre el hombre al que amaba, sobre su matrimonio, sobre el bebé que crecía en su vientre. Anhelaba revelar los secretos que había guardado tan celosamente en el último año que, por momentos, se preguntaba si eran reales. Quería abrir la boca y dejarlos fluir desde sus cuerdas vocales y levantar esa ancla que pesaba sobre su vida.

—Parece que es serio lo tuyo con este joven —dijo Livvy.

—Es serio. No estamos saliendo y nada más, ¿sabes?

Livvy hizo una pausa.

—No entiendo bien. ¿Qué quieres decir? ¿Es una relación formal?

Becca meneó la cabeza

—Más que eso.

Livvy abrió mucho los ojos.

—Becca Eckersley, ¿estás comprometida?

Becca sonrió, tragó saliva y negó con la cabeza.

—Entonces, ¿qué? ¿Están por comprometerse?

Becca respiró hondo y exhaló lentamente.

—¿Recuerdas cuando de pequeña me hice pis en los pantalones en el zoológico?

Livvy pensó por un segundo y luego asintió.

—¿Recuerdas que guardaste el secreto?

Asintió de nuevo.

—Esto es lo mismo, ¿de acuerdo? —dijo Becca—. No puedes contárselo a nadie.

—¿Qué es?

Otra inspiración profunda.

—Me he casado.

—¡Rebecca Alice Eckersley! ¡Tu madre no me dijo una palabra cuando hablamos!

Becca sonrió, algo avergonzada.

—Lo que sucede es que ella aún no lo sabe.

CAPÍTULO 36

Peter Ambrose
Summit Lake
15 de marzo de 2012
Día 11

Tras desayunar con Kelsey, Peter se dirigió al hospital. Dejó su portamonedas y el teléfono sobre el estante superior de su casillero y se duchó en el vestuario para el personal. Veinte minutos más tarde, vestido con el uniforme azul y un guardapolvo blanco encima, enganchó la credencial del hospital al bolsillo delantero y visitó pacientes durante una hora y media. Un anciano, a quien Peter le había extirpado la vesícula dos días antes, tenía problemas con el drenaje que le había colocado. A Peter le llevó una hora preparar al paciente y cambiarle el drenaje obstruido. Para cuando terminó, eran casi las tres de la tarde.

Entró en su despacho y se sentó detrás del escritorio. Eso de rastrear personas no era su fuerte. Buscó la información que tenía sobre la antigua compañera de Becca Eckersley y se puso a trabajar. Tras una hora de búsqueda, se dio cuenta de que intentar localizar a alguien conociendo solamente su nombre de pila era más difícil de lo que había imaginado.

Eran más de las cuatro cuando descubrió la existencia de una alumna de Derecho de primer año de la Universidad de Stanford llamada Gail Moss. Tuvo que investigar más para confirmar que había cursado estudios de grado en la Universidad George Washington y había compartido el apartamento con Becca Eckersley durante el primer año. Un éxito rotundo.

Peter anotó tres números telefónicos que encontró en un sitio de búsqueda en internet antes de percatarse del alboroto en el pasillo. Guardó los números en el bolsillo delantero del uniforme, fue a la puerta del despacho y vio policías uniformados en el puesto de enfermeras. Abandonó la habitación y regresó al vestuario para médicos. Buscó el portamonedas y el teléfono en su casillero y vio varias llamadas perdidas y mensajes de Kelsey. Parte de uno de ellos aparecía en la pantalla. Peter vio solo la primera frase:

Toda la fuerza policial nos está buscando. El detective Madison estuvo

Antes de que pudiera desplazar la pantalla y leer todo el texto, la puerta del vestuario se abrió lentamente. Por el espejo, Peter vio que entraba un policía. Ocultándose detrás de los casilleros, se escurrió hasta la zona de duchas sin que lo vieran. Entró en uno de los compartimentos, cerró la cortina y, tras girar la cabeza de la regadera para que apuntara lejos de él, abrió el grifo. Se pegó a la pared e intentó no mojarse.

Transcurrió un minuto entero.

—¿Doctor Ambrose? —dijo el oficial, con voz autoritaria.

Peter se inclinó ligeramente.

—No, soy el doctor Ledger —gritó, por encima del ruido del agua—. Ambrose está en Urgencias. ¿Hay algún problema con un paciente?

—No, doctor, ningún problema.

Peter esperó, sintiendo que el tiempo no pasaba, hasta que

por fin apartó un poco la cortina para mirar. Cuando estuvo seguro de que estaba solo, salió del compartimento sin cerrar el grifo. En la parte posterior del vestuario había un elevador de servicio. Entró y pulsó el botón que llevaba al sótano. El elevador descendió a las entrañas del hospital y Peter abrió la puerta plegable de metal cuando se detuvo. Se dirigió a una zona de almacenamiento llena de productos de limpieza sobre las estanterías. Mopas, cubos y lustradoras eléctricas llenaban el lugar, al igual que bidones de cinco litros de productos químicos para desinfectar y limpiar el lugar de las enfermedades que circulan e infestan los hospitales.

Más allá de esa habitación, Peter se encontró con el lavadero. Las lavadoras y secadoras industriales zumbaban, lavando ropa de cama y mantas. Sobre los grandes carros que empujaba el personal se apilaban toallas y sábanas. Más de un empleado le dirigió una mirada; seguramente se preguntaban qué estaba haciendo allí un médico, vestido con uniforme y guardapolvo.

Tras atravesar el lavadero, Peter llegó a la zona de descarga. Tres grandes puertas de garaje se encontraban abiertas. Un camión ocupaba uno de los muelles, desde donde una grúa descargaba provisiones del interior del vehículo. Un segundo camión acababa de detenerse junto a otro muelle y retrocedía para aparcar, haciendo sonar la alarma electrónica. El tercer muelle estaba vacío; Peter caminó hasta allí y saltó hacia la calle. Se quitó el guardapolvo y lo arrojó en un cesto de basura, junto con la credencial del hospital. Luego se alejó del edificio y del predio. Cuando llegó al lago, fue hacia el sur, en dirección al pueblo. Ya lejos, miró hacia atrás. El frente del hospital estaba lleno de vehículos policiales aparcados en ángulos extraños, con las luces parpadeantes encendidas. La entrada al sector de Urgencias presentaba un panorama similar.

Sabía que no llegaría demasiado lejos vestido con su uniforme quirúrgico azul y tampoco podía volver a su casa. De manera que se dirigió al pueblo. Allí también notó una fuerte presencia policial. Tomó por calles laterales y callejones desiertos hasta que llegó a un pub sobre el lago. Entró y buscó una mesa en un rincón. Había solamente dos personas, ambas en la barra, y no mostraron ningún interés en el doctor Peter Ambrose.

Le pidió una Coca-Cola a la camarera y revisó el teléfono. Tenía cuatro mensajes de Kelsey. El primero le advertía que la policía seguramente iría a verlo a su casa o al hospital. El segundo le informaba que estaba refugiada en el apartamento de Rae, escribiendo un borrador del artículo sobre Becca para enviárselo a su editor. El tercero le pedía que la llamara para confirmarle que se encontraba bien. Y el cuarto decía que Rae y ella habían hecho un descubrimiento en el caso y se dirigían a las montañas para hablar con uno de los hombres mencionados en el diario de Becca, cuya familia era dueña de una cabaña allí.

Peter marcó el número de Kelsey, pero la llamada pasó directamente al buzón de voz. La camarera le llevó la bebida y Peter rechazó el menú que le ofrecía. Paseó la mirada por el pub vacío, vigilando la puerta de entrada. Finalmente, extrajo la información de contacto de Gail Moss del bolsillo delantero de su uniforme. Los dos primeros números no dieron resultado, pero el tercero lo puso al habla con una joven agradable a la que pudo convencer de que lo comunicara con el dormitorio de Gail.

Ella respondió la tercera vez que sonó.

—Hola, ¿hablo con Gail Moss?

—Sí, ¿quién es?

—Hola, Gail. Me llamo Peter Ambrose. Soy médico de Summit Lake y estoy trabajando en el caso de Becca Eckersley.

—¿Trabaja con la policía?

—No exactamente. Pero estoy intentando ayudarlos a averiguar qué fue exactamente lo que sucedió aquella noche. Lo que le sucedió a Becca. Quería hacerte algunas preguntas.

—Nadie ha querido hablar conmigo todavía. De la policía, quiero decir. No me han preguntado nada.

—¿En serio? Seguramente lo harán pronto. Como imaginarás, aquí todo está muy revolucionado, todavía. Gail, conocías muy bien a Becca, ¿verdad? ¿Eran compañeras de habitación?

—Sí, éramos mejores amigas.

—Entiendo. ¿Sabes con quién estaba saliendo Becca?

—Sí, claro, con Jack Covington.

Peter anotó el nombre.

—¿Conocías a Jack?

—Por supuesto; estábamos todos juntos en la universidad. Éramos muy amigos.

Peter trató de ordenar sus pensamientos. Había pensado que tendría más tiempo para esa conversación.

—Gail, ¿sabes si Becca y Jack se casaron?

—¿Casarse? No, Becca no estaba casada. O sea, estoy segura de que se habrían casado algún día. Estaban muy enamorados. Pero no, ella y Jack no estaban casados.

Una pausa.

—¿Sabes si Becca estaba embarazada?

—¿Qué? No, no. Está muy mal informado, señor. Becca no estaba casada y no estaba embarazada, claro que no. Es absurdo.

—¿Becca y Jack tenían problemas?

—¿De qué tipo?

—¿Su relación era complicada o tensa, por decirlo así?

—No, estaban enamoradísimos. ¿Qué está insinuando?

—Sé que te resultará extraño escuchar esto, pero existe una sospecha de que Jack pueda haber tenido algo que ver con la muerte de Becca.

—¿Jack? No, señor, está muy equivocado.

—Sé que es difícil de escuchar, puesto que eran amigos y…

—No es que sea difícil de escuchar. Es directamente imposible.

—Verás, Gail, hay muchas cuestiones aquí en Summit Lake que apuntan a Jack como sospechoso. Habría pruebas de que Becca y Jack se casaron en secreto justo antes de que la mataran. Y un colega mío ha confirmado que Becca estaba embarazada la noche en que murió.

—Doctor Ambrose, no sé nada sobre las pruebas de que Becca estuviera casada o embarazada. Lo único que puedo decirle es que, si eso es cierto, nunca me lo contó. Y eso sería muy raro. Pero si de algo estoy segura es de que Jack Covington no tuvo nada que ver con la muerte de Becca. Es imposible que la haya matado.

—Como te he dicho, sé que es difícil escuchar esto, pero necesito hacerme una idea…

—No me está escuchando. No es que me resulte penoso escucharlo. Lo que digo es que es sencillamente imposible.

—Por más que te parezca poco probable que Jack…

—¡Señor! —dijo Gail con firmeza—. No es poco probable. Es imposible.

—Si me permites explicarte, tal vez pueda hacerte cambiar de idea.

—Nunca podrá hacerme cambiar de idea.

—¿Por qué?

—Porque Jack murió el mismo día que Becca.

CAPÍTULO 37

Becca Eckersley
Summit Lake
17 de febrero de 2012
La noche de su muerte

—MUCHÍSIMAS GRACIAS POR ESTO, MILT —dijo Jack al abordar el pequeño avión.

Era propiedad de las Industrias Milt Ward, con capacidad para catorce pasajeros, y estaba programado para despegar de Denver, Colorado, a las dos de la tarde y aterrizar en la ciudad de Washington tres horas más tarde. Desde allí Jack planeaba conducir hasta Summit Lake y sorprender a Becca, que lo esperaba al día siguiente por la tarde. Si las cosas marchaban bien estaría en Summit Lake alrededor de las diez de la noche.

Cuando Milt Ward se enteró del problema de Jack, se mostró muy dispuesto a ayudarlo y le propuso que cancelara el pasaje en el vuelo de línea y lo acompañara en su avión rumbo a Washington el viernes por la tarde.

—No hay problema —dijo Ward—. Primero la familia, siempre. Tiene prioridad sobre el trabajo. Y sobre la campaña. Sobre cualquier otra cosa, ¿entiendes?

—Sí, señor.

Jack abrió su computadora portátil y revisó un discurso que el senador debía dar frente a unos mineros de carbón ese fin de semana. A los treinta minutos del despegue, el pequeño jet comenzó a sacudirse por la turbulencia. Jack nunca había estado en un avión hasta que hizo su primer vuelo con destino a la Universidad George Washington, pero desde el comienzo de la campaña llevaba acumuladas muchas horas de vuelo. La turbulencia pasó inadvertida hasta que fue lo suficientemente intensa como para moverle la computadora y volcarle la bebida. Miró a su alrededor y vio expresiones de preocupación y algunas sonrisas falsas. Bruco descenso de treinta metros llenó la cabina de gritos. Jack cerró la computadora, la aseguró a su lado y rápidamente plegó y levantó la mesita sin preocuparse por la bebida derramada.

Otro descenso brusco y más gritos. Luego un golpe sordo, como si el avión hubiera chocado con algo. La turbulencia continuó. Otro descenso más y cayeron las máscaras de oxígeno, que quedaron suspendidas en la cabina. Jack se aferró a los apoyabrazos al tiempo que un frío extraño inundaba el avión.

Luego otra caída más. Distinta de las anteriores. Era una caída continua. Una que parecía no tener fin, hasta que cuatro minutos después, el pequeño jet se estrelló sobre una pradera en las afueras de Omaha, en el estado de Nebraska. No hubo sobrevivientes.

Treinta minutos después de marcharse del Café de Millie, Becca, con el pelo todavía tibio por el secador y con ropa de deporte cómoda y calcetines de lana gruesa, se sentó frente a la isla de la cocina de la casa sobre el lago. Se sentía aliviada y libre; la pesada carga que había llevado durante tanto tiempo había desaparecido cuando le contó a Livvy Houston de su matrimonio con Jack. Quitárselo de dentro del pecho y contárselo a alguien, aunque no fuera más que a su antigua niñera de cincuenta y cinco años con quien hablaba dos veces al año, resultó un gran alivio. Para Becca fue un buen ensayo de la conversación que pronto ella y Jack tendrían con sus padres.

Antes de sumergirse otra vez en el Derecho Constitucional, Becca extrajo del bolso las fotos de la ecografía. Eran ocho imágenes en blanco y negro sobre un extenso papel que el técnico le había dado. Becca las miró y contempló al bebé que crecía dentro de su útero. El técnico le había explicado lo que se veía durante el estudio, y entonces pudo reconocer las manos y los pies de su bebé. Sonrió imaginándose a sí misma como madre y soltó una sonora carcajada. Qué locura había sido todo ese camino.

Plegó el papel con las fotografías y lo guardó en un sobre blanco de tamaño comercial. Luego buscó una hoja en blanco y la puso frente a ella. No sabía de dónde le brotaba la inspiración, o qué la llevaba a escribir una carta para su bebé por nacer, pero en el fondo de su corazón necesitaba comunicarse con esa criatura que crecía en su interior. Tras escribir durante diez minutos, firmó con sus iniciales, dobló la hoja en tres partes y la introdujo en el sobre junto con las fotografías. Escribió "Para mi hija" en el frente y lo dejó en un extremo de la isla. Podría haberlo guardado en algún lugar más privado o dentro del bolsillo interior de su diario. Pero Becca no advirtió —embriagada, tal vez, por la liberación que le había provocado su conversación con Livvy Houston— que había olvidado el diario sobre la silla en el Café de Millie.

CAPÍTULO 38

Kelsey Castle
Summit Lake
15 de marzo de 2012
Día 11

Bajaron por la escalera trasera al callejón detrás del café.

—Espera aquí —dijo Rae—. Debajo de la escalera, para que nadie te vea. Traeré el coche.

Kelsey se escondió en la sombra de la escalera del apartamento de Rae. Por fin habían descubierto algo y dirigirse a la montaña a entrevistar a uno de los amigos de Becca, que tal vez podría darles información sobre ella y sobre su relación con Jack, era la mejor pista que tenía. También le resultaba intrigante la posibilidad de que ese joven pudiera haber estado en Summit Lake la noche del asesinato. Kelsey tenía que averiguarlo. Además, salir del pueblo tampoco era una mala idea.

Oculta debajo de la escalera, con el sol de la tarde pintándole franjas de tigre en la cara a través de las tablas, comenzó a sentirse inquieta. Le parecía que había transcurrido una eternidad desde que había decidido ir a Summit Lake. En realidad, solamente dos semanas atrás había huido de Miami, de su casa, del trabajo y de los demonios que se ocultaban en la senda para corredores donde todo había comenzado. El comandante Ferguson ya no estaba, había sido despedido por proporcionarle información sobre un homicidio no resuelto en su pequeña ciudad. No podía comunicarse con Peter y seguramente él también estaba en un mar de problemas por haberla ayudado. El pueblo estaba infestado de policías y su esperanza de escapar de Summit Lake descansaba en las manos de una muchacha de veinte años a la que había conocido hacía diez días. Si existía una imagen de absoluta pérdida de control, pues era esa misma.

Un coche dobló la esquina y entró en la calle. Se abrió la puerta del pasajero y Rae se inclinó por sobre el asiento.

—Sube.

Kelsey obedeció y giraron hacia la derecha al llegar al final de la calle.

—Mantente agazapada —dijo Rae—. Están en todas las esquinas. La calle Maple es un embotellamiento de coches patrulla, qué locura.

—¿Sabes adónde vamos? ¿Sabes cómo llegar a esta casa?

—Ella la llamó cabaña. Conozco la zona, de modo que llegaré hasta las inmediaciones. Dio indicaciones, así que cuando estemos cerca, me las repetirás.

Con Kelsey agazapada en el asiento del pasajero, Rae atravesó el pueblo y giró para evitar la zona donde estaban los coches patrullas. El epicentro de todo era el Hotel Winchester: había policías en la entrada y en la calle. Rae miró por el espejo retrovisor cuando llegaron al final del pueblo. Una vez que dejaron atrás el letrero de "BIENVENIDOS A SUMMIT LAKE", Kelsey ya pudo incorporarse. Media hora más tarde estaban en la montaña, siguiendo la pista que habían descubierto.

CAPÍTULO 39

Becca Eckersley
Summit Lake
17 de febrero de 2012
La noche de su muerte

BECCA MIRÓ FIJAMENTE LA CARTA para su hija durante un momento más, luego abrió su libro de texto y retomó el estudio. De no haber estado recluida en las montañas y con el televisor apagado, podría haber visto las noticias que habían recorrido el país en las últimas horas. Si hubiera decidido descansar por un rato y abrir su computadora, seguramente habría leído la noticia que invadió internet. Un pequeño avión perteneciente al senador Milt Ward se había estrellado al poco tiempo de despegar de Denver. Las brigadas de rescate ya estaban en el lugar, así como también los investigadores federales, pero los restos humeantes del avión indicaban con certeza que no había sobrevivientes entre los doce miembros de la campaña del senador que iban a bordo.

Pero, en cambio, Becca se hallaba recluida en la casa de sus padres en las montañas Blue Ridge, estudiando para un examen y esperando al hombre que amaba, que llegaría al día siguiente. Una vez que se hubo organizado sobre la isla de la cocina, retomó el estudio desde donde lo había dejado en el café de Millie. En el iPod sonaba música suave, lo bastante baja como para entender las letras de las canciones, pero con volumen suficiente para cortar el silencio de la casa.

Tras media hora de estudio, se oyó un ruido por encima de la música, que venía del recibidor. Becca prestó atención. El ruido fue muy leve como para poder identificarlo; tal vez el tintineo de un llavero o la vibración de la puerta con el viento del lago. Bajó el volumen de la música para oír mejor. Solo había silencio. Encendió el iPod nuevamente y volvió a su libro. Veinte minutos más tarde, se oyeron tres golpes de nudillos en la puerta del recibidor.

Sobresaltada, bajó de un salto del taburete de la cocina. Sabía que Jack estaba tratando de conseguir un vuelo que saliera antes y que existía una remota posibilidad de que Milt Ward lo invitara a viajar en su avión. Si Jack lo había logrado, tal vez llegaría esa misma noche para sorprenderla. Aunque no era algo que esperara. No quería permitirse la ilusión de dormir en sus brazos esa noche, porque si Jack no lo lograba, resultaría un gran desencanto pasar la noche sola en esa cama gigante.

Pero, al oír los tres golpes en la puerta, la muralla que había construido para contener sus emociones se derrumbó. Jack lo había logrado. Había llegado un día antes para estar con ella. Para planear la conversación con sus padres. Para reconfortarla y amarla y sostenerla en sus brazos y decirle que todo iba a salir bien. Becca corrió a la puerta, sintiéndose muy tonta por haber pensado que el trabajo de Jack comenzaba a cobrar más importancia que su relación. Cruzó el recibidor, embriagada de alegría e ilusión.

CAPÍTULO 40

Kelsey Castle
Summit Lake
15 de marzo de 2012
Día 11

ANOCHECÍA CUANDO SE ADENTRARON EN las laderas de las montañas; el cielo azul del atardecer cubría los cerros y arrojaba una sombra verde azulada sobre el camino estrecho por el que avanzaban.

—Aquí está la bifurcación —anunció Rae.

—Bien —dijo Kelsey. Sobre el regazo tenía un mapa y con el dedo marcaba la ubicación en la que estaban—. Gira hacia la derecha.

Rae condujo por el camino de grava. La vegetación a ambos lados era densa y casi no había espacio entre las hojas nuevas de las plantas y las ventanillas del coche. Habían aminorado la marcha; la grava crujía debajo de los neumáticos. Tras quince minutos, llegaron a un cruce.

—Escuchémoslo de nuevo —dijo Rae—. Quiero estar segura de que vamos bien.

Kelsey buscó el teléfono y volvió a reproducir el mensaje. La voz de una mujer daba instrucciones para llegar a la cabaña que estaban buscando. "Gira a la izquierda en el cruce, sigue diez minutos y es allí".

Rae giró el volante y minutos después vieron una cabaña solitaria en la distancia. Aminoraron nuevamente cuando estuvieron delante de la casa.

—¿Quién vive aquí? —preguntó Kelsey.

—Nadie —respondió Rae—. Son cabañas para cazar. No hay electricidad, solo generadores de propano y letrinas. —Detuvo el coche delante de la cabaña—. Bien, ¿y ahora qué?

Kelsey abrió su puerta.

—Ahora hablamos con él. Para ver qué sabe sobre Becca. Y si puede decirnos algo sobre con quién se casó.

CAPÍTULO 41

Becca Eckersley
Summit Lake
17 de febrero de 2012
La noche de su muerte

BECCA SE DIRIGIÓ A LA puerta con una sonrisa en la cara. Encendió la luz exterior y corrió las cortinas. Lo que vio la dejó anonadada. Se acercó un poco más, entornó los ojos, sonrió otra vez y rio.

—¡Ay, por Dios!

Brad Reynolds se hallaba de pie en el umbral de la puerta. Llevaba un gorro de lana gruesa encajado hasta las cejas y de su cara cubierta de barba brotaba una nube de vapor en el frío de la noche. Apenas si pudo reconocerlo.

A lo largo de varios meses, Becca se había preguntado con frecuencia si volvería a ver a su amigo alguna vez. La última imagen que tenía de él era la de su cuerpo colgando de la viga de la cocina del apartamento que compartía con Jack. Aquella noche, Jack corrió a sostenerlo de la cintura para poder aflojarle la presión en el cuello tras un minuto sin oxígeno. Les llevó otro minuto deshacer el nudo del lazo y, cuando llegaron los paramédicos, Brad ya estaba consciente y en condiciones de hablar. Destruido emocionalmente por haber fracasado en su intento de suicidio, pasó la noche en el hospital hasta que sus padres se lo llevaron a casa a la mañana siguiente. Becca trató muchas veces de ponerse en contacto con él, pero Brad estaba bien protegido por su madre y su padre, que, sin sutileza alguna, culparon a Becca y a Jack por lo sucedido.

Conmovida y emocionada por verlo allí, pulsó el código de la alarma hasta que la luz cambió de rojo a verde, luego quitó el cerrojo, corrió la cadena y finalmente abrió la puerta. Brad entró inmediatamente. Había cambiado desde la última vez que estuvo con él, casi un año atrás. Llevaba el cabello largo y grasiento, algo extraño en él, que siempre lo usaba corto, cuidado y peinado con gel. Y con la barba tupida y espesa parecía un estudiante universitario rebelde, igual a todos los que tienen la esperanza de destacarse porque llevan barba y pelo largo.

—¿Qué haces aquí? —dijo Becca, envolviéndolo en un abrazo.

Brad la abrazó con fuerza.

—Vine a verte —dijo.

Ella se separó ligeramente, sin quitar las manos de los hombros de él.

—Te ves… bien, pero diferente. —Becca sonrió—. Has optado por un aspecto más rústico. —Brad se mantenía imperturbable—. Pero ¿qué has estado haciendo? —preguntó—. ¿Sabes que te llamé muchísimas veces? Tu madre me dijo…, bueno, que no insistiera hasta que tuvieras deseos de hablar.

—Sí —dijo Brad; miraba por encima de ella con expresión perdida—. Me dijo que habías llamado. Yo estaba mal y avergonzado… No quería hablar con nadie.

—Pensaba volver a llamarte, pero no quería ser pesada. Ven, resguárdate del frío.

Él dio unos pasos dentro del recibidor y ella cerró la puerta.

—Vamos a la cocina —dijo Becca—. Me enteré de que la universidad decidió que podrías terminar el semestre.

Brad negó con la cabeza.

—Nah, ya no quiero saber nada de estudiar.

Becca levantó las cejas.

—Bueno, date un tiempo para pensarlo, podrías cambiar de opinión. —Se encontraban en la cocina, donde la música del iPod era casi inaudible de fondo—. No puedo creer que estés aquí. ¡Qué locura todo esto! ¿Qué haces aquí? Es decir, ¿cómo sabías que yo estaba en la casa?

—He estado viviendo en la cabaña de caza de mi padre, creo que hace como un año ya, no lo sé.

Becca hizo una pausa.

—¿En plena montaña?

—Sí, necesitaba escapar.

—¿En serio? ¿Todo el año? No hay electricidad allí, ¿verdad?

—Sí, hay. Con un generador de propano.

—¿Es la cabaña donde tu padre organizaba la convención de abogados? ¿Donde estuvo mi padre invitado hace un par de años?

—Sí, es esa. El viejo canceló la convención este año. Supongo que no quería que tuviera que irme. Debió de temer que volviera a su casa. —Soltó una risa incómoda.

Becca sonrió y se quedó mirando a su viejo amigo, tan distinto de como lo recordaba.

—A veces es bueno escapar.

Se hizo una larga pausa y ambos quedaron de pie en la cocina.

—Bueno —dijo Becca—, vamos, forastero. Pongámonos al día sobre nuestras vidas.

CAPÍTULO 42

Kelsey Castle
Summit Lake
15 de marzo de 2012
Día 11

Peter estaba sentado en el pub oscuro escuchando la historia de Gail Moss. Estaba al tanto, por supuesto, del accidente del avión del senador Ward. En medio de la competencia para las elecciones primarias, había sido la noticia más importante en los medios. El hecho de que el esposo de Becca estuviera en el avión era una revelación que destruía la teoría de Kelsey sobre lo que había sucedido aquella noche.

—Y esto es algo que no debería contarle —dijo Gail por el teléfono—, pero en estas circunstancias, creo que es importante.

Peter carraspeó.

—¿Qué es?

—A Becca le gustaba mucho llamar la atención. De los hombres, quiero decir.

—¿Sí? ¿En qué sentido?

—No me malinterprete. Yo la quería mucho, era mi mejor amiga. Pero tenía como un defecto de la personalidad del que no tenía conciencia. Al menos, nunca parecía darse cuenta de lo que hacía.

—¿Y qué era?

—Coqueteaba con los hombres. Tenía muchos amigos varones. Era amiga de muchos más hombres que mujeres. Y… pues, ya sabe, los chicos pasan tiempo con las chicas cuando les gustan. Ellas son diferentes. Pueden ver a un chico solo como amigo. Pero ellos, bueno, ya sabe. Siempre quieren más.

—¿Y por qué te parece que esto es importante?

—Porque había un chico que tenía una relación muy profunda con Becca y creo que ella le rompió el corazón. No adrede. Como dije, no se daba cuenta de que estaba haciendo algo mal. Y tampoco quiero decir que haya estado mal…

—Gail —dijo Peter—. ¿De quién estás hablando? ¿A quién le rompió el corazón?

—A uno de nuestros amigos de la universidad. Se llama Brad Reynolds. Después de que Becca y Jack comenzaron su noviazgo, él perdió la cabeza. Intentó suicidarse, luego abandonó la universidad y desapareció. Escuché que estaba viviendo en la cabaña de caza de su padre en las montañas.

—¿Dónde?

—Allí. En Summit Lake. O, bueno, cerca de allí, en plena montaña. En medio de la nada. Me contó una vez que quedaba como a una hora de la casa de Becca. Y me parece que sería lógico que la policía hablara con él. No estoy diciendo que haya tenido algo que…

—Te llamaré más tarde.

Peter cortó la llamada y revisó los mensajes de Kelsey.

Yendo hacia las montañas a hablar con uno de los amigos de Becca.

Con dedos desesperados, intentó llamar nuevamente a Kelsey, pero la llamada pasó directamente al buzón de voz.

Comprendió que Kelsey ya se habría adentrado demasiado en las montañas como para recibir señal. Peter buscó en su portamonedas y hurgó hasta encontrar la tarjeta profesional. Marcó el número y esperó a que alguien respondiera.

CAPÍTULO 43

Becca Eckersley
Summit Lake
17 de febrero de 2012
La noche de su muerte

Becca permanecía de pie en la cocina con Brad frente a ella.

—¿Y cómo van las cosas con tu padre? ¿Están llevándose mejor?

Brad cerró los ojos y meneó la cabeza. Becca se dio cuenta de que estaba a punto de llorar.

—¿Qué sucede? —Se acercó y puso la mano sobre la mejilla de Brad, sintiendo la barba áspera y tupida que le cubría la cara.

Brad le tomó la muñeca y apretó con fuerza la mano que ella tenía sobre su cara. Con los ojos aún cerrados, preguntó:

—¿Tú y Jack siguen juntos?

Becca asintió despacio.

—Sí.

Brad abrió los ojos y la miró fijamente.

—Necesito saber algo, porque me está matando. ¿Existió alguna vez alguna remota posibilidad de que hubiera algo entre nosotros?

Becca retiró despacio la mano de su cara.

—Brad, siento muchísimo lo que sucedió. Todavía me duele el haber ocultado mi relación con Jack durante tanto tiempo. Pasaron muchas cosas en nuestro último año. Cosas que cambiaron nuestras vidas para siempre. Si pudiera volver atrás y deshacer al menos parte de todo eso, lo haría. Pero no sé si cambiaría la relación que tenía contigo. Eras uno de mis mejores amigos. En ningún momento pensé que pudieras considerarme otra cosa.

Lo miró durante un largo rato.

—Me resulta muy difícil sobrellevarlo —dijo Brad, por fin—. No entiendo cómo pude interpretar toda la situación de una forma tan diferente de la tuya. No puedo dejar de pensar que tal vez yo solo era tu plan alternativo.

—¿Mi qué?

—Que me mantenías cerca e interesado por si no encontrabas a nadie mejor.

—Brad, eso es ridículo…

—Pero, claro, creo que Jack era distinto a mí. El misterioso Jack Covington, a quien no le interesaba estudiar Derecho, salvo para el currículum. Una especie de rebelde que no pensaba ejercer la profesión. No era como nosotros, ¿verdad? Algún día iba a ser escritor.

—Vamos, Brad. Lo que dices no tiene nada que ver con la verdad.

—Yo solo… —Brad se quitó el gorro y se pasó la mano por el pelo despeinado—. ¿De verdad corrías riesgo de obtener una mala calificación en Derecho Comercial?

Becca entornó los párpados.

—¿Qué?

—Verás, yo robé ese examen para ayudarte porque tú me convenciste de que sin él tu promedio bajaría mucho. De que estropearías tus posibilidades de entrar en Derecho. Jack pensaba que exagerabas para llamar la atención. Y todavía no lo sé con certeza. Tal vez manipulaste toda la situación y te las habrías arreglado bien sin ese examen robado. Del mismo modo en que me manipulaste a mí y a nuestra relación cuando te quedabas a dormir en mi cama toda la noche.

—Siento mucho haberte hecho daño. Nunca tuve esa intención.

Instantes después, Brad comenzó a llorar.

—¿Qué puedo hacer por ti?

—Consígueme a la chica de la que me enamoré. La que me dijo que ella también me amaba. —Se hizo un largo silencio en el que solo se oía el ritmo sutil del iPod—. Y aquí es donde me rompiste el corazón —dijo Brad por fin—. Cuando vine aquí para Navidad. Y los encontré juntos.

Becca asintió.

—Lo siento.

Brad paseó la mirada por la casa por un instante y luego volvió a concentrarse en Becca.

—¿Y dónde está él, eh?

La pregunta y la manera en que la formuló infundieron una sensación de miedo en el pecho de Becca. En una rápida sinapsis mental tomó conciencia de que el ruido que había escuchado antes había sido un intento de abrir la puerta desde fuera. Su cerebro registró también el momento cuando en Foggy Bottom, en su forcejeo para abrir la puerta del apartamento, sintió pánico porque temía que alguien estuviera detrás de ella. Experimentó la misma sensación en ese momento, en la cocina.

—Jack está con el senador, ¿verdad? Yendo de aquí para allá, por todo el país, creyéndose un gran personaje. Es gracioso, Becca. No ves lo obvio. —Brad soltó una risa forzada, falsa—. Está helado afuera. ¿Qué sucedería si se cortara la calefacción? ¿O si se congelaran las tuberías? ¿Y si lo necesitaras durante la noche? No podrías contar con él. ¡Yo jamás haría eso! Dejarte sola. O permitir que vinieras a la montaña totalmente sola.

El volumen de su voz se elevaba con cada frase y Becca notó que arrastraba las palabras.

—Yo nunca te dejaría sola. ¿Por qué él lo hace? —Su voz se suavizó—. Es porque no te valora.

—Es su trabajo, Brad. Él...

—¡No lo defiendas!

El estallido de Brad envió una corriente de adrenalina por el cuerpo de Becca. Todavía tenía el móvil en la mano y se sintió tentada de llamar al 911, pero no comprendía del todo qué estaba sucediendo ni si podría llamar a la policía para acusar a su amigo.

—Mira, Brad —dijo con intención de calmarlo y lograr que saliera de la casa. Era lo único que quería. Estar sola. Llamar a Jack y pedirle que fuera allí—. Estoy bien, ¿sabes? —agregó, conteniendo las lágrimas y sonriendo para ocultar el miedo—. No necesito a Jack esta noche. No necesito nada esta noche. Hablemos de esto mañana. —Caminó hacia el recibidor.

—No, ya he hablado suficiente. Hace un año que hablo conmigo mismo sobre este tema.

Cuando Becca se volvió, él estaba muy cerca. Los ojos se le salían de las órbitas. Becca notó como una extraña vibración en ellos, un movimiento ocular constante. Recordó haber leído alguna vez que los narcóticos causaban movimientos de los músculos oculares por el impacto que ejercen sobre el sistema nervioso.

—¿Sabes qué? —dijo pasando por delante de él en dirección a la puerta del recibidor, para intentar lograr que saliera—. Podemos comer juntos mañana y tendremos mucho...

Brad la tomó de los hombros y en un arrebato de furia la arrastró desde recibidor hasta la cocina y la estrelló contra la pared. Alarmada ante semejante ataque, Becca soltó el celular y él la sujetó de las muñecas.

—¿No significó nada para ti? ¿Que nos hayamos besado? —Hablaba con los dientes apretados—. ¿O es algo que haces con todos los tipos que conoces? ¿Coqueteas con ellos y los mantienes cerca hasta que consigues un par de candidatos y luego te escapas con uno de ellos?

—Brad, no me hagas daño.

—¿Hacerte daño? ¡Te amo! ¿Por qué no lo entiendes? —Le apretó los hombros con más fuerza y la aplastó contra la pared.

—¡Brad, estoy embarazada! ¡No le hagas daño a mi bebé!

Una expresión de indignación cruzó por la cara de él.

—Por eso ibas tanto al médico. ¿Tan elegante que eras y te dejó embarazada?

—Brad, nos hemos casado. En privado, decidimos que…

—Claro, ustedes siempre hacen las cosas en privado.

Había algo en los ojos de él que Becca no lograba definir. Una mezcla de conmoción y resignación. Por un instante, Brad relajó los brazos, bajó los hombros y aflojó la fuerza sobre los de ella. Pero en cuanto Becca apartó a Brad de ella, sus ojos se encendieron de furia, como si un rayo le hubiera caído encima. Desprevenida ante el ataque, Becca sintió que sus talones resbalaban sobre el suelo hasta que él la estrelló contra la pared.

Brad la tomó primero por los hombros y luego por el pelo de la nuca para llevarla a empellones por toda la cocina. El pánico le puso la mente en blanco; las imágenes e ideas que habían estado presentes segundos atrás desaparecieron dominadas por un instinto primitivo de lucha o huida. Mientras él la arrastraba por la casa, Becca peleó por su vida. Asía o pateaba cualquier cosa que pudiera ayudarla; su libro y la computadora cayeron al suelo. El sobre que contenía la carta para su bebé por nacer voló hasta un rincón de la cocina mientras ella trataba de no resbalar sobre las losas frías con los pies enfundados en calcetines de lana. Brad la siguió arrastrando por la habitación; ella lanzaba puntapiés desesperados. Uno de ellos dio de lleno en un armario y la vajilla se desparramó por el suelo.

En el caos del ruido de platos rotos y taburetes caídos en la cocina, Becca descubrió que estaba pisando la alfombra de la sala de estar. Eso le dio más estabilidad y la aprovechó al máximo para tratar de apartar a Brad, pero esa resistencia no hizo más que alimentar la furia de él. Brad le jaló la cabeza hacia atrás con tanta fuerza que le arrancó un mechón de pelo; los pies de Becca se elevaron del suelo y su cuerpo quedó horizontal. Becca cayó y sintió que su cabeza golpeaba contra el extremo de madera del sofá; él se abalanzó sobre ella. El dolor del golpe le recorrió toda la columna. Se le nubló la vista y los ruidos del mundo exterior comenzaron a desaparecer, hasta el momento en que sintió que él le introducía las manos heladas dentro del pantalón. Al instante recuperó la conciencia. Con todo el peso de él encima de ella, lo golpeó y arañó hasta que se le lastimaron los nudillos y las uñas se le llenaron de piel y de sangre.

Cuando sintió que él le arrancaba la ropa interior lanzó un grito agudo y desgarrador que solo duró unos segundos; él la tomó del cuello y la voz de Becca se quebró en ásperos susurros. Feroz y despiadado, como poseído, él le apretó el cuello para acallarla. En vano, Becca intentó respirar, pero el aire no llegaba y muy pronto dejó caer los brazos a los lados, como si se hubieran desinflado. Pero, a pesar de que su cuerpo no respondía a los gritos desesperados de su mente, en ningún momento dejó de mirarlo a los ojos. Hasta que su vista se apagó igual que su voz.

Rota y sangrante, quedó tendida allí; su pecho casi no se movía, con una débil respiración. Entraba y salía del estado de conciencia, despertaba cada vez que él la sometía en violentas oleadas. El ataque se prolongó durante una eternidad, hasta que él la soltó y escapó por la puerta corrediza de cristal de la sala. Mientras el aire frío de la noche llenaba la habitación y se deslizaba por sobre su cuerpo desnudo, Becca entrecerró los ojos. Solo quedaba el reflejo halógeno de la luz de la puerta contra la oscuridad de la noche. Permaneció inmóvil; habría sido incapaz de parpadear o apartar la mirada, aun si hubiera tenido voluntad de hacerlo. No la tenía. Se sentía extrañamente a gusto en esa parálisis. Las lágrimas le rodaban por las mejillas, recorrían los lóbulos de sus orejas y caían, silenciosas, al suelo. Había pasado lo peor. Ya no sentía dolor. Él ya no estaba sobre ella, y su ausencia era todo lo que necesitaba para sentirse libre. La lluvia de golpes había cesado y sentía la garganta libre de esa presión demoledora. Los muslos peludos de Brad ya no se frotaban contra su cuerpo y ya no tenía el aliento caliente de él sobre la cara.

Tendida con las piernas abiertas y los brazos como ramas quebradas a los lados del cuerpo, vio que la puerta que daba a la terraza estaba totalmente abierta. En la distancia, el faro, que con su luz brillante orientaba los barcos perdidos en la noche, era lo único que reconocía y necesitaba. El faro representaba la vida y Becca se aferró a esa imagen oscilante.

A lo lejos, el ruido de una sirena rebotó por el aire nocturno, bajo al principio y luego cada vez más sonoro. Llegaba la ayuda, aunque Becca comprendió que era demasiado tarde. De todas maneras, la sirena y el auxilio que traería le resultaron reconfortantes. No era a sí misma a quien esperaba salvar.

CAPÍTULO 44

Kelsey Castle
Montañas de Summit Lake
15 de marzo de 2012
Día 11

LA CABAÑA ESTABA SITUADA EN donde comenzaba el bosque, y la luz moribunda del final del día la iluminaba con un brillo inquietante. Un arroyo corría desde la parte posterior y caía por tres escalones de rocas antes de formar un pequeño estanque a un lado de la vivienda. Las espadañas se movían en la brisa suave y, salvo por el murmullo del agua y el canto de algunos pájaros, el sitio estaba envuelto en silencio.

—Parece vacía —dijo Rae, mirando por el parabrisas.

No se veían luces encendidas ni vehículos.

Con la puerta del pasajero abierta, Kelsey meneó la cabeza, pulsó la pantalla del móvil y volvió a escuchar el mensaje. Puso el teléfono en altavoz. En el apartamento de Rae, Kelsey había hablado con el padre de Brad Reynolds, que le informó que no estaba en contacto con su hijo y que este ya no formaba parte de su vida. Pero enseguida después de cortar, y mientras intentaba comunicarse con Richard Walker, llamó la madre de Brad y dejó un mensaje. Kelsey y Rae lo volvieron a escuchar.

"¿Hola? Soy Dianne Reynolds, la madre de Brad. Acaba de hablar con mi esposo. Me disculpo por lo descortés que fue con usted. Él y Brad están pasando por un momento difícil, nada más. Brad sigue siendo parte importante de nuestra familia, cómo no va a serlo. Y sí que conocía a la chica que murió. Iban juntos a la universidad y estoy seguro de que querría hablar con usted sobre Becca. Vive en nuestra cabaña de caza, a una hora de Summit Lake. Si lo ve, por favor, dígale que lo amamos y que nos llame."

Kelsey y Rae volvieron a escuchar las instrucciones de la señora Reynolds. Estaban seguras de que esa era la cabaña. Bajaron del coche y fueron hasta el porche de entrada. Kelsey subió despacio los tres escalones. En los rincones del porche se acumulaban hojas secas que antes habían sido coloridas y brillantes, pero estaban negras y quebradizas.

—¿Brad Reynolds? —llamó Kelsey—. ¿Estás aquí?

Kelsey cruzó el porche y vio que la puerta principal estaba abierta. Entornó los ojos y se asomó dentro.

—¿Hay alguien?

Al no recibir respuesta, abrió la puerta de par en par. La luz azul del atardecer entraba por las ventanas y bañaba el interior en una penumbra granulada. La cabaña era un caos de desorden. Vio un sofá junto a la chimenea y un televisor antiguo con antena en forma de orejas de conejo. Un escritorio y una silla cubiertos de papeles. Periódicos por todas partes. Kelsey ladeó la cabeza cuando lo vio. El bolso de mujer de cuero suave, con el emblema de la marca Coach, que estaba sobre una mesita, parecía fuera de lugar en esa cabaña rústica.

Obedeciendo a sus instintos, cruzó el umbral y se adentró en la cabaña oscura.

CAPÍTULO 45

Brad Reynolds
Summit Lake
17 de febrero de 2012
La noche de la muerte de Becca

BRAD SE QUEDÓ DE PIE junto al cuerpo inmóvil de Becca; el pecho le palpitaba como si fuese asmático. Permaneció así mientras pasaban los minutos y trató de recuperar el aliento; no sabía bien qué había hecho ni qué debería hacer después. Echó una rápida mirada a la casa, que era un reguero de objetos desparramados desde el recibidor y la cocina hasta la sala de estar, donde se encontraba él. Parecía que un pequeño tornado hubiera arrasado todo a su paso.

Corrió a la cocina y recogió del suelo el bolso Coach de Becca. Junto a él había un sobre y también lo tomó. Tendría que hacer algunas cosas más, como dejar abierta una puerta o romper una ventana o subir y llevarse joyas de la madre de ella, pero los pensamientos se precipitaron sobre él en una avalancha de pánico. En cambio, corrió hasta la puerta de cristal con el bolso de Becca en la mano y, tras dirigir una última mirada al cuerpo desnudo e inmóvil de ella, abrió la puerta y escapó en la noche. El aire frío del invierno entró en sus pulmones y le hizo arder los ojos.

Había aparcado la camioneta en una calle lateral que daba a Maple. Corrió sin detenerse a lo largo del muelle y, cuando llegó al final de la fila de casas, se detuvo y comenzó a caminar. Lo que menos necesitaba era que alguien recordara haber visto a un hombre corriendo por las calles esa noche. Llegó hasta su camioneta y, con la mano sobre la manija de la puerta, miró hacia ambos lados de la calle. Estaba solo. Abrió, subió y dejó caer el bolso en el asiento del acompañante.

Con la respiración más controlada, encendió el motor y puso la camioneta en marcha. Cinco minutos más tarde, abandonaba el centro del pueblo y se adentraba en los caminos oscuros que lo llevarían de regreso a la cabaña de caza de su padre. Encendió las luces altas y su mente quedó en blanco. Sin conciencia de sus acciones y sin poder recordar nada del viaje de una hora, Brad tomó la última curva; las luces del coche iluminaron su llegada a la cabaña.

Con la mirada fija, sin parpadear, apagó el motor. Estuvo sentado unos cuantos minutos mientras la camioneta perdía temperatura en la noche helada y emitía pequeños ruidos de vez en cuando. Por último, tomó el bolso de Becca del asiento del acompañante, caminó a través del haz de las luces delanteras de la camioneta y entró en la cabaña. Dejó la puerta abierta y las luces del coche iluminaron la sala mientras él se sentaba en el sofá.

Sujetó con fuerza el bolso de Becca contra el pecho, como un niño abraza su oso de peluche. Parpadeó y, por fin, las lágrimas comenzaron a rodar por sus mejillas. Delante de él, sobre una mesa baja, se hallaban los objetos que había estado venerando antes de tomar la decisión de ir al pueblo a verla. Imágenes de Becca en la universidad, con jeans cortados y una camiseta de la UGW atada a un lado con una banda elástica. Una fotografía de ellos dos en un partido de béisbol del equipo Orioles de Baltimore cuando Becca lo visitó en el verano posterior al primer año. Las notas que ella le dejaba en la mesa de noche cuando se quedaba a dormir y se marchaba antes de que él se despertara. Había docenas de ellas.

B: Nos vemos esta noche en el Diecinueve. Eres adorable cuando roncas. B

Sobre la mesa también se hallaba el examen robado de Derecho Empresarial. En muchos sentidos, ese robo había provocado que su vida cayera en espiral. Tenía que saber la verdad. Si ella realmente necesitaba que lo robara o si todo había sido un juego. Había ido a la casa del lago solamente para hacer esa simple pregunta. Nada más. Solo quería saber la verdad.

Soltó el bolso de Becca y lo abrió para mirar dentro. Ese bolso con sus pertenencias era ella. Era Becca. Una parte de ella. Tenía su olor y su ser. Revolvió el contenido y halló el bálsamo labial en el fondo. Lo destapó, cerró los ojos y lo olió. Aún podía evocar en su mente el sabor de ese bálsamo la noche en que él y Becca se besaron. Extrajo la tarjeta de identificación de la facultad de Derecho. Al mirar la imagen de Becca, quiso hacerle a esa muchacha amada mil preguntas más. Quiso volver el tiempo atrás, visitarla otra vez y llegar a un final diferente.

Finalmente, arrojó el bálsamo labial y la tarjeta dentro del bolso y lo dejó caer sobre una mesa lateral. Cuando rasgó el sobre que había encontrado en la casa del lago, encontró la hoja de papel y reconoció de inmediato la letra cursiva de ella. Era la carta de Becca para su bebé por nacer. Con el pecho como un yunque y la respiración agitada otra vez, Brad comenzó a leer. Se le llenaron los ojos de lágrimas mientras leía la carta, sentado en el sofá. Las luces delanteras de la camioneta iluminaban la cabaña a través de la puerta abierta. En el sillón, Brad se mecía. Adelante y atrás. Adelante y atrás.

CAPÍTULO 46

Kelsey Castle
Cerros de Summit Lake
15 de marzo de 2012
Día 11

RAE SUJETÓ A KELSEY DE la muñeca cuando se disponía a entrar en la cabaña.

—¿Adónde vas?

Kelsey señaló el bolso con la mano libre.

—Ven, vamos. Aquí pasa algo raro.

Juntas, entraron en la cabaña. Sin la luz del final del día, quedaron sumidas en las sombras. Kelsey tomó el bolso de la mesa lateral y revisó el interior. Extrajo una tarjeta de identificación y allí estaba: Becca Eckersley, mirándola a los ojos. Sintió la mirada, como si esa foto tomada años antes fuera un portal a través del cual Becca le hablaba. Le estaba pidiendo ayuda y Kelsey no se la iba a negar.

Rae estaba inclinada sobre la mesa, mirando el caos de fotografías, apuntes y material de estudio. Había visto la cara de Becca en los periódicos y la televisión, y la reconoció.

—Oye —dijo Rae, señalando la mesa. Echó una mirada rápida al interior de la cabaña—. Esto me da mala espina.

Kelsey observó las fotos y luego levantó la tarjeta de identificación de Becca. Ambas asintieron, sin necesidad de hablar para compartir lo que estaban pensando. Kelsey tomó el teléfono y comenzó a marcar el número del comandante Ferguson. Se detuvo abruptamente y miró la pantalla.

—¿Qué ocurre? —dijo Rae en un susurro.

—No hay señal.

—Larguémonos de aquí.

Kelsey asintió, pero luego vio la puerta del sótano, entreabierta y cubierta de fotografías.

—Espera —dijo—. Mira allí.

Desoyendo las protestas de Rae, Kelsey se adentró nuevamente en la cabaña. Investigadora hasta la médula, no podía permitirse salir de allí. Con la fascinación morbosa con la que se contempla un accidente automovilístico, se dirigió a la puerta del sótano y la abrió, azorada por el santuario que había allí dentro.

Pegadas a puerta y a la pared que bajaba junto a la escalera hacia el sótano había cientos de fotografías de Becca, clavadas cuidadosamente con tachuelas y con los bordes curvados hacia arriba. La mayoría parecía ser de la universidad, con objetos del dormitorio o del campus en el fondo. Algunas eran fotos de anuarios. Otras estaban cortadas y pegadas, ampliadas para aislar la cara de Becca. Incluso otras eran rectángulos que solo mostraban sus ojos, mirando la nada. Hasta ese momento. Kelsey volvió a sentir que la miraban a ella. Y lo aceptó.

En la pared también estaban las notas. Los mensajes breves que comenzaban con una B y terminaban de la misma manera. Docenas de notitas clavadas a la pared en un camino descendente que llevaba al sótano. La escalera crujía a medida que Kelsey bajaba los escalones de uno en uno, contemplando las fotos y los mensajes en su descenso. En la mitad de la escalera, la poca luz que entraba por las ventanas de la cabaña desapareció, por lo que Kelsey encendió la linterna del teléfono para iluminar la pared. La luz se reflejaba sobre las fotografías brillantes. Kelsey contempló el santuario; las fotos se volvían hipnóticas. Hacia el final de la escalera, se topó con imágenes más perturbadoras. No mostraban a una joven estudiante posando y sonriendo para la cámara, sino a una mujer que no sabía que la estaban fotografiando. En esas fotografías, tomadas al estilo de los paparazzi, se veía a Becca caminando por el campus, bajando bolsas del coche, saliendo de un consultorio médico. En varias de ellas, la imagen se veía borrosa pues iba trotando, con auriculares y el pelo recogido en una coleta.

Kelsey se detuvo ante esas imágenes, las que mostraban a Becca corriendo. Pasó el dedo sobre una de ellas, bloqueando de su mente los pensamientos que intentaban aflorar.

—¡Dios mío! —exclamó Rae, al contemplar la pared desde unos escalones más arriba que Kelsey. Había encontrado varios primeros planos de Becca durmiendo. Con los ojos cerrados y el pelo aplastado. Algunas eran de cuerpo entero y la mostraban en la cama, destapada, con camiseta sin mangas y pantalones cortos—. Larguémonos de aquí.

Pero Kelsey había ido demasiado lejos. Con sus años de experiencia, comprendía el funcionamiento de la mente de un hombre perturbado. Más que eso, le producía fascinación. Kelsey tocó el teléfono y tomó fotos de la pared. De las fotografías y de las notas. Del bolso que todavía tenía consigo y de la tarjeta de identificación. Vio cómo la vida privilegiada de Brad Reynolds se deterioraba ante sus ojos y, en su mente, escribió la historia.

—¿Ves? —dijo en voz alta, hablando consigo misma—. Es un individuo asocial organizado.

—¿Ah, en serio? —dijo Rae—. Pues también es un psicópata acechador. Larguémonos ya.

Kelsey seguía tomando fotografías.

—Acechador, sí. Psicópata, no.

Kelsey descendió los dos últimos escalones y entró en el sótano, filmando con el teléfono para capturar todo lo posible.

—Ahora entiendo todo. Acabo de juntar todas las piezas en mi mente. Brad amaba a Becca, pero ella no le correspondía. Becca amaba a Jack. Brad se obsesionó con ella.

—Es obvio.

—No, es más que eso. Es más que una obsesión. Se llama comportamiento asocial organizado. Es el patrón de un asesino. Un tipo particular de asesino. Inteligente. Con coeficiente intelectual alto. Puede ser muy agradable y carismático, pero se aparta de la sociedad. Se refugia aquí en las montañas, donde nadie lo molestará. Corta lazos con la familia para poder concentrarse en su presa. Luego, sin nada que lo distraiga, su obsesión crece. Sucedió aquí mismo en esta cabaña. Creció hasta apoderarse de él. Hasta formar en su mente una imagen de Becca que en realidad nunca existió. Y esta imagen falsa de ella se convirtió en su realidad. Este tipo de asesinos no es consciente de su obsesión. Hasta que un día, con la imagen de Becca continuamente en la cabeza y todos los recuerdos de sus momentos juntos carcomiéndolo por dentro, decide ir a verla. A hablarle. Eso se dijo a sí mismo. Que solo quería hablar. Que fue a la casa del lago para hacerle una pregunta. Pero, en realidad, fue a matarla. A quitarle la vida a esa chica para que nadie más pudiera tenerla.

Rae permanecía en la mitad de la escalera, sin querer alejarse de la puerta abierta ni de la poca luz que quedaba. Kelsey, que seguía filmando, se adentró en el sótano. Su teléfono era como una estrella solitaria en el cielo nocturno. El haz de luz iluminó un banco de trabajo cubierto de herramientas con las que Brad había creado su santuario. Tijeras y cortapapeles con hojas lisas. Fotos de Becca que todavía no habían sido recortadas ni clavadas en la pared. Una cámara Nikon sobre un estuche, varios lentes a un lado. Sobre la mesa de trabajo también había periódicos. Algunos estaban en el suelo y en muchas páginas faltaban grandes cuadrados. Hacia un lado, Kelsey encontró los artículos. Narraban el accidente aéreo del avión del senador Milt Ward. Les tomó fotos, sin comprender qué relación tenían con Brad y Becca.

Contra otra de las paredes había un pequeño escritorio y una silla. Kelsey iluminó la superficie y se encontró con cartas manuscritas. Tomó una y se la acercó a los ojos. "Querida Becca", decía el encabezamiento, al que seguía una página llena de oraciones incoherentes y pensamientos truncados. Estaba firmada por Brad. Había diez sobres cerrados, todos dirigidos a Becca. Estampillados, listos para que los echaran en el buzón. Algo que Brad nunca se había atrevido a hacer, supuso Kelsey.

Por encima del escritorio, clavadas en la pared, había cartas formales dirigidas a Brad. Kelsey se acercó para leerlas y vio que informaban que Brad no había sido aceptado en la Universidad de Pennsylvania, ni en Columbia, ni en Yale. Tomó fotografías de las cartas. Luego vio otra cosa. Perfectamente posicionada en medio del escritorio, había una hoja de papel. Escrito en feas letras mayúsculas se leía el mensaje:

PARA QUIENES VIENEN A BUSCARME: CONOCERÁN MI INFIERNO Y NO ESCAPARÁN JAMÁS DE ESTE SITIO NI DE LO QUE LES ESPERA AQUÍ.

Kelsey emergió del rincón de su mente donde había pasado los últimos minutos escribiendo su artículo, viendo claramente su estructura, que abarcaría lo sucedido desde que Becca había entrado en la universidad hasta su muerte, pasando por todos los sucesos que la habían llevado a la casa del lago cuatro semanas antes.

—¿Rae?

—¿Sí?

—Deberíamos largarnos.

—¡Gracias a Dios! ¡Vamos! —dijo ella desde la escalera.

Antes de que las palabras terminaran de salir de su boca, las luces de una camioneta se reflejaron en las ventanas; un vehículo se acercaba por el angosto camino. La luz iluminó la escalera y la cara de Rae.

—¡Ay, mierda! —exclamó, y las palabras brotaron como un grito.

—¿Qué sucede? —dijo Kelsey, mientras corría hacia la escalera.

—Ha vuelto.

—¡Ven, baja! —exclamó Kelsey; tomó a Rae de la muñeca y la arrastró hacia el sótano.

Fuera, la camioneta derrapó sobre la grava y se detuvo.

CAPÍTULO 47

Brad Reynolds
Montañas de Summit Lake
17 de febrero de 2012
Poco después de la muerte de Becca

Los sucesos de esa noche por fin cayeron abruptamente sobre Brad mientras leía la carta de Becca para su bebé por nacer. Le resultaba imposible detener las imágenes recurrentes de sus manos alrededor del cuello de ella. ¿Por qué le había arrojado de ese modo la noticia del embarazo? Como si no viera la hora de destruirlo. Dios, cómo deseaba poder hacer todo de nuevo. Volver y hablar con ella. Preguntarle por el examen de Derecho Comercial, nada más.

Se quedó allí sentado durante horas; los mismos pensamientos giraban sin cesar dentro de su mente. Consideró diferentes situaciones que podrían haber cambiado el curso de las cosas, pensó en cómo todo podría haberse resuelto bien entre él y Becca. Pero al final, su visita a la casa del lago había sido contraproducente. En ese mismo momento, tenía más preguntas sobre su amada que antes de haber ido a verla. Casada y embarazada: en nada se parecía a la chica a quien amaba.

El amanecer lo sorprendió. El sol apareció súbitamente y la oscuridad de la cabaña se escurrió, dejándose sustituir por un suave resplandor. Brad respiró hondo, miró a su alrededor y supo lo que tenía que hacer. No quedaba mucho tiempo. Alguien vendría a por él. La policía, tal vez. Su padre, ojalá. Y si fuera su padre, que Dios lo ayudara. Por fin ese hombre recibiría su merecido.

Dedicó el día entero a preparar la cabaña; la mayor parte del tiempo la pasó en el sótano. Dio unos toques finales a su santuario, luego arregló la cabaña de manera tal que cuando alguien entrara no sintiera deseos de marcharse inmediatamente. Preparó un sendero de pistas que comenzaba en la puerta de entrada. Eran inequívocas, con el bolso de Becca como primer señuelo. Nadie que entrara en la cabaña lo pasaría por alto. Y si el bolso los atraía, el resto de los elementos los mantendrían en vilo.

Cuando concluyó su tarea, subió a la camioneta. Anochecía, y el sol comenzaba a desaparecer. Pensó en el último año transcurrido. Durante nueve meses completos, había vivido en la cabaña de caza de sus padres, solo y aislado como deseaba. Sin embargo, no todos sus días eran iguales. Había adoptado una rutina que le permitió protegerse del frío, alimentarse y bañarse. Juntaba leña, la cortaba y alimentaba el fuego. Iba al pueblo cuando necesitaba comida, provisiones o combustible. Con el correr de los meses, desarrolló una agenda mental para atender sus necesidades básicas. Pero había otra cosa, algo dentro de él que necesitaba atención. La tentación de verla no siempre era fácil de contener, y cuando sus anhelos se tornaban insoportables, tomaba la carretera. Era bueno salir de la cabaña. Verla le resultaba terapéutico. Por supuesto, siempre tenía la intención de enfrentarla. De hablarle. Pero el solo hecho de verla lo contenía. En cambio, le daba placer simplemente tomarle fotografías. Robarle la imagen y guardarla para sí. Ya lo había hecho antes —en broma, se decía a sí mismo— cuando ella se dormía en su cama. Siempre tuvo la intención de compartir esas fotos con ella. Explicarle que era hermosa cuando dormía. Pero Becca le rompió el corazón antes de que pudiera hacerlo.

Descubrió que Becca también tenía una rutina semanal. Estudiar en la biblioteca de Derecho formaba parte de esa rutina. Cuando sus ansias se hacían muy fuertes, él se instalaba en una banca del campus y esperaba verla pasar por el sendero que llevaba hasta la biblioteca. Tomarle fotos en esos momentos era muy fácil, pues él parecía un estudiante más. Cuando ella regresaba a su apartamento, a Brad le resultaba más complicado, ya que tenía que fotografiarla a través de las ventanillas de la camioneta. Y una noche, hacía poco tiempo, había estado tan cerca... La esperó cerca de su apartamento, escondido en la oscuridad, y estuvo a punto de juntar valor para salir de las sombras y abrazarla. Tal vez, las cosas habrían acabado de otra manera si hubiera podido reconfortarla aquella noche oscura y fría. Deseó con todas sus fuerzas tomarla entre sus brazos el día que regresó de la consulta médica; en aquel momento estaba seguro de que había caído enferma. Recordó cuán preocupado había estado por esas visitas frecuentes a la clínica. Solo para enterarse de que estaba embarazada. Pensó de nuevo en la desagradable manera en la que ella se lo dijo en la cara, así, sin más.

Sentado en la camioneta vio cómo el sol se desvanecía; el azul cobalto del cielo se derretía y se iba volviendo negro. Era irónico, pensó Brad, cómo un día tan hermoso terminaba en esa oscuridad. Mientras contemplaba cómo se oscurecía el cielo, supo que nadie sería capaz de comprenderlo. Podría explicar todo aquello por lo que había pasado. Contarle a la policía o a sus padres o a los psiquiatras lo que Becca le había hecho. Y que Jack lo había traicionado. Que las facultades de Derecho lo habían rechazado. Podría detallarlo todo, parte por parte, y aun así, nadie lo entendería.

Puso en marcha la camioneta. Se sentía listo, finalmente, para abandonar la cabaña. Dejársela a quienes vinieran a por él. Se alejó, sabiendo que todavía le quedaban muchos preparativos. Que cuando regresara a ese lugar, jamás se marcharía.

CAPÍTULO 48

Kelsey Castle
Cerros de Summit Lake
15 de marzo de 2012
Día 11

Las luces de la camioneta iluminaron la entrada mientras Kelsey y Rae se escabullían al sótano. Tras unos instantes, el teléfono de ella pasó a ser la única luz en el sitio oscuro. Buscaron donde esconderse, y cuando estaban por optar por un armario rústico, Kelsey lo vio.

—¡Allí! —dijo, señalando un rincón.

Ella y Rae corrieron hasta el extremo del sótano, donde tres escalones llevaban a un entrepiso. Tres metros más adelante había puertas como las de un ataúd en el techo. Subieron los escalones y en cuatro patas avanzaron por el reducido espacio infestado de telarañas. Gimieron al sentir las telarañas sedosas contra la cara. Fuera, la puerta de una camioneta se cerró con fuerza y se oyeron pasos sobre el porche de entrada.

—¡Vamos, date prisa! —susurró Kelsey, empujando a Rae desde atrás. Cuando llegaron a las puertas, Kelsey sostuvo el teléfono mientras que Rae forcejeaba con el pasador. Finalmente logró abrirlo y ambas empujaron las puertas dobles, que llevaban a la parte posterior de la cabaña. Emergieron del entrepiso y salieron a la última luz del anochecer.

De inmediato sintieron un olor rancio a su alrededor. Oyeron un ruido que no pudieron identificar al principio pero que, tras unos segundos, reconocieron como el zumbido de moscas. Miles de moscas volando en círculos alrededor del cobertizo que se elevaba en un extremo de la parcela.

—¿Qué es? —dijo Rae, cubriéndose la boca.

Dentro de la cabaña, la puerta se abrió con estrépito.

—¡Corre! —dijo Kelsey y ambas se lanzaron a la carrera hacia el bosque detrás de la cabaña, cubriéndose la nariz para no oler el hedor fétido. Rae dejó escapar un grito mientras corrían. Al acercarse al cobertizo, vieron que las puertas estaban abiertas. Las moscas se acumulaban en densas nubes. El aire hedía de putrefacción. Kelsey aminoró la marcha. Rae corría delante de ella. Tras dar unos pasos más, Kelsey frenó para a mirar. En la penumbra, vio la silueta oscura de un cadáver flácido que colgaba del cobertizo, con la cabeza caída hacia un lado, como una hebra de paja torcida. Se detuvo, cambió de dirección y se dirigió al cobertizo. Rae también se detuvo.

—¡Kelsey! ¡Vamos! —Rae se había echado a llorar, deseando solamente huir, esconderse y alejarse de ese sitio macabro.

—¡Espera! —dijo Kelsey, mientras organizaba sus pensamientos e intentaba comprender lo que tenía delante.

Mientras se acercaba al cobertizo, Kelsey se dio cuenta de lo que significaba todo eso. El sótano y las fotos, el mensaje críptico. Delante de ella, el cadáver hinchado y en estado de putrefacción de Brad Reynolds colgaba, inmóvil, de las vigas. El lazo estaba tan ajustado alrededor de su cuello que los ojos sobresalían de las órbitas como los de un paciente con hipertiroidismo. De la boca asomaba la lengua hinchada y rígida como un trozo de pan seco. Las moscas y larvas disfrutaban del festín.

Rae gritó cuando vio el cadáver. Kelsey se volvió de inmediato y la abrazó, protegiéndola del espectáculo macabro.

—¡Kelsey! —gritó un hombre desde la cabaña. Ella reconoció la voz. Cuando se volvió hacia allí, vio que Peter y el comandante Ferguson, con el arma desenfundada, salían a la carrera por la puerta trasera de la cabaña.

—¡Aquí! —gritó Kelsey.

Rae se dobló en dos y apoyó las manos sobre las rodillas.

Peter y el comandante corrieron hacia ellas. Peter abrazó a Kelsey con fuerza.

—¿Estás bien? —preguntó.

—Sí, bien. Abrumada, nada más.

Cuando Peter la soltó, ella señaló el cobertizo.

—Ay, mi Dios —dijo él, contemplando el truculento espectáculo.

Rae seguía doblada en dos, haciendo arcadas. Peter se acercó y se inclinó a su lado.

—Respira. Inspira. Espira.

—El señor Reynolds, supongo. —El comandante Ferguson había cambiado el arma por una linterna con la que iluminaba el cobertizo y el cadáver.

—Creo que sí —respondió Kelsey, cubriéndose la nariz. Dejó a Rae al cuidado de Peter—. Y bastante descompuesto, al parecer. Espere a ver lo que hay en el sótano de esa cabaña. Es perturbador.

La luz de la linterna del comandante Ferguson iluminó los pies de Brad Reynolds e hizo brillar un papel que estaba en el suelo. El comandante extrajo un par de guantes quirúrgicos que se puso en ambas manos. Levantó el papel con cuidado, utilizando el pulgar y el índice, y se lo acercó a la cara para leer la nota. Estaba de lado, de manera que ladeó la cabeza. Eran tres oraciones.

Solo fui a hablar. La amaba. A pesar de todo lo que hizo.

CAPÍTULO 49

Kelsey Castle
Summit Lake
18 de marzo de 2012
Día 14

KELSEY PASÓ SUS ÚLTIMOS TRES días en Summit Lake encerrada en su habitación del tercer piso del Hotel Winchester. Le dedicó una mañana al detective Madison: respondió a sus preguntas y le dio detalles. Para entonces, el jefe de Madison había viajado a Summit Lake, puesto que el caso se había resuelto de manera rápida y sórdida sin que el detective hubiera tenido nada que ver. Las preguntas de Madison, que al principio lanzó de manera autoritaria y abrupta, muy pronto se suavizaron. Sobre todo, después de la llegada de su superior. Cada pregunta que hacía Madison buscaba una respuesta de la que él carecía. Cuanto más preguntaba, peor parado quedaba. Kelsey sonrió y le guiñó un ojo al comandante Ferguson cuando se marchó de la comisaría policial. A Ferguson le habían solicitado que regresara como "consultor" especial para cerrar el caso Eckersley.

Tras el interrogatorio, Kelsey pasó a ver a Rae por el café. Golpeada emocionalmente por la noche en la cabaña y la escena en el cobertizo, su amiga no se había recuperado todavía.

—¿Estarás bien? —le preguntó Kelsey cuando se sentaron en los sillones de cuero a tomar café con leche.

Rae se obligó a sonreír.

—Solo tengo que quitarme esa imagen de la mente, nada más.

—Perdóname por haberte arrastrado a esa cabaña, Rae. No tenía idea de lo que encontraríamos.

—No es culpa tuya. Yo quería ir y participar de todo eso. —Volvió a sonreír—. No imaginé lo que implicaría.

Kelsey sonrió también.

—Yo tampoco. —Miró a su amiga y confidente—. Rae, te considero una buena amiga. Espero que lo sepas.

—Sí, lo sé. Y yo también a ti.

—Qué bien. Una vez que esté de regreso en casa, espero que vengas a visitarme, a pasar un fin de semana. Te llevaré a conocer Miami.

—Me encantaría.

Kelsey se puso de pie.

—Debo irme. Tengo que escribir la historia antes de que se me vaya de la cabeza.

—Sí —dijo Rae, y se puso también de pie—. Y yo tengo que volver a trabajar. Me ayuda mantenerme ocupada.

Se miraron y luego se fundieron en un fuerte abrazo. Kelsey le susurró al oído.

—Gracias, Rae. Por todo.

Kelsey escribió las tres partes de la historia durante largas horas en las que el tiempo pasó flotando sin que ella lo notara. En ningún momento sintió hambre y solo fue al baño un par de veces. Nunca le había costado escribir. A lo largo de su carrera, había sido muy prolífica con sus artículos y el libro que había publicado. Tenía archivos digitales llenos de ideas, resúmenes e historias que probablemente jamás publicaría. Poner palabras sobre papel nunca había sido un problema para ella, pero los tres días que pasó en el Winchester tras descubrir el cadáver de Brad Reynolds fueron únicos. Entró en una zona de la que solamente había oído hablar a escritores altaneros que se consideraban de élite. Pero en ese momento ella también comprendía ese nirvana. Casi no tuvo que pensar mientras escribía la historia de Becca. El borrador que había redactado en el apartamento de Rae fue a la papelera y Kelsey comenzó de cero.

Tras un gancho inicial que capturaba la esencia de la muerte de Becca y la forma terrible en la que esa hermosa muchacha había sido asesinada, Kelsey resumió los años del bachillerato de Becca en un texto breve. De allí pasó a la Universidad George Washington y, con el permiso de los padres de Jack Covington, la historia de amor de Becca y Jack pasó al papel. Luego siguió la amistad de Becca con Brad y los altibajos del último año de los estudios de grado del grupo. Citó de manera extensiva a Gail Moss. El artículo siguió el paso de Becca por la facultad de Derecho y el de Jack por la campaña de Milt Ward. Que las dos historias estuvieran relacionadas resultaba asombroso y "sumamente afortunado", en palabras de Penn Courtney. Kelsey lo regañó por el comentario, pero sabía que era verdad.

Narró los secretos de Becca, sabiendo que era necesario hacerlo. Constituían, al fin y al cabo, la esencia de la historia. El embarazo, sus relaciones, su casamiento. Condensó tanto el relato en los dos primeros segmentos que cualquiera que los leyera aguardaría ansiosamente la tercera parte. Ese capítulo final, escrito sin interrupciones, cubría la visita de último momento que Becca había hecho a la casa del lago para preparar el examen. Existía un cierto grado de especulación, desde luego, pero Kelsey estaba segura de que contaba con la información correcta. Después de todo, todavía tenía en su poder el diario de Becca. No era necesario revelarle todo al detective Madison. Es más, él no lo merecía.

El pueblo, que se había convertido en un sitio tan especial para ella, recibió amplia cobertura en la hermosa introducción de la tercera parte. Kelsey hasta se las arregló para citar a dos miembros del grupo de chismosos: la mujer obesa y el cuarentón. Luego pasó a narrar el comienzo del final de Becca, la chica con la que se sentía tan conectada. Desde la llegada a Summit Lake, pasando por el tiempo transcurrido con Livvy Houston y el regreso a su casa, Kelsey trazó su camino hacia la muerte. Y, desde el otro lado, la presencia de Brad en las sombras, su vida en la montaña, su llegada a la casa del lago aquella noche. Por supuesto que no entró por la fuerza. Por supuesto que Becca lo dejó entrar. Habían sido amigos muy cercanos que volvieron a encontrarse el 17 de febrero en un final triste y trágico.

La última noche de Becca Eckersley fluyó de los dedos de Kelsey sin que ella tuviera que hacer ningún esfuerzo. De allí, pasó a relatar sus dos semanas en Summit Lake, que concluyeron con la excursión a la montaña y el macabro descubrimiento en la cabaña de caza. Las fotografías tomadas con su móvil eran un agregado que complementaría la historia.

A las dos y cuarto de la mañana, guardó los tres días de escritura en un archivo digital y le envió una copia a Penn Courtney. Descorchó una botella de vino chardonnay, se sirvió una copa y salió al balcón. Summit Lake dormía, a oscuras, salvo por las farolas en las esquinas y los reflectores de la iglesia de San Patricio, a cinco calles de distancia, cuyas luces en forma de V iluminaban la fachada. Permaneció sentada media hora, bebiendo vino y recordando la vida de Becca Eckersley.

CAPÍTULO 50

Kelsey Castle
Greensboro, Carolina del Norte
28 de abril de 2012
Dos meses y medio después de la muerte de Becca

ÉL LLEGÓ CON EL COCHE al Aeropuerto Internacional de Raleigh-Durham a las 16.18. Ella había aterrizado hacía diecinueve minutos y la sincronización era perfecta. Tomó los carriles que llevaban a la zona de llegadas y se detuvo en la terminal de United. Solo tuvo que dar una vuelta al aeropuerto para liberarse del agente de tránsito que lo acosaba. Cuando llegó por segunda vez, la vio de pie en la acera con la maleta a su lado.

Peter bajó la ventanilla del lado del acompañante mientras se acercaba.

—Bienvenida a Carolina del Norte —dijo.

Kelsey sonrió.

—Pues mira qué puntualidad la tuya. Acabo de salir por la puerta.

Él se encogió de hombros.

—Tenemos buena sinergia, qué quieres que te diga.

Peter descendió, rodeó el vehículo y la envolvió en un

fuerte abrazo, luego se apartó y la besó en la mejilla. Kelsey se volvió, nerviosa, en medio del movimiento y sus narices se tocaron. Ella le dio un beso rápido en los labios.

—Hola —dijo—. Gracias por venir a buscarme.

—Me alegro de que hayas venido.

—Yo también. ¿Estás seguro de que no te importa hacer este viaje?

—Segurísimo. Me gusta que me incluyas.

Kelsey se encogió de hombros.

—No habría podido escribir el artículo sin ti: me pareció que tenía que incluirte en esta aventura final. Además, no sé cómo resultará esto; tal vez necesite refuerzos.

Peter colocó la maleta en el asiento trasero.

—¿Te molesta si conduzco? —preguntó Kelsey.

Peter arrugó el entrecejo.

—No...

Ella levantó la carpeta que tenía en la mano.

—No te haré esperar hasta que esté impresa. Aquí está toda la historia. Pensé que podrías leerla en el camino.

Peter tomó la carpeta.

—Claro que sí.

El artículo sobre el caso Eckersley ocupaba veinticinco hojas de tamaño A4. Mientras Kelsey conducía, Peter leyó lenta y atentamente durante cuarenta minutos, humedeciéndose el dedo para voltear cada página. Kelsey interrumpía de vez en cuando, para preguntar por los gestos que hacía Peter. Siempre se ponía nerviosa cuando alguien leía su trabajo. Cuando él terminó, hablaron sobre el artículo hasta que llegaron a las afueras de Greensboro. El viaje en coche era la celebración final del artículo sobre Becca, con los últimos fondos que Penn Courtney le iba a permitir utilizar. No tenía ningún reparo en gastarlos. El viaje estaba totalmente relacionado con Becca Eckersley

Entraron en el aparcamiento del Hotel Marriott en el

centro de Greensboro. En la recepción del hotel, tomaron habitaciones separadas y llevaron sus maletas hasta el elevador. Peter oprimió el botón del quinto piso y luego miró a Kelsey.

—Tercero —dijo ella.

Permanecieron en silencio hasta que las puertas volvieron a abrirse en el tercer piso. Kelsey arrastró su maleta tras ella y luego se volvió.

—¿Cuánto tiempo necesitas?

—Treinta minutos, tal vez.

—¿Nos encontramos abajo a las siete?

—Nos vemos luego.

Kelsey tardó media hora en arreglarse. Se retocó el maquillaje y el pelo, se puso un vestido y un toque de perfume en el cuello. Bajó en el elevador hasta el vestíbulo, donde encontró a Peter esperándola en la puerta del restaurante del hotel. Él también se había cambiado los jeans y la camiseta por pantalones, camisa y una chaqueta.

Sentados a una mesa en la parte posterior del restaurante, pidieron una botella de vino.

—Leí tu libro —dijo Peter.

—¿Sí?

—Por supuesto. Eres una escritora muy buena.

—Un momento —dijo Kelsey, fingiendo marcar en el teléfono—. ¿Te pongo al habla con mi editor?

—Encantado —dijo Peter—. Intuyo que él piensa lo mismo.

Sin la presión del caso sobre los hombros, conversaron cómodamente durante dos horas. Era lo que habían querido hacer en Summit Lake, pero no habían podido. Entonces, mientras terminaban el vino mucho después de que se hubieran llevado los platos, hablaron hasta quedarse solos en el restaurante. Por fin, cuando Peter vio que la camarera esperaba en un rincón, pagó la cuenta y se dirigieron al elevador del vestíbulo. El día siguiente iba a ser importante.

Cuando se cerraron las puertas, Peter pulsó el botón del quinto piso.

—¿A qué piso ibas?

Kelsey sonrió.

—Al mismo que tú.

A la mañana siguiente desayunaron en una cafetería cercana al hotel y a las nueve de la mañana ya estaban en camino. Eran cerca de las diez cuando llegaron a los suburbios de Greensboro y se detuvieron delante de una casa amplia con un jardín bien cuidado. En el frente se elevaban unos árboles altos, cuyas primeras ramas se abrían muy por encima del tejado, dándoles un aspecto de columnas sureñas de protección.

Kelsey, sentada con el sobre de papel manila sobre el regazo, se quedó mirando la intimidante puerta principal. Peter le acarició la rodilla mientras ella respiraba hondo. Finalmente, bajó del coche y se dirigió a la puerta. Tocó el timbre.

Una mujer menuda, de mediana edad, abrió la puerta.

—¿Señora Eckersley? —preguntó Kelsey.

—Sí. —La mujer tenía expresión seria—. Soy Mary Eckersley.

—Me llamo Kelsey Castle. Trabajo para la revista Events.

Hubo un momento de silencio.

—Sé quién eres —dijo Mary Eckersley por fin.

—Perdón por presentarme aquí sin avisar, pero quería verla antes de que se publicara mi artículo.

—¿Y cuándo será eso?

—En dos semanas.

—No vamos a hacer declaraciones para el artículo.

—Lo comprendo. Pero no vine por eso.

La señora Eckersley esperó.

—Quería que usted y su esposo supieran que este caso…, esta tragedia tremenda, terrible, que le sucedió a su hija, me ha conmovido como ninguna otra historia lo ha hecho. Sé que esto puede parecer impertinente, pero de algún modo me siento conectada con ella. Y es importante que ustedes sepan que escribí todo teniendo a Becca muy presente. Lo que le sucedió estuvo en mis pensamientos continuamente mientras escribía sobre su vida y... su muerte.

Kelsey tenía un discurso preparado. Dos párrafos que había escrito y reescrito. Se los había aprendido de memoria y los había practicado delante del espejo del baño. Hablaban de su propia lucha para recuperarse de una violación. De sus preguntas sobre la vida y la muerte, sobre por qué una persona sobrevive a un suceso tan atroz mientras que otra muere. Era hermoso y conmovedor, y con ese discurso pensaba neutralizar la hostilidad de los Eckersley y ponerlos de su lado. Eran palabras muy sinceras. Pero cuando vio que William Eckersley se acercaba a su esposa por detrás, el discurso se esfumó de su mente dejando un gigantesco agujero negro que le impedía pensar. Kelsey le sonrió nerviosa. No fueron necesarias las presentaciones.

—En fin —dijo—. Vine a traerles esto. —Le entregó a la madre de Becca el sobre de papel manila—. Creo que Becca habría querido que lo tuvieran.

Kelsey retrocedió lentamente, luego giró y bajó los escalones. Mientras retrocedía para salir, Kelsey observó cómo los Eckersley giraban el sobre buscando algún indicio sobre lo que podía contener. Finalmente lo abrieron y extrajeron el diario de Becca y la carta que le había escrito a su hija.

Kelsey cruzó una mirada con la señora Eckersley cuando ella levantó los ojos del diario. Peter puso el coche en marcha y se alejaron.

CAPÍTULO 51

Kelsey Castle
Miami, Florida
11 de mayo de 2012
Tres meses después de la muerte de Becca

EL CIELO MATUTINO ESTABA SALPICADO de nubes cuando Kelsey salió de su casa. Vestía una camiseta sin mangas Under Armor y pantalones cortos. Los calcetines pequeños y ajustados resultaban invisibles debajo de las zapatillas de deporte. Corrió a lo largo de la playa durante un par de kilómetros, oliendo el aire salado; su cuerpo relucía por la humedad. Tardó unos diez minutos en llegar a su antiguo sendero, por el que continuó otros quinientos metros hasta el extremo del bosque. El corazón le galopaba. En parte por el ejercicio, pero mucho más por la ansiedad.

Contempló el bosque y el sendero en sombras; la luz del sol goteaba por entre el follaje. No había corredores ni ciclistas. Le vino a la mente la idea de volverse y retomar el camino por la playa hacia su casa. Sería un recorrido aceptable de cuatro kilómetros, pero daría por tierra con su propósito de esa mañana. Hacía meses que no corría por ese sendero. Cuatro largos meses habían pasado desde la última vez que había estado allí, enseñándole a la policía dónde había sucedido y cómo. Había transcurrido una vida desde el comienzo de ese viaje. Y por fin, en el día de la publicación del artículo sobre Becca, Kelsey estaba lista para terminar con ese capítulo de su vida. Para escribir la última frase y dejarlo ir.

Sintió unas gotas de lluvia sobre los hombros y levantó la mirada hacia el cielo. Era una mezcla de sol distante y nubes cercanas. Comenzó a llover con más fuerza. Se colocó los auriculares en los oídos y comenzó a correr por el sendero sombrío del bosque; el denso follaje la protegía de la llovizna. Tras siete minutos, llegó a El Sitio. No miró hacia el bosque ni permitió que sus pensamientos se dispararan sin control. En cambio, siguió corriendo sin detenerse. Sus piernas largas y musculosas la alejaron de esa parte del bosque y de su vida, paso a paso, hasta que El Sitio quedó detrás, lejos.

Recorrió cuatro kilómetros hasta que vio la salida más adelante, una curva donde terminaba el bosque. La claridad la atraía. La llamaba. Aceleró la marcha, levantando las rodillas con paso de corredora, impactando el suelo solamente con el tercio anterior de los pies. Sus brazos se balanceaban con movimientos controlados, mientras el sudor le caía por las muñecas hasta las manos abiertas y desde los dedos al suelo. A medida que se acercaba a la salida del bosque, Kelsey vio que la calle estaba bañada en la luz del sol, que se reflejaba en los charcos que se habían formado, haciendo resaltar los árboles mojados.

Una tormenta con sol.

AGRADECIMIENTOS

Gracias a la maravillosa gente de Kensington, que le dio vida a este libro y permitió que existiera en algún sitio que no fuera mi mente. Mi agradecimiento a mi editor, John Scognamiglio, que vio la promesa de un manuscrito defectuoso y decidió jugársela por mí. Gracias por mostrarme el punto exacto donde tomé un giro erróneo con la historia y por ayudarme a encontrar el camino de regreso a casa.

Muchas gracias a mi agente, Marlene Stringer, que a través de los años me ha empujado a seguir escribiendo, cuando dejar de hacerlo era la opción más fácil. Tú encontraste esta historia dentro de mí cuando yo no sabía si existiría otra. Mi agradecimiento a mi hermana, Mary Murphy, cuyo entusiasmo por mi carrera como escritor en ocasiones compite con el mío. Gracias por los mensajes de texto de medio metro, por las sesiones de tormenta de ideas y por la alacena. A Chris Murphy, que me recordó cómo hablan los alumnos universitarios. Gracias por interesarte por mi libro mientras tú también estabas ocupado escribiendo. Y a mi esposa, Amy Donlea, que tiene la irritante costumbre de adivinar los giros de la trama de cada libro que lee, incluyendo este. Gracias por salvar la historia mostrándome cómo mantener secreto el secreto.

Y mucho amor y muchos abrazos para mis hijos,

Abby y Nolan, que en ningún momento dejaron de hacer preguntas sobre mi progreso con el libro. A propósito: sí, a la agente le gustó. Sí, el editor "de Nueva York" accedió a publicarlo. Y no, no podrán leerlo hasta dentro de muchos, muchos años. Es para adultos. Pero sigan leyendo antes de irse a dormir y sigan escribiendo sus propias historias, no dejen de hacerlo nunca. Un día, yo estaré leyendo *sus* libros.

Preguntas para el club
de lectura de *El crimen del lago*

1. El secreto es un tema recurrente en la novela. Para algunos, el secreto es considerado como engaño. ¿Crees que guardar un secreto es lo mismo que decir una mentira?

2. ¿Crees que Jack asumió la responsabilidad por el robo del examen por culpa o por su sentido de moral?

3. Brad parecía no darse cuenta de las posibles consecuencias de robar y distribuir la prueba. ¿Qué crees que dice esto sobre Brad?

4. ¿Qué sientes por Becca? ¿Crees que ella manipulaba a los hombres, o simplemente era ingenua cuando se trataba de su amor hacia ellos?

5. ¿Crees que Brad malinterpretó los sentimientos de Becca por él, o crees que Becca lo provocó?

6. Kelsey siente una profunda conexión con Becca. ¿Por qué crees que es?

7. ¿Crees que Kelsey encontró un cierre para sí misma? Si es así, ¿qué eventos llevaron a ese cierre?

8. ¿Por qué crees que era tan importante para Kelsey entregar el diario de Becca a los Eckersley?

9. ¿Te parece interesante el futuro de Kelsey? Incluyendo lo que sigue para ella en la revista, su relación con Peter y lo que se descubrirá sobre su atacante.

10. El libro fue escrito para revelar lentamente los misterios que rodean a Becca Eckersley, con varios giros sorprendentes. ¿Cuáles fueron los más impactantes?

SI TE HA GUSTADO ESTA NOVELA...

Queremos recomendarte especialmente *Tiempo de lobos* de Jen Williams, una novelista británica que nos presenta su primer thriller. *El crimen del lago* y *Tiempo de lobos*, son protagonizados por dos mujeres periodistas que no descansarán hasta descubrir lo que realmente pasó y sus propias verdades.

Heather es parecida a Kelsey: una mujer en busca de respuestas. Después del suicidio de su madre, encuentra una serie de cartas que la vinculan con Michael Reave, el asesino en serie conocido como el Lobo Rojo. Heather empieza a pensar en cuánto conocía realmente a su madre.

Mientras tanto, hay alguien que está emulando los crímenes de Reave; desde la cárcel él se niega a hablar con la policía sobre su imitador, pero está esperando la visita de Heather. Ella siente curiosidad no tanto por el propio Reave, sino porque necesita saber más sobre su madre. Necesita entenderse mejor a sí misma.

Creemos que es un excelente libro, oscuro y que por momentos te eriza la piel. Si ese es tu tipo de lectura, sabemos que es una buena opción para tener en tu biblioteca.

El equipo editorial.

 Escanear el código QR
para ver el booktrailer
de *Tiempo de lobos*